名/家/忆/往
系/列/丛/书

汪兆骞 主编

叶辛 著

人生三季

中国文史出版社

图书在版编目（CIP）数据

人生三季 / 叶辛著. —北京：中国文史出版社，2018.10
（名家忆往系列丛书 / 汪兆骞主编）
ISBN 978-7-5205-0870-4

Ⅰ.①人… Ⅱ.①叶… Ⅲ.①回忆录—作品集—中国—
当代 Ⅳ.①I251

中国版本图书馆 CIP 数据核字（2018）第 267727 号

责任编辑：李晓薇

出版发行：中国文史出版社

社　　址：北京市海淀区西八里庄 69 号院　　邮编：100142
电　　话：010 - 81136606　81136602　81136603（发行部）
传　　真：010 - 81136655
印　　装：北京新华印刷有限公司
经　　销：全国新华书店
开　　本：880mm × 1232mm　1/32
印　　张：9.875
字　　数：212 千字
版　　次：2019 年 6 月北京第 1 版
印　　次：2019 年 6 月第 1 次印刷
定　　价：48.00 元

个人印记的精神图景

——关于散文的絮聒之三

汪兆骞

记得壬辰年之春，曾应中国文史出版社之邀，为该社主编过一套"当代著名作家美文书系"散文丛书。所选皆与我熟稔的著名作家之散文名篇，每人一卷。经年老友多过花甲之年，正是"老去诗篇浑漫与"，其为文已到随心所欲之化境，锦心绣口，文采昭昭，自出杼机，成一家风骨。文合为时而著，本人性，状风物，衔华而佩实。我在总序中说："这些大家的散文，是血肉之躯与多彩现实撞击出的火光；是人性与天理对晤出的大欢喜、哀凉与哲思；是直面人生，于世俗烟火中，发现芸芸众生灵魂绽放出人性光辉的花朵；是针砭世事，体察生活沉重，发出的诘问。高山安可仰，徒此揖清芬，篇篇似兰斯馨，如松之盛，赠君以言，重于金玉，乐于琴瑟，暖于棉帛。"

该丛书面世之后，反响不俗，其中莫言、陈忠实两卷尚获重要文学奖项，可惜仅出版六卷，便草草收场。问题不少，但其主要原因，是我已准备十多年的七卷本"关于民国大师们的集体传记"《民国清流》系列的撰写，到了不能再拖的地步，实在无力分心旁骛，只能抽身。

忽忽六年过去，早已在眉梢眼角爬上恁多暮气的我，已成白头老翁，所幸七卷本《民国清流》，在晨钟暮鼓、花开花落中，陆续顺利出版，且另一长卷《文学即人学：诺贝尔文学奖群星闪耀时》，也即付梓。此时中国文史出版社再次请我主编"名家忆往系列丛书"，鉴于壬辰年所主编丛书，虎头蛇尾，一直心怀愧歉，便欣然从命。于是再邀文坛名家老友，奉献散文佳作。幸哉，老友鼎力相助，纷纷响应。惜哉，一贯为散文发展热情捧薪添火，"纵横正有凌云笔"的贤亮、忠实二君，已不幸驾鹤西行。"西忆故人不可见"，只能"江风吹梦到长安"了。

本人一生以职业编辑之身羁旅文学，在敬畏、精诚、庄严、隐忍中，为人作嫁衣裳，便有了与诸多作家和他们的文字相知对晤的机缘。哲人云"缀文者情动而辞发，观文者披文以入情"。徜徉于作家们"笼天地于形内，挫万物于笔端"的文字里，读出他们灵魂中的人文关怀、文化担当和审美个性。如芙蓉出水，似错彩镂金，辨而不华，质而不俚，风调高雅，格力遒劲，文里寄托着他们太多的人生思考，太浓的文化乡愁。

在中国现当代文学创作体裁格局中，散文承载着民族文化和民族心理的丰厚蕴涵，但综观当下散文创作，呈现一种浮躁焦虑状态，缺乏耐心解构，"过于正确与急切的叙事"

抒情，其面目无论多么喧嚣与璀璨，都不过是"现实的赝品"，致使一端根植在现实大地、一端舒展于精神天空的散文艺术，弥漫着文化废墟和精神荒原的气息。

编这套名家"忆往"散文丛书，所选皆是作家记住或想起保留在脑子里过往事物印象的文学书写。人生天地间，若白驹过隙，忽然而已。往事俯仰百变，人生如梦，"人生到处知何似，应似飞鸿踏雪泥"。那雪泥上留下的爪痕，便是人生行旅的印迹。作家在回忆人生往事时，举凡小事大道，说的都是自己对过往的所思所悟，其间自有人生的哲学睿智、思想境界和灵魂风骨。他们在山河人群和过往的历史中寻找自己，确证自己的命运过程，从中可看出行于江湖的慷慨悲凉、缠绵悱恻的种种气象。他们是带着哲学思辨意味的作家学者的气质，赋予个人印记以精神脉络的，忆往便构成共和国历史生活图画的一部分。

文者，言乎志者也，散文之道，理性与感性、世俗与审美、形而上与形而下之间的穿梭徘徊，胡适先生云："有什么话，说什么话。"说真话，说新话，说惊世骇俗之话，说"人人心中有，个个笔下无"的禅机妙语。另又想起壬戌年岁尾，去津门拜望孙犁先生，寒暄之后，知先生刚为我就职的人民文学出版社要出版的《孙犁散文集》写完序，即向先生请教散文之道。先生笑而不语，遂将其序示我。其序简约，语言平实，只谈了三点"作文和做人的道理"。年代虽久远，先生关于好散文的标准，仍铭记于心，便是：要质胜于文，质就是内容和思想；要有真情，要写真相；文字要自然，若反之，则为虚伪矫饰。先生之于文，可谓闳其中而肆其外。灵丹一粒，合要隽永。如何写好散文，胡适、孙犁两位大师以三言两语警策之言，已说得明明白白。但让人不解的是，总是有些论者，把散文创作说得神乎其神，看似格韵高绝，然如雾里看花，终隔一层。诸如异想天开，鼓吹什么体裁层面上移形换位的跨界写作便可商榷。

编此丛书，无意匡正散文创作的现状，只想向读者推荐货真价实的好散文。于是从他们的作品中，揽片羽于吉光，拾童蒙之香草，挑出"天籁自鸣天趣足，好文不过近人情"的既有人间烟火气，又"有真情""写真相"的"尽美矣，又尽善也"（《论语·八佾》）的美文，编辑整合，以飨读者。

诗书不多，才疏学浅，序中难免有谬误之论，方家哂之可也。对中国文史出版社和诸作家为构建书香社会捧薪添柴的精神，深表敬意。

戊戌年初秋于北京抱独斋

目录

第一辑

知青生涯

青春之所以美好，
就因为它激发人们不懈地追求。

彭浦车站挤满了欢送知青的人流

离开上海去外地插队落户，相信许许多多坐着火车上山下乡的知识青年都忘不了在彭浦车站上车的那一幕。

彭浦车站是个货运站，怎么会变成临时上客的火车站了呢？这和1969年那个特殊的年代有关。

在掀起大规模的上山下乡高潮之前，上海人都在天目中路虬江路的火车站上车。这个火车站，当年被上海人习惯地称为"北站""北火车站"或者"老北站"。

轰轰烈烈的"文化大革命"闹了两年多，早就该毕业的1966年、1967年的初、高中学生，仍滞留在学校里。随着夏季的来临，眼看着1968年的初、高中生也要毕业了，这三届学生，后来就被习惯地称为"老三届"。老三届不是什么光荣的称呼，而是时代逼迫之下的无奈"称号"。早在盛夏来临的1968年7月2日，上海市革命委员会在虹口体育场召开了"上海市1966届初、高中毕业生上山下乡动员大会"。

身为66届的一分子，我从报告中获知，光66届初、高中毕业生，就有将近18万人，而紧跟着即将毕业的67届、68届毕业生，总数都超过20万人。

为什么要开这么一个动员大会呢？大道理说是"走与工农相结合的道路"，实际的原因是上海没有那么多工作岗位提供给这届毕业生。

大会开过之后的第 6 天，也就是 7 月 8 日，上海市上山下乡办公室成立，上海人简称为"乡办"。这个"乡办"在以后的十几年里，就和 110 万上海知识青年产生了关系。

上海的动作历来迅速。7 月 27 日，我从报纸上读到，首批赴安徽插队落户的红卫兵出发了。

不到半个月，8 月 9 日，乘载着上海第一批赴黑龙江务农的红卫兵的列车汽笛又响了。其宣传攻势比首批去安徽的还要大。黑龙江是北大荒，"北大荒"要在革命青年"反帝反修"的前哨成为"北大仓"。

我之所以特地注明这两个日子，是想提醒读者，毛泽东关于"知识青年到农村去，接受贫下中农再教育"的最新最高指示，是到四个多月后才发出的，那是在 1968 年 12 月 21 日晚间由中央人民广播电台向全国播发的。

其实早在这之前，上海已有多批知青行动起来了，写血书、保证书、请战书。这固然体现了一代知识青年热血沸腾，但也同张春桥、姚文元为首的市革委会不遗余力的起劲宣传有关。

每一批知青坐火车离开上海（也有坐船的），所有的亲属都要到车站去相送。而当时的车站上规定，一张火车票只能买两张站台票。为了让更多的亲友进站送客，于是乎上海人各显神通，通过各种各样的关系购买站台票，让父母兄妹、亲朋好友尽可能多的人进站去。而铁路职工，从看门的、检票的直到列车员，都有亲友相托购买站台票。对铁路部门的这一规定，社会上也大有非议，认为太不讲人情，还有人甚至上纲上线，认为这一规定不符合毛主席的革命路线。铁路部门碍于社会舆论的压力，更怕担待"破坏毛主席上山下乡战略部署"之罪名，对这一规定也就睁一只眼闭一只眼。为了支持红卫兵小将们上山下乡立新功，要买几张站台票，就卖几张站台票。这么一来，一个知青上山下乡，至少有十几个亲友进站相送。

知青这一方的要求满足了，麻烦也随之出来了。每当知青列车出发的日子，上海火车站就挤满了人。其他的车次进出站，都受到了影响。

我也随着送客的人流进出过几次站，北站里外，进出口子，真正是人山人海，你挤我挨，前胸贴后背，挪着步子走动。走出火车站，想乘公交车，在终点站候车，没有一两个小时是挤不上公共汽车的。

彭浦车站就是在这么一种情况下应运而生的。首先，彭浦车站是货运站，远离市区，不会在市区造成交通堵塞。知青列车停靠在那里，两侧都是田野，有多少亲友来送都可以。其次，轨道两边没有站台，也不需要购买站台票，省去了一大环节。再有，所有到站相送的亲友，可以坐公交车去，可以骑自行车去，也可以由知青亲友所在单位、学校提供的车辆，随着知青出发的车队后面，一起到彭浦车站去。等到知青列车出发以后，亲友们仍可以搭车回到市区。

总而言之，凡是有利于知识青年上山下乡的办法，都想出来了。从此，彭浦车站的知青列车两旁，站满了来欢送的亲友。

1969 年 3 月 31 日上午，我就是坐着公共汽车，从妹妹毕业的培光中学门口出发，到彭浦车站去的。要特别提一句的是，培光中学在贵州路上，而我曾就读的九江中学在九江路。为了下乡后同在一个寨子上可以互相照顾，出发前我就转点到了培光中学。我即将去插队的是贵州省，而我出发的地点恰恰就是挨着南京东路的贵州路。这一巧合，是否预示了我这一辈子将和贵州有缘分呢？我说不上来。

那一天春光明媚，彭浦车站长长的列车几乎被前来送客的人流淹没了。坐在车窗口望出去，那人潮如大海般涌动的场面，至今犹在眼前。

几十年后拍摄电视连续剧《孽债》，我给黄蜀芹导演讲起了这一幕。她突然想起，当年上影厂的摄影师们，曾自发地扛着摄影机，赶到彭浦车站，连续多天拍摄过上海知识青年上山下乡的场面，于是就去上影厂资料库里查出了这批纪录片。

这就是今天人们看到的《孽债》的片头，也是我作为一个知青，即将离开上海踏上新征程的那一天的情形。

初到山寨的艰苦劳动

我插队落户的生产队叫砂锅寨。这是修文、开阳、息烽交界之处的一个远近闻名的大寨子。沿着沙砾公路，再往前走 3 里地，就是有名的开阳磷矿和 716 矿，那里有专为工人们建造的宿舍楼，老乡们称为新寨。而沿着贵遵公路往前走上十几里地，便是息烽县界。闻名全国的息烽集中营，就在 30 多里地外。"文革"以后引起全国瞩目的张露萍烈士被杀害的阳朗坝松林，就在那一片山岭之间，从砂锅寨走小路过去，只不过 10 来里地。在我们插队落户的 10 年期间，阳朗坝火车站附近村寨，都还没通电。小站上的铁路员工给火车上发信号，都是拿着信号灯使劲挥动手臂。

叙述这些细节，只是想如实地告诉今天的读者，40 多年前砂锅寨所处的偏远和闭塞。

倒春寒没持续多久，我们到达砂锅寨的第二天，4 月 5 日，天就放晴了。生产队里也不出工，村寨上显得特别静。

我们铺好了床，架好了帐笼，找到了该干的事情。按照当时上海时兴的做法，我们在山寨上刷写大字标语。我提着一桶石灰水，在田埂上刷写了一条还有点意思的标语："重新安排修文河山!"刷完了觉得字写小了，于是又爬上半坡去，书写了每个字足有一人大小的标语："不到长城非好汉!"这条标语把我给写累了，直写到天近黄昏才结束。

三天以后，劳动生活开始了。挑灰、担粪、耙田、铲田埂、敷田埂、在砖瓦窑上做小工、打煤巴、薅秧薅苞谷、挞谷子、挖洋芋……农活繁多而琐细，生产队长派我们干啥子活路，我们就学着做。

记得男知青干得最多的活，就是担猪粪、牛粪，从各家各户的猪圈、牛圈中，把粪草挑到生产队集体的大田里肥田。这农活没啥技术，不过就是挑得多少而已。对于我们来说，干这活路简直是活受罪。不是粪草重，而是那一股难闻的恶臭味，让我们这些初进猪圈、牛圈的上海知青都极为不习惯。那年头男知青都时兴穿流行的白色网球鞋，这些男知青钻进猪圈或牛圈里只装了一担粪，鞋面上已经沾满了粪水，变得不堪入目了。我是直到两三个星期之后，才习惯了猪圈、牛圈里那股沤烂的粪草散发出的臭味的。当然，我们很快就发现了，只有穿上半高筒的胶鞋走进猪圈牛圈，才最为合适。用丁笊把黑臭的粪草装进高挑粪筐，沉甸甸地压上肩头，跟着出工的男社员，把粪草倒进田头。沿田埂的田边倒满了，就要把粪草倒进田当中。打着光脚板的农民们挽起裤管，直接走进水田里去，我们穿着鞋的，必须蹬掉鞋袜，才一脚深一脚浅地走进田中央，把粪草倒掉。生产队的水田有远有近。队里规定，离寨子近的水田，半里地之内的，一天必须挑满30担粪草，才能算一个劳动日，计10分；半里到一里之间的，得挑满17担粪草；一里到二里之间的，得挑13担；三里地以上的，得挑满7担。

和挑粪草相比，铲田埂上的杂草、敷田埂就费不了那么多脚力，但是得从早到晚光着脚站在水田里。春暖花开时节，这活儿不算重。可遇到早春时节，或者是阴冷天，站在冰冷刺骨的水稻田里，那滋味儿真难以忍受。贵州农民从水田里干完活，回家洗净脚喜欢坐在火塘边烤火，很多人上了年纪，都患上了严重的关节炎。我每次洗净脚，坚持用凉水抹拭，如今上了年纪，没患上关节疼痛的病，还得感谢母亲来信对我的及时提醒。

除了干农活外，我们知青在农闲时节干得最多的，就是到砖瓦窑上干小工活——踩泥巴、打煤巴、装窑、出窑。其间最苦的，是烧窑期间挑窑田水。窑田在高处，水源在低处，挑满两大桶水，就得往上攀。三五桶水一挑，我就浑身乏力。从早挑到晚，收工后回到茅草屋里，筋疲力尽，躺倒在床，一动也不想动了。

最难忘怀的劳动，是我随着挖煤的汉子们钻进煤洞里去挖煤炭。煤洞里又深又长又潮湿，整整有400多个脚窝。当我费尽力气，在煤洞深处装满一小船煤时，身上穿的衣裳已经里外全湿透了。套上拖煤的绳子，咬紧牙关，一步一个脚窝地死死踩住，把200来斤的一船煤往外拖时，只觉得浑身的骨头架子全抽紧了。我拼尽全身力气，花了足足一个小时，才把这一船煤拖出煤洞。里外三身衣裳沾满了泥巴、水和煤灰，我在地上坐了好几分钟，才回过神来，眼睛才适应煤洞外强烈的光线。再次钻进煤洞，我也像所有的挖煤汉子一样，脱光了所有衣裳，打着赤膊，挖煤、拖煤。当然，天近黄昏时，我跳进小河沟里洗了几乎一个小时，浑身上下的煤灰、泥巴、脏水才洗干净。

在山乡里干农活，就得付出劳动力。付出了劳动力，才能评上工分，有了工分，秋后才能分到粮食、折算工分款。正因为感叹从早到黑的生活，全由日出而作、日落而息的内容组成，我才在劳动中听到了老农跟我说的"山坡是主人是客"的俗谚；也正因为把这句话牢牢地记在心头，才会有我 40 年后写作的长篇小说《客过亭》的书名。

不过，那是后话了。

放牛的日子

对我来说，这是人生的第五个牛年了。

如果说第一个牛年几乎没有留下任何记忆的话；那么第二个牛年留下的，则是我最早迷恋文学这个灰姑娘的历历往事。让我难以忘怀的，是第三个牛年的经历。记得那正是1973年，已进入了我插队落户的第五个年头。颇为令人回味的，在这一年的春种秋收农忙假中，我正在放牛。

每天，天还没亮透，随着阵阵牛角声，散养在各家各户的大牯牛、老水牛、黄牛、小牛犊，就从院坝里走出来，从朝门里拱出来，顺着被露水打湿的青岗石级寨路，走到高高的斗篷山草坡上去。

在蛮荒偏僻、山清水秀的贵州山乡里放牛，对我来说已经不是一件新鲜事了。头几年我就时常跟着牛群上坡。1973年我已调进耕读小学教书，不需要一年到头上坡去放牛了。只在春耕秋收放农忙假的那些日子，才能重操旧业。放农忙假之前，队长算是尊重我这个"民办教师"，征求我的意见，问我农忙时节干些什么，我不假思索地说"放牛吧"。

我喜欢放牛。随着一整个生产队的牛群上了坡，来到斗篷山绿茵茵的草坡上，来到鸭子塘清澈的水波边，牛们悠闲地在坡上吃草，安然地在池塘里嬉戏沐浴。而我呢，则可以静静地坐在山坡的岩石上，或者干脆舒展四肢躺在松软的草地上，瞅着青山绿水，瞅着蓝天白云，眺望着连绵无尽、千姿百态、气象万千的山山岭岭，倾听着从峡谷那边传来的悠长的时常还是透着苍凉的山歌，人会静下来，青春的躁动的心会安宁下来。这时候，我时常会觉得大自然是如此的博大、壮美、和谐，而置身于自然景物里的我，又是如此渺小、如此微不足道。蜜蜂在嗡嗡叫，蝶儿在草丛里飞，阳光灼着人的眼，牛甩着尾巴，不慌不忙地驱赶叮咬它的牛虻、飞蚊。每当处于这样的环境里，我就会想到人生的意义，想到劳动和人的关系，想到白天和黑夜，想到大自然的风雨和人世间的沧桑，想到人的有为和无为……想得累了，就环顾远近的山峦欣赏高原的风光，远远的山涧里飞泉像白练一般无声地悬挂着，清溪的流水轻吟低唱着从高处淌来又向山谷里淌去，倾泻无尽的阳光灿烂地照耀着，轻拂而来的风里有着草木的芬芳。周围是那样的静谧而又安宁，生活是那样的清贫却又平静。而时光的流逝，几乎慢得可以用手触摸得到。就是在这样的日子里，我想通了很多很多平凡的有时又是深奥的道理，这样的思考使得我能豁达而平和地对待人生，对待世间的矛盾和纷争，这样的思考也使得我后来坚持不懈地拿起笔来写下最初的一些小说……

聊以自慰的是，高高的斗篷山，绿茵茵的宽大的草坡和清溪，都曾被我写进了小说。《蹉跎岁月》中的主人翁放牛的那些故事，几乎是我亲身经历的。

哦，那些放牛的日子。

在砂锅寨的清苦日子

插队落户，同样要过日子。

过日子，就少不了吃、喝、拉、撒、睡。而柴、米、油、盐、酱、醋、茶这开门七件事，也成了我插队落户生涯中天天要考虑的问题。

饭是天天要吃的，吃饭少不了米。在上海时，我们当学生的，什么时候管过米从哪里米？要煮饭了，到米缸里去舀。米缸里没米了，拿着粮票、钱和购粮证去家附近的粮店买。

插队第一年，每个知青每月定粮 40 斤，并配发 10 元钱。知青点上没米了，我们就去久长公社粮店买米，买了米，请生产队的马车顺便带回来，这是极为方便的。

插队第二年，定粮和钱都没有了。我们的米，用秋后分的谷子到米机房打。谷子送进米机里打之前，必须晒干晒透。晒得不干不透，打出来的米都是碎的，煮出饭来不好吃。而秋后分给我们的谷子，只够我和妹妹吃半年。另外半年怎么办呢？只得靠上海家中寄全国粮票来，到公社粮店买米吃。1973 年，妹妹已经调回上海，我一共只分到 140 斤谷子，打下的米只够吃三个月，写信给上海的亲友催要粮票，成了我经常做的事。亲友也没这么多富余的粮票啊，为了不让我挨饿，他们只能悄悄去票证市场购买。于是我也知道了，上海粮票那年头是8分至1角钱一斤；而全国粮票，则要贵一点，在贵州插队的上海知青几乎全晓得，贵州粮票是3角一斤，而全国粮票是3角5分。

有了米，还得要有水，才能煮成饭。水从哪里来？从水井里挑来。砂锅寨56户人家，300多个男女老幼，共有两口水井。一口水井离我们知青点茅草屋近，就在寨门口的堰塘边，要走一百几十步路。

这是砂锅寨老乡用溜滑平整的青岗石砌成的一口四方井。井水则从离开寨子约莫三里地的三岔口崖洞里引出来。崖洞里一年四季不间断地淌着一条阴河，砂锅寨人的祖先为了引来阴河水，还专门修砌了一条水渠。顺着水渠，阴河水一直流进了四方井。这条顺着山坡的走势缓缓流淌的水渠，就修在田埂边上。两边的田埂上绿茵茵的一片，各种水草长得特别茂盛。初来乍到的知青们不知情，有时候沿着田埂，就会走上去。这时候便会遭到砂锅寨老少的呵斥，不论吼你的是老人还是娃崽，都是呵斥你赶紧退下来。之后，他们会告诉你，这是专通四方井的水渠，不要去踩，以免弄脏了井水。哪个不想喝干净水啊，遭到呵斥，知青们从此便明白了，那条水渠是踩不得的。

四方井修砌得十分科学合理：阴河里淌来的清水满上来了，就会通过井壁上的一条小渠，流到挨着井边挖的一口大堰塘里；大堰塘里的水满了，就会沿着堰塘坎下的一条水渠，流到寨子外头的一条河沟里去。

我这么一说，读者想必明白了，这口四方井，是300多砂锅寨人的水源，也可以说是生命线。家家户户吃喝的水，从四方井里挑。平时需要淘米、洗蔬菜了，就在堰塘的上水口清洗。而洗衣裳、洗鞋袜，则在堰塘的下水口那边。这是不成文的规矩，比现今写在墙上的乡规民约还管事，没一个人会违反。

突然有一天，四方井里的水见底了，担着水桶到井边去，看着二丈深的井底有一点点水，根本打不上来。而往常永不停息汩汩淌来的阴河水，只淌着像眼泪那么细的一小点，长长的水渠两边，泥巴都干裂得开了缝。

咋个办呢？

听从号召上山下乡的时候，我们做好了吃苦耐劳干繁重体力活的思想准备，可我们没想到，天天要吃的水会断源。没米吃我们可以求上海亲友寄粮票，没水喝是不能求人寄的。知青集体户里笼罩着一层烦闷的气息。

寨邻乡亲们也在连夜想办法。群众大会开到半夜，终于有一个八九十岁的老人想起来了，砂锅寨后街的石头院坝旁，曾经有过一口水井，后来不知为什么，井口用石板封起来了，不晓得那口井里还有没有水。

人命关天啊！管它有没有水，也得把井口先找到。散会了，全寨子的汉子们都涌到了石头院坝，有拿撬棒的，有带杠子的，有燃起火把的，没费多大劲儿，就在比较潮一点的石头旁找着了井口。于是大伙决定挑灯夜战，熬更守夜也要把救命水找到。

天亮的时候，好消息传来了：老井启封了，封住井口的大石板被汉子们移开了，下面果真是一口井，井里果真有井水，只是那井水更深了，在足有三丈深的井底，才见着一汪井水。

只要有水就成，井深怕个啥？砂锅寨自有能工巧匠，到了傍晚，井口搭起了架子，辘轳用长绳拴着水井，吊起了第一桶清凉碧澄的水。

寨邻乡亲们兴奋地大呼小叫，奔走相告。我们赶紧拿上脸盆，去打水来煮饭吃。

愁过米，愁过水，其他的事情就不在话下了。屋里潮湿嘛，就烧堆火烤烤；上厕所臭嘛，男知青点一根烟解臭，女知青就紧闭嘴，屏住气；煤用光了，花15块钱买一吨来，可以用上大半年呢！还有一件事，也是要求人的，那就是一天三顿饭，都得要有下饭的菜。

农民有自留地，吃菜从自留地上摘。知青也有自留地，不是菜没长出来，就是栽了黄豆、苞谷、南瓜、洋芋，不能保证天天吃上菜。赶场天买菜，顺便买块豆腐、买只鸡、买点鸡蛋，对知青来说是常事。可买来的菜只能管两三天，管不了一周。菜买回来了，还得要有油啊，上海时有油寄来，可远水解不了近渴。生产队里也栽油菜籽，插队好些年，我和妹妹两人只分到过一次，有六七斤菜籽，榨了两瓶油。

男女知青们聚在一起，经常谈论的话题，是一块腐乳能不能吃下一碗饭？咸菜和辣椒，哪一种更下饭？猪油泡饭是加一点葱花好吃，还是不加好？

42年过去了，前几天在广东佛山的南海，遇到几个离砂锅寨不远的716矿的工人，他们还笑着问我："叶辛，你那时候赶十几里路到新寨来打酱油、请人帮忙买肥肉，你还记不记得？"我说，咋不记得呢，那是过日子呀。

省城看病遇险

正因为在砂锅寨过的是清贫的日子，经常随便吃点东西就打发一顿饭，不注意营养，我很快就得到了报应。由此也引发了我这一辈子里最难忘的一段旅程。

记得那回我是进省城贵阳去看牙病。连续几个月的农忙劳动，插秧、挑粪、犁田、耙田、铲护田埂、下煤洞挖煤拖煤、上砖窑出砖踩煤巴、开引水沟，所有的活都是重体力劳动，每天收工回到集体户的茅草屋里，吃饭洗脚一类事都不想做了，最大的愿望就是到床上睡觉。和我同一知青点的一位男生，几乎天天一收工，就拿一条干净毛巾裹着脚，倒在床上就睡。如此繁重的劳动，对于我这个头一年下乡的上海知青来说，实在有点儿吃不消。但为了接受再教育，我还是坚持下来了。连续几个月的连轴干，又加上吃得比较差，牙痛病就犯了。在这之前我从未患过牙痛，头一回尝到这滋味，痛得我整夜整夜地睡不着。晚上睡不好，白天干体力活一点没精神，农民们就觉得我的劳动态度不好，心里一急，牙痛就更剧烈。在村寨上找了一些偏方来治，毫无效果；去卫生院看医生，卫生院没牙医。拖了一段日子，我终于下决心到省城里看牙。出发前一天，公社卫生院给我开了一张证明。

从开始似乎就注定了这是一次艰难的旅程。动乱的年头，省城里面的造反派到处都在打派仗。长途客车开往省城的公路上，每走一程就要遇上卡子，查看随身带的证明。车子开进省城三桥时，驾驶员和售票员突然惊慌地大叫："趴下，快趴下！"

话音刚落，"砰砰砰"，传来了一阵枪声。一车的人吓得都缩到车窗下面不敢抬头。我长到十八九岁，还是第一回听到真正交战中的枪声，可能是年少气盛吧，我反而踮起脚跟往窗外望。瞅了一阵，才看清楚是盘踞在相对两座高楼上的"文攻武卫"战士们在对打。

当晚，借宿在省城市郊一家工厂的单身宿舍里。我那位同学的哥哥在这家内迁厂里当工人，他怕我这个外来者在混乱中出什么事情，第二天一清早，就给我找了一点止痛药，说：城里都在武斗，商店纷纷闭门谢客，很多单位都不上班了，估计去了医院也看不成病，还是回到偏僻的乡下安全。他劝我趁早离开这是非之地。我知道他是一番好意，匆匆吃过早点，顾不上进城去看牙，就往厂区开往省城的公共汽车站赶。到了车站，才知道因为武斗，所有的公交车都停了。从厂区到城里有 12 里路，步行大约一个小时，我在乡间已经走惯了，就提着包往城里走去。一路走一路遇到各种各样盘查的卡子，对每一个行人都要查看证明。我干脆把证明拿在手里，省了拿出拿进的麻烦。

这么查查走走，两个多小时才进了省城。一进城我就感到气氛骇人，马路两边所有的铺子都关着门，不高的楼顶上都搭建着临时工事，还有人头和黑洞洞的枪口对着马路上。我小心地绕着七弯八拐的小马路走了约莫 40 分钟，终于来到了长途客车站，只见站上大门紧闭，所有的售票窗口全关上了，周围一个人也没有，连可以问个口讯的人都找不到。我东张西望地走出一截路，好不容易在一个院子里看到一个老人，便进去问他。他对我打量了半天，大约认定了我不是坏人，才对我说：客车站成了战场，车子全开出去打派仗了，十天半个月都不可能恢复。我怔住了，在省城除了那个同学的哥哥，我什么人都不认识，可以说是举目无亲。我该如何回到自己插队的砂锅寨呢？

"砰砰！"远处的高楼上又在响枪。形势严峻，不容许我细加思索。我整了整提包带子，决定尽快离开省城，徒步走回山乡去。

说走就走，我不敢耽搁时间。前头一二十里路，我走得非常轻松自在。除了出城的时候遇到一个卡子，再没其他人来盘问过我。路过一个叫作沙子哨的镇子（在当地称乡场），我还停下来兴味浓郁地赶了一会儿场，买了点东西吃。走出三四十里路，脚下就感到沉重起来。先是觉得太阳晒得头昏眼花，我把这归罪于昨天一整日的奔波和夜里听枪声没睡好觉，太疲倦了。继而迈步就有些费劲了，直想坐下休息。但我又想起惯于走长路的农民说的，在远行中尽可能不要坐下，一坐下再走就会更支撑不住。无奈，中午时分的太阳晒得人太热，在认准走出了40里路之后，我坐到路边的几棵大树底下休息起来。开头只想休息10分钟，哪晓得坐下以后就不想动了，眼皮也沉重地耷拉下来，干脆躺倒在地上了。刚躺下去的5分钟，只觉得浑身舒展，真是一种享受。可合上了眼睛，却又睡不着，想到还有漫长的70里路在等着我一步一步地走回去，哪里还能安心睡下去。

半个小时之后，我下了最大的决心站起来，继续我的旅程。开头那几步走得软绵绵的，有一种头重脚轻之感，坚持走出了几十步，就好受一些了。我边走边怀疑自己能不能走完余下的70里路。我开始祈盼，听到一些声音就环顾张望，巴望着身后会开来一辆汽车，好心的司机会允许我搭车。可我一次又一次地失望了。大约因为城里在武斗，没一辆车开出来，我整整走了四五个小时了，身后也没有开来过一辆车子。我已经感觉到自己比上半天明显地放慢了速度，一个小时再不可能走到10里路了。但我仍坚持走着，再不敢坐下休息。这样，拖着两条灌满了铅似的腿，我又走出了30多里路。这时候已是傍晚的5点来钟，离我插队的寨子还有40里左右，要在天黑前赶到公社是不可能的了，但我至少可以赶到扎佐。这地方是黔北的重镇，离砂锅寨还有30里。而这30里路，是我在这几个月里走过几回的，即使走夜路也不可怕。

正这么自我安慰时，一场瓢泼大雨骤然而下，逼得我赶紧跑到路边的一幢茅草屋前去躲雨。这户农家和贵州山乡的大多数农户一样，显然很穷，但主人听我说了遭遇，还是沏了一碗苦丁茶给我喝。当地的农谚说："四川的太阳云南的风，贵州落雨当过冬。"虽然是夏天，雨一落下来，我还是觉得冷，坐在农家的板凳上，真不想站起来走了。可时间不等人，雨下小了，乌云笼罩山头，眼看着天就黑了。真走回寨子，恐怕要半夜了！正在这么想着的时候，我看到公路上开过去一辆煤车，哦，这是扎佐煤矿的车，省城里在武斗，可乡间的煤矿仍在生产。我连忙放下杯子，向主人道了谢，直接走到公路上，一边慢慢往前走，一边期待着后面还有车子开来。一辆煤车开过来了，我向着车子招手，司机不理我。第二辆还是如此，以后的每一辆几乎都是如此。是啊，他们怎么可能晓得我是一个快要走不动了的人呢！

我失望了，慢吞吞地往前走去，心里说，管他呢，就这样走罢，总能走到的。就在我已彻底失望的时候，我看到前面路边停着一辆煤车，我惊喜地跑过去，司机正在路边的小铺子里吃面条。我向他道出了原委，并且打听明白他去的正是我插队的久长方向。于是我要求搭车，他向着我把手一挥，同意了！30 里路，煤车只用了 20 分钟。我在久长下车的时候，下着霏霏小雨的天还没全黑呢！我从随身带的包里掏出一只硕大的毛主席像章，送给这个好心的司机。他笑了，向我连连点头。在那个年头，这是我能拿出的最好的礼品了。

这就是我的一段旅程，最难忘的一段经历。朋友，你说呢？

湘黔铁路大会战

插队第二年的秋天，正是收获季节，黔北的山乡里也有一个天高气爽的小阳春时节。这时，一道命令传下来，说中央决定修建湘黔、枝柳铁路，这是打通祖国大西南的大动脉，并且传达了毛主席的最新指示：三线建设要抓紧，就是同帝国主义争时间，同修正主义争时间。口头传达时还说，湘黔铁路不修好，毛主席他老人家睡不好觉。于是决定举行湘黔铁路大会战，要动员贵州、湖南、广西的160万民工，抢修这条铁路。

按下达的命令，安顺地区要组建民兵师，安顺地区所属的每一个县，都要组建一个民兵团，修文县民兵团要组建10个民兵连。久长人民公社属于三营十连，每一个连队必须有一个女民兵排，任务很快摊派下来，砂锅寨必须派出一男一女两个民兵。女民兵必须是未婚的。

随着命令的下达，各种各样的传言也在知青中传开来：上了铁路线的知识青年，等到铁路修成之后，会优先考虑留下来，在铁路线上当扳道工，在铁路沿线的车站上当售票员、检票员，成为铁路职工。一些知青甚至眉飞色舞地想象，当了铁路员工，连衣服都是国家发的，比去矿山当工人，比到县五小工业的厂矿去，条件优越多了。公社开了动员大会，各个生产队开了群众大会，号召年轻社员们报名修建湘黔铁路，并且说得很明白，批不批准你去是领导上的事情，报不报名是对党中央和毛主席他老人家的态度问题。

在我记忆中，几乎所有的上海男女知青，都在自己所属的生产队报了名。

在山乡自古以来流传下来的风俗中，未婚姑娘是不能出远门的。即使到了"破四旧"破得那么"彻底"的"文化大革命"中，老乡们还是不愿让未婚姑娘出远门。我们砂锅寨旁边的杨柳大队，大队支书只能让自己的女儿报名，完成杨柳大队的指标。故而当我和妹妹去报名时，大队干部笑逐颜开地对我们说：你们两兄妹一报名，就解决我们的大问题了。让你们去，让你们去！

原来，他们正为派哪家姑娘上铁路犯愁呢！永兴四队的女知青小丁已经报了名，我妹妹一报名，永兴的两个女民兵指标就完成了。

看到我们兄妹报了名，我的恋人，也就是今天的妻子王淑君，也赶回杨柳大队报了名，并且当天就得到了批准。就这样，我们仨一起上了湘黔铁路会战工地，成了修文民兵团三营十连的民兵。

从公社带着行李铺盖和日常生活用品爬上了卡车，开到黔东南州黄平县古陇区重安江畔的鲤鱼冲附近山坡上安营扎寨，我们整整走了两天。头天晚上抵达黄平县城吃晚饭时，因为上路的民兵太多，光是等吃晚饭，就等了一个多小时。第二天从黄平到谷陇，路并不长，到了重安江畔，又是等，等待分配我们究竟在哪一座山坡上安下营盘。

直等到天擦黑，说地盘仍然定不下来，让我们先进鲤鱼冲寨子苗族老乡家里，克服几个晚上再说。于是乎，我们久长公社的上海知青，男生被安排在一间苗家的堂屋里打地铺，女生则睡在院坝里的柴房上头，只是临时用大张的芦席把柴房围了起来。

从第二天开始，男生不能住进苗族老乡家了，要腾出房子，给营部的卫生所使用。我们只能过"天当铺盖地当床"的日子，每人发一根棍子和一张芦席过夜，说是挡一挡露水。寒潮来之前，工棚抢修出来了，人多铺少，规定了每人的铺位只能是八寸，挤着睡。后来又从八寸增加到一尺二，最后固定在一尺八的宽度。上海知青都怕虱子和跳蚤，这下好了，彻底和老乡们打成一片，混睡在一张大铺上，人人的衣服上都发现了虱子。

吃饭由连队伙房供应，大米饭管饱，随你吃。可就是没菜，头几个月，天天都是老南瓜汤，碱水酸菜煮巴山豆。连从村寨上来的农民们都觉得苦，编了顺口溜哼哼："上顿瓜，下顿瓜，发了工资就回家。"伙房的大师傅说："刚上路的时候，老南瓜卖一分钱一斤，现在多少？四角一斤，还买不到，你们别发牢骚了！"

是啊，成千上万的筑路队伍涌进深山苗寨，周围只有零星稀疏的村寨，不要说蔬菜、副食品紧张，就连喝的水都成了问题。我们每天清晨和夜晚的洗脸水、洗脚水，都是从泡冬田里挑来的浑汤汤，沉淀半天也不见清。工地上在酝酿把重安江水接过来。我没闲心去弄吃的，每天上班前、下班后带着一个小本子，去记录苗乡的地理环境、房屋结构，去问当地老汉和娃崽：鱼为啥养在稻田里？坡上长的是什么树？林子里鸣唱的是啥子鸟？婚丧嫁娶时为啥非按那些程式办？当地流传着哪些民歌？上山对歌时男女苗家唱些啥？重安江有哪些传说？解放前的土匪是什么样子？商人们带些什么进这一带的山岭里来……问完了，回到工棚里倒头便睡。第二天一大早，不等人家起床，我又爬上山头，去看米色的稠雾从山谷里袅袅升起，去听雀儿清晨的啼鸣，去重安江边的碾米房，去望苗家姑娘们蹒蹒跚跚地挑着担上坡。在腊月间的寒夜，我钻进苗家的火塘边，听他们天南海北摆龙门阵，说古道今……这一段艰辛的岁月，对我来说，是一生最难忘最苦涩也最有意味的日子。

哦，青春之所以美好，就因为它激发人们不懈地追求。青春之所以幸福，就因为它有未来。

我在山乡小道上跋涉着，为我的这些努力和追求，我开始付出代价，牙齿在连年的剧痛后一颗一颗脱落，这是不是生活留下的烙印？

怀乡居古庙

每当看到名山大川中那些修得古朴典雅的庙宇佛堂时，每当为这些涂红描锦、富丽堂皇的古庙啧啧惊叹时，在我的眼前，总会情不自禁地浮现出一座坐落在山巅之上的古庙景观，引起我深沉的遐思和对创作起步那些日子的怀念。

须知，我那最初的创作生涯，就是在这么一座古庙里，伴随着插队生活的苦闷，伴随着青春岁月里的孤独和追求而开始的。

那是插队落户初期。我在稍稍适应了贵州山乡村寨的生活节奏和习俗以后，我那不安分的心又不由自主地思念起书本，思念起由于生活环境的变迁而被迫停下来的创作来。可要学习、摸索创作规律，那又是多么难啊！知青点集体户里有学习空气，周围找不到可以请教的老师，借不着书本不说，就是写作所需的最基本条件——放张桌子铺一叠稿纸的安静环境也没有呀！

我插队的寨子上共有六个上海知青，四男两女，我们四个男知青住在一间刮风就摇、下雨就漏的茅屋里，放下四张床，茅屋挤得只剩下勉强能转身的过道，连张桌子也放不进了。

每当我写东西的欲望强烈的时候，我就只能掀起褥子，在床铺上就着油灯闪烁的光亮写下一个个字。这情景是很别扭的，我趴在那儿写，不是人家醒着影响我，就是人家睡着了我影响人家。即使熬到夜深人静，写得正来劲儿，也会不时地欣赏起伙伴们的梦话和隔壁女生屋里磨牙的声音。那年头山乡里的煤油质量也差，灯焰儿闪烁着、摇曳着，冒出一小股一小股烟气，我那雪白的帐子，全被油烟熏得一道道黑条条，洗也洗不干净。

有天清晨，我听到茅草屋后传来低低的啜泣之声。绕过山墙一看，同户的知青小冯，两个膝盖上放一块搓板，垫在那儿一边给上海家里写信，一边在哭泣。我走近去轻声劝慰他，心里却在暗忖：瞧，这地方真不错，不但清寂得无人打扰，且景色宜人。我们的茅草屋紧挨着一大块肥沃的秧田，水田队的秧子，顶着银光闪亮的露珠儿，绿茵茵的一直铺展到寨外门前的大坝子，坐在这儿，一眼便可以看到远远近近逶迤连绵的群山和乡间的条条小道。从第二天开始，我就变夜晚写作为清晨早起，趁着拂晓时分山里的蒙纱雾徐徐飘散，坐在后屋檐下的板凳上，膝盖上放块搓板，搓板上再搁一张硬板纸，写上一阵，抬起头眺望一下寨外的流水和浮云，满眼里收尽山野的绿色，倒也不坏。这种姿势写封家信还可以，坐在那儿一气往下写，滋味儿就不好受了。

亏得寨上的喻老汉。

那天他在我们茅屋后的秧田里翻犁，水田大，他连续犁了几个早晨，见我坐在那儿写，就对我说，寨外山头上有座古庙，那里曾办过政治夜校，既清静又有桌椅，何不上那儿去。说着还用赶牛鞭指了指那岭巅绿荫丛中露出一角的古庙。

我听了心中不觉一亮。每逢赶场天就往古庙里跑。出寨子过小石桥，沿着一条弯弯曲曲的上坡路爬到山巅，总共也只一里半路的样子，很近。庙门前台阶旁，长着一棵枝干粗壮的百年老桂花树，月洞门就掩映在树荫底下。进了略比人高的月洞门，是个光滑的青岗石铺砌的院坝。院坝上头的宅基上一溜平顺地立了四间屋子，两间茅草房，两间砖木结构的瓦房。走进去一看，哪里还有啥庙的痕迹，连菩萨的影踪都见不着了。满屋的桌椅板凳蒙满灰尘，乱七八糟堆在一起，全都是缺胳膊短腿的。所谓桌子，就是一般小学校里的课桌；椅子呢，干脆就是两叠砖头上放一块板，垫得不牢实，坐下去还得跌跤。不过这地方确实清静安宁，除了飒飒的风声和点水雀儿的低声啁啾外，忙忙碌碌的农民们是没有闲情逸致上山来的。比起我们知青挤住的茅草屋来说，这儿称得上是个写作的良好环境了。

于是乎，我便带上一块抹布，整理出一套稍微像样点的桌椅，每天一大早，就踏着晨露，穿过山乡清晨的雾霭，挟着稿纸书本步行到庙里去，在砖块石头、破败的四壁陪伴之下，在大自然的风声、鸟声的伴奏之下，潜心地写着我想写的一些东西，几乎从未遇到什么人上来过。那年头是集体出工干活，贵州的偏僻乡间，头一顿饭总要挨到九十点钟吃，吃完了，队长寨前寨后地吆喝。在小小的土地庙前集合起队伍正式出工，总要拖到十一二点了。所以，一上午时间我尽可以放心在庙里写作，反正到了吃饭时候，同我一起插队的妹妹自会到山脚喊我的。

文思不顺，写不下去的时候，我就搁下笔，走到房屋外头，站在高高的山巅之上，迎着阵阵扑面而来的山风，向四处眺望。每当这时，一股说不出的感慨总要涌上我的心头，那便是一面由衷地感叹山乡的壮伟美丽，感叹"大山是主，人是客"，一面却又为偏僻村寨上的贫困感到揪心。

每年的 8 月和 10 月里，月洞门外台阶旁的那棵老桂树，总要先后两次开花，8 月里头一次的花儿开得繁艳，香味淡雅一些；10 月里的那一次，花儿团团簇簇地开，香味儿浓郁扑鼻。秋风送爽的日子，那浓郁的桂花香味，会随风送到十里八里之外，寨上的乡亲，既图秋后刚收粮食，又图桂花盛开的吉利，都爱在这时节娶亲嫁女。那时候满寨的喧哗总要持续两三天，锣鼓鞭炮的声气不时地传到山巅上来。

哦，那段艰难的日子早已随着岁月的流逝而埋在心底深处。但是，一看到庙宇佛堂，我自然而然还会想起那个幽静的环境来，就在那前后几年时间里，出工劳动之余，我在庙上，约莫练笔几十万字，其间写下的处女作草稿《高高的苗岭》和《绿荫晨曦》等，后来在上海、北京出版社编辑的帮助下，还较顺利地出版了。

后来有人告诉我，那上头除了院墙和月洞门是原来庙的样儿，四间房屋都是破"四旧"推倒了古庙后新修的。这古庙里头，原先住的并不是和尚，而是尼姑。解放初期，农民翻身，尼姑下山还俗，嫁人生了娃娃。

唯一值得提一笔的是，1982 年深秋中央电视台的同志来黔拍专题，我带他们去过那儿，山巅之上，新崭崭盖了一排教室，娃儿们坐在里面上课，原先的青岗石大院坝拓宽加长，变成了孩子们的操场，像个小学的样子。遗憾的是，院墙推倒了，月洞门拆除了，连那棵百年桂树，也连根刨了。可惜，可惜。

在山乡小学当教师

在离开砂锅寨半里地的山巅上，有一座小学校，乡村的耕读小学。最早，我说的这个最早指的是解放前，这山头有座像模像样的尼姑庵，里面住过好几任老老少少的尼姑。我们插队时，还有农民指着寨子上几位老太太告诉我们，说她们当年就是庵里的尼姑，后来还俗了。

尼姑庵改建成的耕读小学，一切都是简陋的，桌椅板凳缺胳膊短腿不说，有一两间教室里，所谓桌子，就是两端用砖砌上来，上面铺一块长板子。板子后面坐一溜四个学生，那就算桌椅了。

走进这所小学校，纯属偶然。下乡头两年，我们知青住的茅草屋光线晦暗，没有电灯不说，放了四张床，屋内根本放不下一张桌子。而我喜欢写作，经常在膝盖上放一块搓衣板，坐在后屋檐下费劲地把自己的感受和构思写下来。大约是农民们看着我这么写太费劲，就告诉我，那所被砸烂的小学校里，还有几张桌椅板凳，你可以到那里去写。我上去一看，果然如是。于是天天清晨，就带上纸笔，攀山而上，到那里去苦思冥想。山巅上有风声、有鸟语，山巅上还能眺望远近的村寨和郁郁葱葱的峰峦，一个人待着虽有些孤独，可它却能使我青春躁动的心获得平静。后来小学校恢复了上课，再后来我在小学校当上了老师。

那是我从湘黔铁路工地返回寨子以后。1972年的8月，我还记得是29日，大队支书和我谈了40分钟的话，第二天他就宣布，经大队研究决定，派我到小学校去任教。他说他本来是不同意我去教书的，除了大队会计和其他干部力荐之外，他还特地和我谈了话，发现我讲的贵州话已经十分地道了，娃娃们能听懂，于是他就同意我教书了。

第一次，我感受到人的命运原来就是这么决定的。

教书得来不易，我就教得格外认真。小时候，母亲教过书，姨妈也是教师。记忆中她们每天晚上备课，记忆中她们曾经说过，一堂课中，有半堂课需要由老师讲解，然后做习题，然后朗读，偶尔也抽查、默写。山乡里，教师缺乏，耕读小学的四名教师，主要教语文、算术。五年级教一点历史、地理和自然。其他课程如唱歌、体育，一律都是不教的。教这些干什么，老乡们说，上坡干活，跟着大人哼哼唱唱，嗓门好的自会唱山歌。至于体育，那更是多事，男女娃娃从小掏猪草，爬坡上坎，学做农活，整天干活，哪不比体育强？我说这不一样，坚持把唱歌、体育列入课程，谁教呢？我。每天晚上，7点钟到7点15分，贵州人民广播电台有一档儿童歌曲节目，一个星期教一首新歌，我打开半导体收音机（这东西在山寨上是稀罕物，只有知青才有），跟着收音机里学，学会了再到唱歌课上教学生。《小松树》《小小螺丝帽》《我是公社小社员》……一首首儿童歌曲，我记下歌词曲谱，然后教给学生。体育课也同样，我比照着学区发下来的广播体操示意图，回想着自己中小学里做过的广播体操，把比较复杂难做的舍掉，保留易学易懂易做的，一节一节教给学生。每个星期逢到上体育课和唱歌课的时候，总是小学校最热闹的时候，全校从一年级到五年级的学生，集中在一起上大课，大大小小的娃娃跟着我一起唱歌，一起做广播操，大教室里喧腾的歌声，操场上大小娃儿的欢声笑语伴着哨子声，从山巅上传到周围的几个寨子，小学校显得生气勃勃。

几个月教下来，干农活时，赶场路上，晚上去老乡家里串门，都有老乡扯住我袖子说：还是你教书行！我问何以见得？老乡说，原来我家娃娃一背书包就喊肚子痛，回来不愿做作业，只晓得赶鸭子玩。现在不同了，回家第一件事就是做作业，做完作业还唱歌，吃了晚饭还要教他的老奶奶做广播操，读书读得一家喜气洋洋。

说实话，我听了以后喜滋滋的。再加上学期终了，我教的五年级中好几个孩子升上了农中，于是乎我就在寨邻乡亲们心目中成了一个好教师。

不要以为我在这里自吹自夸，关于这段教书生涯，我曾经写过两篇短文，一篇叫《一件往事》，一篇是《脚踏着祖国坚实的大地》。前一篇是散文，后一篇是在儿童文学座谈会上的发言，事后编辑让我整理成文的。两篇文章有一个共同的意思，那就是在教书的同时，我也在接受着教育。正是因为天天和这些贫穷的、衣衫褴褛的娃娃们在一起，我的心平静安然。在向他们传播基础文化知识的同时，我总是从他们的生活形态，从他们的现状，想到栖息在祖国大地上的农民们。他们一年四季辛勤劳作，渴望的无非是温饱的生活。但他们就是如此艰辛，有时候温饱都还不能达到。我经常停下课程给孩子们讲，为什么贫穷？为什么富饶的山乡人们生活得如此清苦？就是因为没有知识、没有科学文化。我自小读了很多书，我把读来的一些科学家、文学家追求知识、刻苦学习的故事讲给娃娃们听。他们眨巴着大眼睛，经常打断我的叙述，提出一些诸如"什么是面包""什么是有轨电车"之类的问题。但是我看得出，他们是在认真地听。班上几个聪明的学生，一点也不比城市里的孩子差，算术一教就懂。初读四年级时，全班同学造句都经常出错，四年级学期结束时，他们人人都能写一篇语句通顺的作文了。

1982年，《蹉跎岁月》播出以后，中央电视台拍摄《叶辛的"蹉跎岁月"》专题片，我和他们又来到了这所小学校，给孩子们上了一堂体育课，导演把孩子们做广播操的情形全拍了下来。当一天的拍摄结束以后，满寨的乡亲们站在寨门口送我，台阶上、土坝上、坝墙上、大树下站满了老少乡亲。导演说，他是在延安长大的干部子女，他多少年没见过这么感人的情形了。

1998年3月31日，我插队落户30年的纪念日，上海画报社编撰我的散文写真集《半世人生》，要补拍几张砂锅寨和小学校的照片。上海电视台风闻以后，特意组成了《叶辛回"家"》拍摄组，随同前往。那感人的一幕又出现了。同行者问我，这是怎么回事？我也感动得说不上话来。让我欣喜的是，原来在山巅上的小学校，终于搬到山下的坝子里来了，小学校现在建的地方，正是我们当年六个知识青年的自留地。我说这样就好多了，至少风小得多了，娃娃们冬天可以少受一点凉了。不过，这自留地可是一块好田土啊！学校老师说，那还不是因为你在学校教过书，小学校搬到知青原先的自留地上，有一点纪念意义。

我一时怔住，不知说什么好。是呵，一晃又是好多年过去了，但在这些年里，我从来没有和小学校以及我插队的砂锅寨失去过联系。80年代，我在贵阳工作，我的学生中有的遇到包办婚姻，跑到贵阳向我求救，我打电话、写信，让当地干部做工作，不要干涉年轻人的追求，使问题得到圆满解决。有当年的学生来贵阳，给我讲开发鸭子塘、开发后头坡、给寨子上农民引自来水的设想，我让他们好好做规划，不要一口想喝下一大碗热稀饭，要一点一点搞。现在，这些设想正在一步一步成为现实。回山乡去之前，巧遇《上海故事》的主编，他们这几年刊物办得好，在计划今年的实事时，决定结合广告宣传，援助10位贫困山乡的小学生五年的学费。我揽下这件事，通过贵州省希望工程办公室，他们决定把这10个名额，全部给我插队山乡的10位品学兼优的孩子，贵州省的大报、小报，全都刊登了这条消息，既宣传了《上海故事》，又为山乡扶了贫……可能正是由于这点点滴滴的小事，使我和插队落户的寨子，和我曾经任过教的小学校，有着不绝如缕的联系，一代一代的寨邻乡亲，才会待我如自己人一样。

让我更觉欣慰的是，我当年教过的那一班学生中，男孩袁兴开就在砂锅寨小学教书。我报出一连串当年成绩优秀的学生名字，问及他们在干什么，袁兴开扳着指头，一一告诉我：他们都在这周围的学校教书，像你最喜欢的刘光秀，现在还是出名的优秀教师哩！

哦，山乡小学校，你的今天比我教书时的昨天好。你的明天，一定会比今天更美好！

一件沉甸甸的往事

心头一直挂记着，砂锅寨该有一所更好的小学校。这一愿望，在 2004 年实现了。在上海企业家的支持下，我筹资 35 万元，在砂锅寨建起全国第一所春晖学校。2005 年 9 月，由修文县政府命名的"叶辛春晖小学"举行落成典礼。消息见报之后，其他贫困山乡的人到上海来找我，说只要 20 万元，他们同样能建一所以我的名字命名的小学。我坦诚地告诉他们，我做这件事，不是图名声，是因为我对砂锅寨，对这所我曾任教的小学，有着一份特殊的感情。我的心头，始终铭记着一件虽小却永远忘不了的往事。

那是 1972 年，我在小学校里教书。

冬日将尽，地处川黔铁路制高点的久长地区，早早地飘起了凌毛毛。凛冽的西北风从峡谷里吹来，吼啸着掠过树林和山野。吹得人只想守在火塘边不挪窝。我像平时一样，早早地起了床以后，匆匆地喝了一杯自制豆浆，便赶往离寨一里多路的庙上小学校去。到了那个由尼姑庵改成的小学校里，四处都是冷冷清清的，一个人影子也不见。我焦急烦躁地来回走了一圈，不由得恼火了。这是咋搞的呢？到了上课时间，不但学生一个没来，连其他几位教师也不露面。这样子教书和读书，教学质量怎么上得去啊！要晓得，在到小学校来任教以前，我曾向大队干部保证，一定要送一批学生进公社中学去。因为在我们下乡前后的几年中，大队所属的几个寨子，不曾有一个娃娃进过中学。

烦恼急躁之中，我抓起那根冰冷的铁棍，狠命地敲击着垂吊在梁上的圆铁柱，"当、当、当"的响声，随着寒风飘向脚下的四个寨子。

8点3刻，来了第一个学生。随后，四五十个学生娃娃，陆陆续续地踏着泥泞的山路到学校里来了。直到9点半钟，学校里的大部分学生和几个老师总算到了。我那个班的学生娃娃，每人背着书包，提着火笼。这火笼，不是电视剧《安娜·卡列尼娜》中安娜用的那种高贵皮毛的护手火笼，更不是现在盛行一时的暖手炉，而是用破脸盆、破瓦罐、烂花盆穿几根铁丝做成的火笼。"噗噗"燃起的火苗上，架着几根干柴，烟雾弥漫了整个教室，熏得大家不住地咳嗽、揉眼睛。

天哪，这怎么上课？本来就憋了一肚子火的我，板着脸站在讲台上。学生们似乎并没有注意到我的情绪，只顾闹哄哄地打开书包，拿出一根根干柴，小心翼翼地架到火笼上，俯身呼呼地吹着。一瞬间，满教室都是吹火声，吹得柴灰飞扬，烟雾腾腾。

简直是乌烟瘴气！我恼极了，本来就迟到了，进了教室还这个样子。我一个箭步跃下讲台（原谅我那年只有22岁），对准第一排那个姓杨的11岁娃带来的破脸盆，一脚把它踢翻了！

孩子们被我这一粗暴行为骇住了。一个个呆痴痴地望着我。

我回到讲台上，准备开始一堂强调学习重要性的训话，刚把脑壳扬起来，坐在最后一排的那个年龄稍大的女学生，朝着我连连摆手。我向她一瞪眼，她又用手指了指坐在前一排的一个男生。那是个14岁的娃娃，在五年级不算小了，光着脚板，穿一条褴褛的裤子，脸冻得发青。我愣住了。再看被我踢破脸盆的那个学生，吓得一边啜泣，一边哆哆嗦嗦地从书包里拿出书本、铅笔盒。他穿得更单薄，光脚板还沾着稀泥。我的目光向全班扫去，这些偏僻山寨上的娃娃，差不多都是一个样儿。

我站在那儿，大睁着双眼，傻了！教室里的烟围裹着我们，我和学生们一起淌下了热泪。是啊，我们山乡的娃娃们，理应穿得暖暖和和，理应坐在温暖的教室里读书，可是他们穿得那么单薄，冬天还光着脚板。我虽然也穷，但我还穿着棉毛裤、毛绒裤，脚上还有一双棉鞋。可娃崽们……一刹那间，我记起了很多事情：开学了，由于山乡外头的世界里在闹"文化大革命"，无数的纸张都被用来刷巨幅标语和大字报，而山寨小学校的课本却印不出来。课还得上，除了教生字，我还给学生讲高尔基的故事。讲到高尔基小时候在面包作坊里当学徒的时候，几乎所有的孩子都把手举起来了。他们问："老师，什么叫面包？"什么叫面包呢？自认为读过好多书、有一点知识的我，却怎么比画也讲不明白。弄得我只好在春节回上海探亲时，给孩子们带去两个面包。还有一次，我病了，发烧到39.7℃，孤零零地躺在茅屋里，无法起来煮饭吃。连续三天，一个14岁的学生，天天给我送来一暖瓶豆浆。在起不了床的那三天里，我就是靠这豆浆活过来的。他送豆浆来时，对我说："老师，我们盼你快点好，到学校教我们……"哦，我的脑子里涌起了那么多思绪，我仿佛这时候才意识到我们教室四五扇窗子都没有玻璃，窗外连绵的山野萧瑟阴沉，枯枝残茎在随风抖动；我仿佛这才注意到，我们的教室连门也没有，逢雨必漏，学生们要撑着伞上课；还有那些稍大一点的孩子，他们为干不尽的农活和琐碎的家务事所累，在赶来上学之前，往往还在割草、推磨、挑粪、锄地。他们是愿意来读书的呀，他们是渴望学到知识的呀，我怎能责怪他们呢？我只怪自己在这萧瑟冷寂的环境里待久了，已经麻木了，才如此糊涂，才如此粗暴……

就是这么一件小小的往事，即使今天想起来，我的心头仍感觉到沉甸甸的，充满了负疚感。

旅途中的爱情

探亲之旅也会引出一些浪漫的故事，乃至结下相亲相爱的金玉良缘。

一个姑娘带了 14 只包上火车

探亲结束了，除了购买回程票的烦恼之外；返程之旅还有不少烦心事。

首先是进站。今天的读者一定不能理解，买到了票，进站还有啥可烦恼的？出示车票，走进去就是啊！

不然，那些年里，铁路部门可是全国人民议论和抱怨的重点：一是火车的晚点；二是铁老大的作风；三是种种规矩繁多。其中上海站规定，一张旅客票只能购买两张站台票，也就是说，一个人出行，有两个人相送，讲得过去了。但到上海探亲，返回外省、外地的干部、职工、知青带的行李多啊，尤其是返回山沟、农村的内迁工厂的职工和下乡知青，吃的、喝的、穿的、用的，替人家带的东西，往往大包小包一大堆，一个人上车，带五六只包的，是常事；带八九只包的，也不稀奇；带十几只包的，也大有人在。有一回坐在我旁边的一个文弱姑娘竟然带了

14 只包，上车的时候，送她的人一拥而上，把头顶上的行李架、座位底下的空地方，以及茶几下面伸腿的地方，都塞得满满实实。列车驶出上海，我问她："你一个人走吗？"

她点点头，指了指前后左右、上上下下的行李包说："你帮我看着点。"

"车是上了"，我边点头答应她，边问，"到了站，你怎么拿呀？"

她笑吟吟地轻松地说："会有一帮厂里的人来接的，我只负责往下递就可以了。嗨！刚才进站，才费劲哩！"

我没有问她是怎么费劲的。想象得出，刚才上车送她的这么多人，肯定是找了关系，买到好几张站台票，才把 14 只包帮她送进来的。

抢占位置就像打仗

第二个烦心事就是抢位置。长途旅行，硬座票都有座位。我说的抢位置，就是像上文所说的文弱姑娘，必须抢到放大包小包的位置啊！

记得在黑龙江插队的表妹要回来了，姨妈让我约上几个男同学帮忙送上火车。表妹在黑龙江农村的蔬菜队干活，三年多才回一次上海。探亲假期满了要回去，除了她自己要带的东西之外，蔬菜队的其他上海姑娘家里每家都拿来了一只包，要她帮助带回去。这些都是大号旅行袋，每只包送来时家长都说包太小了，装不下，只能尽量塞，每一只都不轻。我动员了七八个从小一起长大的伙伴，像部署一场战役般，谁负责解决几张站台票，谁拿着最轻的包排在进站队伍前头，先冲进站上车抢到车厢里放包的位置，谁扛重的包走在后面一点。

当我们把所有的包放在各得其所的位置，表妹在她的座位上坐定下来时，列车员已在催促送客的人下车，列车马上就要开了。

表妹的终点站是三棵树，要坐 56 个小时。我有些担心地问她："三天呢，你一个人顾得过来这么多东西吗？"

她指指隔壁车厢："有个女孩在那节车厢，到时候想法让她调位置过来。"

这样的长途旅行，就特别需要一个伴，互相之间有个照应。其中一个需要方便了，另一个可以看着点。到了夜间，还可以商量着，你睡觉我留神，轮流注意对方的行李。

邂逅之后的浪漫

探亲旅途中时常也会发生邂逅之情。男女职工在同一家内迁工厂，相互知道是一个厂里的，平时没有多少交往。在探亲旅途中，偶然相遇在同一节车厢，从闲聊开始，增进了了解，回到上海之后又有接触的愿望，相互串个门，看场电影，回程时相约一起走，再回到厂里，人们看到他们相爱了。这只是比较多见的一般版本。

在男女知青中，这样的故事更为普通。几个女知青准备一起回上海探亲，总有人会提出，最好有男知青同行。既可以让男知青为她们提供帮助，更主要的是，旅途之中什么事儿都有可能发生，有男知青在一起，胆子可以壮些。

漫长的旅途，沉闷的空气，拥挤不堪的车厢，使一些不适宜长途旅行的人很容易犯病。有男知青胃痛了，细心的女知青会说我带着药，你要不要吃一粒？到了饭点，要买饭了，女知青会问：你想吃面还是饭，我到站下去给你带上来。更多的时候是娇弱的女知青犯困，昏昏欲睡，脸色煞白，不吃不喝只叫难受，男知青也会嘘寒问暖，表现出无微不至的关心。探亲旅途结束，他们也就相好了。

还有的故事情节就类似小说和电影了。原本并不相识，恰好坐在相邻的位置上，在旅途中聊着聊着就聊出了感觉，相互交换了联系方式，要好起来了。

我曾在老知青联谊聚会中，碰到一对知青夫妇，男的在云南兵团，女的在贵州插队，细问之下，就是在探亲旅途中相识的。我还碰到过好几对知青夫妇，有男的在内蒙古，女的在安徽；也有女的在黑龙江，男的在吉林；男的在江西，女的在浙江。往细处一打听，都是在探亲旅途中邂逅，互生好感，谈起恋爱了。

难忘的探亲

知青的探亲假和国家职工的探亲假是绝然不同的，回想起探亲来，知青回到上海探亲期间的故事很多，来回旅途中的烦恼和尴尬事也不少。

有不少人将探亲的旅途视为畏途，愈是临近探亲假，愈是探亲假期快要结束时，就会显得烦躁不安，吃不下饭，夜晚失眠。

为什么呢？探亲来回旅途的漫长不说，光是列车车厢里拥塞不堪的状况，就是今人难以想象的。

火车票一票难求

一般来说，请探亲假的职工包括知青，早就开始做打算了。首先必须购到座位票，有了一个固定座位，在列车上相对就会安定些，也能保证一定的休息。只是探亲的旺季往往集中在秋末冬初到来年的冬末春初之间，所有在异地工作的人们，所有远离上海的游子，都选择在这样一个时节探亲，因为在这个时节里有元旦、春节、元宵节三个传统的团圆节日。倘若探亲的假期请得巧，加上补休假、路程假，就可以和家人在一起度过两至三个节日，而一旦不能兼顾这三个节日时，至少要保证春节能和家人在一起团团圆圆地度过。尤其是临近春节的那20来天，列车上的座位票，常常出现一票难求的情形。

买不到座位票，又请了探亲假，怎么办呢？那就只有购站票。

站票的数量也是有限的，故而到了那个时节，列车的每一节车厢前，就会挂出"满员"和"超员"的红牌。到了站，挂出"满员""超员"红牌的车门，只打开一会儿，立刻就关上了。打开那一小会儿，是为了让下车的旅客离开车厢，下几个乘客，上几个旅客。若这节车厢没人到站，车厢门包括车窗，就紧闭不开，直到列车重新启动。

而在车站上购了票，又在寒风中等待了很久的旅客，遇到这种情形，常常是急火攻心，又喊又叫，却也无可奈何。插队落户后期，在我们那里的久长火车站上，时常会出现这么一幕：只停靠一分钟或两分钟的火车门窗紧闭着，探亲的知青们就会一拥而上，冲到车窗前，用事先准备好的扁担，撬开车窗往车厢里爬，一爬进车厢，他就会把窗门大开，让还在站台上的知青爬进来。来送知青回家探亲的伙伴们，会把购了票的知青抬起来，像塞一件货物似的送进车厢。当探亲的伙伴如愿以偿地进入车厢之后，车厢上下就会传出阵阵欢呼声。

车厢里拥挤不堪

不能怪门窗紧闭的那些车厢，车厢里实在太挤了。车厢接合部满是旅客，有站着的、有坐着的、有蹲着的。车厢过道里站满了人，三个人的硬座位上，时常坐着四个人。当有人抱怨拥挤时，马上就会有人说："这算什么挤？大串联的时候，行李架上睡人，座位底下铺张报纸蜷缩一个人，都是常事。"

就连厕所间里，也会挤着好几个人，直挤到门都打不开。这样一来，旅客大小便，就成了一件烦心的尴尬事儿。每当列车到了大站，广播里就会播出，下一站列车停靠的时间会长一些，需要购买食品和方便的旅客，请做好充分准备，快去快回，务必在列车发车铃响时，赶回车厢。

这样的广播，会在列车到达大站之前，连续播送好几遍。即使如此，还是会有掉站的旅客。

车厢里拥挤到如此程度，餐车的正常供应自然停止了。到了吃饭的时间段，自带食品的旅客会把茶叶蛋、煮鸡蛋、面包、馒头、蛋糕、糕饼、包子、烙饼等取出来，旁若无人地充饥。未带食品的旅客，只能期待列车的下一次到站。每每到了饭点前后，列车驶进一个停靠站，站台上的每两三节车厢之间，就会停满了食品车，车上放着各式食品，最为普遍的是馒头、面包、包子、烧饼和汽水、饮料。那时还没有方便面，服务周到的车站会备有热的茶水或开水。一排排的自来水龙头前，同样挤满了洗脸、洗手、搓洗毛巾的旅客。发车铃响起的时候，站台上的旅客便蜂拥到车厢门口，挤回到自己的车厢里去。离得太远一时跑不回自己车厢的乘客，会随机应变在其他车厢上了车再说，等车行驶起来以后，再慢慢地挤回到自己的车厢。

如此拥挤不堪的车厢内，各种气味杂陈是免不了的。面对污浊的空气，有的昏昏欲睡，有的闭目养神，还有的乘客实在憋得受不了，脸色通红，就请求挨窗而坐的旅客开一点窗透透空气（那个年代，列车上的车窗都是可以由旅客自助开启闭合的）。大冬天的，车窗开得时间一长，坐在窗边的旅客被凛冽的寒风吹得受不了，就会要求关窗；而挤在车厢里边的旅客，又会要求开窗。

关窗开窗两种意见争执不下，有人就会亲自动手，把窗打开或是"咚"一声关上。于是乎，关窗开窗的就会争吵起来。当然更多的时候，旅客们还是能互相体谅、互相帮助的。

有一年盛夏时节，我回上海修改一部小说稿子，只见列车上所有的车窗几乎都敞开着。热啊！列车奔驰起来，从车窗外吹进来的风让人感觉舒爽。可一天的火车坐下来，几乎所有的旅客脸上都蒙上了一层灰，身上的白衬衣、白汗衫黑乎乎的。怎么回事？原来是蒸汽列车的煤烟随风飘进车厢，把所有人都熏黑了。

比这更尴尬的和说不出口的，是尿频尿急的一些妇女，在挤得转个身都费劲的车厢里，无法方便，只能穿上厚厚的贴身短裤，自行解决难题（那年头，市场还没有"尿不湿"供应）。

噢，探亲旅途中的烦恼和尴尬，真是当今旅客难以想象的。

往返路费不能报销

首先一个大不同，是国家职工的探亲，只要领导批准了，所有来回的交通、住宿费用，都可以报销。我这里所说的住宿费用，指的是旅途中的住宿，比如职工在县城、州府、省城换车需住宿。到达目的地后，住回自己家中，交通费和住旅馆费用就不在报销的范围。

我用了一个"国家职工"的概念，是因为当年所有的企业、机关、事业单位都由国家负责发工资，还没有今天已经十分庞大的民营企业。而知识青年呢，又分为两个不同层次。在军垦农场和国营农场拿工资的知青，只要批准了探亲假，来回旅途上的交通和住宿费用，农场同样给予报销。农场知青和国家职工探亲假的差别，在于国家职工保证每年都能享有探亲假，农场知青的探亲假，则视农场情况的不同各有各的规定。上海市郊农场的知青，同样能享受和国家职工一样的探亲假；远在新疆、内蒙古、云南、黑龙江农场的知青，则规定三年才能申请一次探亲假。批准了探亲，就能报销路费。

插队落户知青"就惨了"。"就惨了"这三个字是当年的原话，是指待遇最差，即是一切路费都不能报销。

曾经在高呼"扎根农村一辈子"口号的热潮中，上山下乡办公室出台过一个政策，并像喜讯一样报告给插队落户知青，说插队知青一辈子中，可以享受两次探亲假待遇。插队知青们说：这是空心汤圆。

探亲时间可以很长

路费不能报销，不等于插队知青们没有探亲。他们同样思念亲人，同样享用探亲假，且因为不能报销路费，他们的探亲假期就放得很宽。

每年的秋收大忙过后，插队知青们相互之间便酝酿着探亲了。上海知青们说话更切合实际，碰见了就问："什么时候回去?"言谈之间并无"探亲"二字。一般的知青去向农村干部请假，都是会顺顺利利地得到批准的。生产队、大队的干部，村寨上的老乡，甚至还会有一种巴不得知青们回沪探亲的心情。在农民们的心目中，知识青年从来都是过客，是临时的，住几年要走的。大小队干部同样是这种观点，找到他们请假，他们往往会问：想回去多久？两个月？三个月？反正最后总是一句话："明年的春耕大忙之前，你们回来就行了。"不给你规定具体的时间。

到了来年春天的打田栽秧时节，知青真晚回来几天，也没任何人责备你。反正出工劳动记工分，农村里并不少你几个知青劳动力。况且，知青们回上海探亲，还可以为寨邻乡亲们带东西，为姑娘们带花布，带有机玻璃纽扣，为老人带帽子，为小伙子们带"的卡"衣裳，为娃娃们带大白兔奶糖……

故而，插队落户知青的假期，自有其得天独厚的优势。很多知青从秋末冬初请准假回到上海，到春暖花开再次来到村寨上，探亲假三四个月是常事，住上个半年的也不乏其人。

要坐 49 小时的火车才能到上海

获得了探亲假期，写信告知了上海的亲人，就要踏上归乡的旅途了。

这是一段没有床的旅途。

所有度探亲假的人，都是坐着硬座回家的。旅途短一点的，要在火车上过一个晚上。旅途长一点的，比如在贵州大三线的职工，支内的职工，大学、中专、职校毕业以后分配到贵州各州、市、县工作的职工，上山下乡的知青，若是回上海探亲，则须在列车上度过 49 个小时，整整两个晚上，要在没有床的旅途上度过。

一般来说，买到了火车票，都有一个固定的座位。探亲，尤其是长途旅行探亲，座位是必不可少的。那个年头，运力紧张，列车上也出售站票。不是家里遇到紧急情况，正常探亲的人，是不会买站票的。买不到座位票，就延后一天两天，甚至更长的时间。万不得已，家中老人病危了，或家里出现突发情况，才不得不买站票赶回去。

买站票的探亲者，也不是少数。在每一节车厢交界处、走廊上，都会有几个买了站票往回赶的人。一打听，准是家里有急事，一脸心事重重的样子。

硬座车厢有两种座位，一种是二二相对的四人座，一种是三三相对的六人座。坐长途硬座，选择二二相对坐着比较舒服一点。但对消磨时间、相互聊天来说，三三相对更热闹一些。

火车上的旅伴，都是自来熟。安顿好了行李，倒好了一杯热茶，就会相互介绍着聊起来。六个人或四个人中间，总有一两个善于交谈者。你是在哪里工作啊，是在厂矿上还是地方上啊？所谓"地方上"，就是在地区或县里的工作单位，比如县医院、县商业局、县中学等等。要是回答"我在5703厂，716矿"，听者马上明白了，这是军工企业，一般不会告诉你具体的厂名和生产什么东西，但是另外一些话题还是可以讲的。你们厂四级工多少钱啊，补贴拿多少啊，每个月发几斤劳保肉啊？一对比，差距就出来了。"啊呀，你们矿上一个月发4斤劳保肉，吃得完吗？条件这么好啊！我们厂一个月才1斤劳保肉，还不能保证都吃上，'五一'节的肉票，到了'八一'建军节才兑现。"

离开了本单位，说话都比较放得开，尤其探亲时没有同行者，相互都是"萍水相逢"，在车厢谈得眉飞色舞，下了车道声"再见"，以后也许永远见不着了。

做家务聊天谈恋爱

那么长的探亲假期，怎么度过呢？

女知青是家务活的主要承担者，父母亲上班去了，兄弟姐妹有的进学校，有的到单位，白天家中只有女知青大姑娘一个，往往就把所有的家务主动承担起来了。她们从淘米、洗菜、洗衣服到做一大家人的晚饭，还有买菜呀、拖地板啊、交水电费啊，事无巨细全都干了。一来是闲在家中没什么事儿，二来也是最主要的，都长这么大了，天天在家吃父母的，怕弄堂里的人们说她吃"老米饭"（沪语，吃闲饭），那面子上多过不去啊！

男知青回上海探亲，不像女知青干那么多的家务。但只要家庭需要，父母叮嘱了，也会干一点。大多数时间仍然无所事事，口袋里又没几个零花钱，难以出门逛街。大量的时间就花在知青伙伴们之间串门，坐在家中，倒一杯茶，不少时候还是一杯白开水，可以海阔天空地聊上一上午，上至天文地理、国际国内，下至鸡毛蒜皮、小道消息。什么都谈，没有啥中心，目的只有一个，消磨时间。体验过繁重的农忙活之后，能邀三五知己、老同学和插兄插弟，这么聊上几次，也是一种宽慰。

男知青这一类的聊天式聚会，对象不外三种：第一种是在同一个公社、同一个县插队的知青，回到上海后聚在一起，聊聊回沪之后的感受，聊聊准备什么时候回去，聊聊给老乡和干部代买的物品情况，聊聊如何一起排队购买返程票，聊聊带些啥耐用耐吃的东西，等等。第二种是上海同一条弄堂里出去插队的知青，你在黑龙江、我在云南、他在江西，不约而同回来了，聚在一起聊聊各地的风土人情，老乡对待知青的态度，延边朝鲜族的能歌善舞、傣族的泼水节、黑龙江的猫冬、安徽的山芋干等等。第三种也是大伙儿最愿聚的聊天，那就是小学、中学里的同班同学，又都从插队地回来了，聚在一起，这种聊天往往聊得最畅快、最尽兴：大丰知青的抽调，内蒙古知青的骑马，贵州少数民族的习俗，原来班上哪个男知青患了一种怪病，哪个同学的父亲从"牛棚"里出来了，还有哪个女知青受不了当地的苦，嫁到了常州郊区的一个村庄，第二年就生下个大胖儿子，当上了社队企业的职工。当然还可以聊聊政治形势，"文革"当中流传甚广的种种消息。我写过一本长篇小说《风凛冽》，就是在探亲期间接触方方面面的知青后获得的灵感和启示写的。

知青正年轻，正值青春妙龄和生气勃勃的人生阶段。探亲时节，也是男女知青谈恋爱的机会。这些我在前文已叙述过了。

相亲，找个上海户口的

没有成家的青年男女，在探亲假期里，男大当婚女大当嫁是家家户户都要涉及的话题。相亲，那个年头更为普遍的说法叫"介绍朋友"，就是探亲假期里的一个主要内容。

亲戚啊，朋友啊，左邻右舍啊，充分发挥着自己人脉资源中的能量，给独身的青年男女介绍对象。漂亮点的姑娘、英俊点的小伙，介绍人就更多一些。而这一切，既不登广告，也不上广播，往往是采用一种悄无声息的方式进行。在"介绍朋友"这一现象的后面，体现出的则是家长的意志。早在儿子或者女儿回上海探亲之前，父母亲、外公外婆、祖父祖母，已经把空气放出去了：

"阿祥要回来探亲了，他那个山沟沟里的工厂，尽是男的，女工少，你们帮帮忙，给他介绍个对象吧，他老大不小了。"

"晓妮这次探亲，时间长一点，你们关心关心她，给她介绍个朋友吧！"

无论是邻里，还是亲属，都会受到这样的请托，并表示在自己的生活圈子里帮助留心。热心一点的，真心想介绍的，还会进一步询问："你们家晓妮有啥要求？"

当然是会有要求和条件的。

女方提出的要求和条件，会具体到家庭出身、经济状况、身高、相貌、脾气、性格等等，但有一条是会特别强调的，希望男方在上海工作。

话虽是一句，内涵却十分丰富。在上海工作，必然是有上海户口，以后晓妮就有希望以夫妻分居两地为名，调回上海来。有了这一条，其他条件即使差一点，也可以将就。

未婚男子当然也希望在探亲假期里谈上一个在上海工作的姑娘做对象。这样的例子是有，但成功率极低。

很多在上海有稳定工作的姑娘，一听男方是在外地工作的，就一口婉辞，连见面的愿望都没有。私底下还会说一声："这不是开玩笑吧。"

正因为介绍朋友是个热门话题，很多未婚男女探亲期间一个主要内容，就是相亲。不长的探亲假期间，相过三五次亲的，是常事；见过十来个异性的，也很普遍。

次数多不是说明交了"桃花运"，而恰恰表明类似的相亲成功率极低。

成功率低了，相亲的条件就会退而求其次。退到哪儿去呢？郊区、苏州、无锡、太仓、昆山、嘉定、湖州、南通、常州、嘉兴……只要离上海近一点的地方，姑娘谈成了嫁过去，男子谈成了先办手续，结了婚，再调过去。总而言之一个原则，离上海的父母亲近一点。这些紧挨着上海的地方，和上海有着千丝万缕的关系，亲戚朋友中不少都是上海人，只要一有机会，结婚成了家的两口子，再设法往上海调。

最终的目的地，仍是上海。在探亲一族中，这些途径被称为"曲线救国"。

那些年里，上海很多东西也像全国一样，需要凭证、凭票供应。你有了票，有了证，就能买得到。不像外地很多地方，去年"十一"凭票供应的鲜肉，到今年的"五一"还买不到。有了票证，仍得凭关系、看人头。比较起来，上海的副食品供应及其他物资供应，都是全国最好的。而上海执行严格的户口政策，要迁进一个上海户口，谈何容易！故而所有到了外地的上海人，梦寐以求的，就是能弄到一个上海籍户口。

而要争取调回上海，探亲时节是最好的活动时间。在相亲、介绍朋友这一终身大事上，这些因素就被充分地考虑到了，成为"打分"的基础。

忙碌，假期很快过完

夫妻之间探亲的，在尽情享受久别重逢的夫妇恩爱之余，就是更多关注对家庭的爱，特别是在子女的教育上。上班的一方尽量将补休调出来，陪伴来探亲的一方。探亲的一方则尽心尽力弥补自己一年四季不在家里的亏欠，照顾老人啊，体贴孩子啊，为家庭添置必需品啊，共同去南京路、淮海路逛一逛马路，为双方购买点新衣，为探亲一方完成同事、朋友、领导托付购买的物品啊……天天都有节目，天天都有安排。探亲时节同样是忙忙碌碌的，常常是一眨眼的工夫，探亲假就过完了，让人生出无尽的感慨和遗憾：时间怎么过得这么快呢？日历怎么会像被风吹似的翻动呢？

再忙碌、再短促，探亲期间有一档节目是少不了的，那就是看电影、看戏剧、听音乐会。

那些年里各种演出虽然少，电影也仅屈指可数的那么几部，但是和山间乡里厂矿上的业余生活比起来，和插队落户知青少而又少的文化生活比起来，上海的文化生活还是要丰富多彩一些。兄弟姐妹、亲戚朋友，包括相近的邻居，拿到了电影票和各种演出票，首先想到的，就是自己身边回来探亲的人。热门的票子，比什么礼品都会显得珍贵。在所有的票子中，内部电影票，或者叫内参片的票子，是最拿得出手的了。一年回一次上海探亲的人，也把看上一场这样的电影视为享受。

隔夜排队购买回程票

临近探亲假期结束，有许多担忧和烦心的事涌到面前。排在第一位的，就是购买回程票。

比起今日春运期间的买票、抢票，当年的烦恼要多得多。最为老实和本分的人家，托不到人购票的，只能去排队买票。然而，想买一张票，谈何容易啊！

我在前文说过，由于所有回沪探亲的男女都集中在元旦、春节、元宵节这一时节到上海来探亲，离沪的日子也就不约而同地汇集在一两个月的时段里。一票难求，是当时的常态。火车票是这样，长途客车票乃至轮船票，概不例外。上海滩的各个售票点，在冬末春初这段时间里，处处可见从早到晚的购票长龙。其中最为紧张的，就是硬座车票。

明天售票点开始卖你所需要的车票了，排队买票的人家往往是全家总动员，头天晚上就到售票处去排上队了。吃过晚饭到售票窗口去排队的，往往会惊呼："哎呀，我还以为自己是来得早的，没想到隔夜来排队，我拿到的还是十几号。"比他早的，吃晚饭之前的下午三四点钟就来了！

所谓"号"，最早是购票的旅客们自己发明的，找几张纸，裁开编上号，1、2、3、4、5……一人领一张，证明自己是在这个售票窗口按秩序排队的。为的是防止第二天上午8点整，售票窗口一打开，急于买到票的人们会像潮水般一拥而上，把原本排好的队伍冲散了。

后来售票点看到这一方法对维持购票秩序有效，干脆制作了木质的小牌子，每天傍晚，对已经来到售票窗口的客人发小牌子，俗称"发号头"。为何要统一发号？因为购票客人你自己可以编号发，我也可以找张纸编上号来发，结果两支队伍互不相让，出现两张1号、两张2号的同号票，容易发生混乱。现在采取木牌发号这一方法，就杜绝了这种混乱，也让先领到号头的购票者欢天喜地。领到了售票点发的号头，就等于吃了定心丸，不必在售票窗口熬夜了，可以安安心心回家睡上一觉。只要你在第二天售票窗口卖票之前，出示号头，就可以排到前面的位置上去。

这一经过实践探索发明的方法实施之前，曾经苦了那些想要按时买到票回去的探亲客。

我生活的弄堂里，就有几兄弟轮流排队购买火车票的情形。老大说："我今夜上通宵班，半夜12点接班。上半夜反正睡不好，我去排上半夜，吃过晚饭就赶过去。"老三说："反正我放寒假，第二天可以补一觉，我夜里11点赶过去顶大哥排队。"老二说："你们为我一张火车票，牺牲睡眠时间，我明天一早赶过去，票子还是我自己买。有时候，纠察怕有'黄牛'抢票转手卖高价，会突击检查买票者的工作证。"老二的担心不是多余的，你若忘带了工作证，往往会被纠察盘问很久。

售票点附近岂止有倒票的"黄牛"，卖假票的、趁队伍混乱偷钱包的，比比皆是。

为买到一张回程票，付出了远远超出票价的辛劳，是所有有过探亲经历者的深刻记忆。几位要好同学轮流去排队购票的故事，和几兄弟联手买一张票的情节，几乎是雷同的。

回归买礼物要分成档次

探亲假期要结束了，所有探亲的人，都要考虑回归所带的礼物。这既是人之常情，也有那个年代特殊的情况。

一个最主要的背景情况，就是那些年里的物资匮乏。

相比较而言，北京、上海、广州这样的大城市，比较内地、比较山沟沟里的工厂、比较知识青年投身的农村来说，物资要丰富得多。尤其是上海，被人视为什么都比外地强一些，有钱能买到许多东西。

要离开上海了，要离开父母兄弟姐妹了，要回去了，能不带点东西吗？

男人带得最普遍、最大宗的礼物就是香烟。香烟都是凭票的，普通老百姓、小知青中流行的好烟是凤凰、红牡丹，其中带过滤嘴的凤凰牌香烟最上档次、最高级、最送得出手，据说抽起来还有股香气。其次是大前门、飞马牌。飞马牌是人们抽得最多的。虽说卖香烟要凭票，但是探亲回去的人，总能从亲戚、朋友处得到不少烟票。毕竟，按人头发放的烟票，不属于紧张的票证，因为总有不少人是不抽烟的。

在准备回归的礼物时，探亲者会针对不同的对象准备礼物。班组里的同事，普通的知青伙伴，周围的邻居，散上一圈上海的好烟、奶糖、点心、零食什么的就行了。有一度阿尔巴尼亚白壳子的香烟在上海市面上流行，才1角6分钱一包，不凭票敞开供应，包装漂亮，无论是否抽烟的青工、知青，探亲回去都买了不少，见着熟人就送一包。不过这烟不好抽，连乡间的老百姓都说，这烟的味道还不如老汉抽的叶子烟强。

送给领导的礼物，就要精心地挑选了。不求领导办啥具体的事，只是一般地示个好，就选择那些不很贵、也不便宜的礼物，一块布料啊，一只精致的打火机啊，一个皮夹子啊，上海市场上有的是外地罕见的消费品，各人凭眼力挑选领导会喜欢的礼品。如果有求于领导，希望申请调动时领导能高抬贵手，送礼就不能马虎了。知识青年对生产队干部、大队干部、公社干部，更得小心侍候，得让他们在关键时候起作用啊！

每一次抽调，无论是工矿的招工、学校的招生，还是地区、县属单位招工，竞争都十分激烈，人人都在私底下使劲，希望能被挑上。一有人说坏话，尤其是说话起作用的人说你坏话，那就完了。知青的每次上调，讲的是"自愿报名，群众推荐，干部评议，领导批准"十六个字。可是，推荐、评议、批准，全得看人家怎么说啊！探亲回来的知青，逮着了难得一次的机会，带的是一点小礼品，求的是命运相关的大人情啊！

我送过一块蛋糕给老乡的男孩

对自己相处甚好的朋友，或衷心感激的老乡，或由衷地想要感谢的领导，挑选礼品就要格外精心选择了。

我插队时，有一次感冒发烧，连续三天热度超过39℃。一个老乡家的男孩，知道我平时爱喝豆浆，连续三天给我送来三瓶豆浆，维持着我的体力。那三天里，我浑身乏力，什么都不想吃，从早到晚躺在床上，没有这三瓶豆浆，我不知自己能不能撑下来。

那年回上海探亲，我叫着他的小名，问他："小漏斗，我从上海回来，很想给你带个礼物，你说说，你最想要什么东西？"

他问："真的吗？"

我认真地说："只要我买得起。"

"你买得起，不过我不好意思说。"

"你讲！"

他笑了："老师，上次你带回一只大面包，我只吃到一片。上海还有比面包更好吃的东西吗？"

"有，有。"我答应着："我给你带来。"

教书的时候，我曾给学生们讲到面包，全班所有的男女学生都举起手来，问我："面包是什么？"我费尽口舌，讲不清楚面包是什么东西。孩子们一会儿猜是馒头，一会儿猜是发糕、蒸饼，一会儿猜是粑粑……我无奈，那年探亲结束从上海回去时，花了1角6分钱买了一只松松软软的切片大面包，让他们每人吃一片。没想到，"小漏斗"还记得面包的滋味。

这年探亲结束，临上火车那一天，我到离家很近的星火日夜商店，花8分钱买了一只火车车厢形的鸡蛋糕，装在小饭盒里，带回了砂锅寨，交给了"小漏斗"。

"小漏斗"打开饭盒时那番欢喜的模样，我至今留在记忆里。他盖紧饭盒，欢跑着回家去了。

第二天他告诉我，他只吃到一小角蛋糕。原来他带回家去之后，父母不准他独个儿享用，让他分给姐姐和两个弟弟也尝一尝。当然，他们一家连爷爷七个人都尝到了蛋糕的味儿。"小漏斗"还给我饭盒时说："老师，你没有骗我，这蛋糕比面包好吃多了！"

这是我这一辈子送出的最便宜的礼物，也是我一辈子永远忘不了的礼物。

回归所带的礼物，给探亲的旅途增加了无尽的烦恼和负担。火车站台上，候车室里，长途车站上，轮船码头上，几乎每一个人都手提着、肩背着或扛着大大小小的包裹，形成了一道特有的景观，永远地留在我们这一代有着异地生活经历者的记忆里。

好在这一切的一切，都已随着岁月的流逝而远去了。

告别砂锅寨

连续下了几天的大暴雨，引得山洪暴发，淹没了大院坝，知青点的茅草房泥墙被泡酥了，住不得人。我先在老乡家厨房上头的阁楼里借宿了两个多月，后来就让我住进了大院坝旁边的土地庙。

这土地庙统共只有五六平方米那么大，就是晚上栖身睡个觉，趴在桌上可以写个字，其他时间，我几乎都是在庙上的小学校待着。

1974年，我的小说被上海文艺出版社选中，让我去上海改稿子。由于当时上海慰问团里有人给出版社提意见，说"柏油马路上栽不出万年松"，他们让我住进高楼深院改稿子，是脱离群众，脱离贫下中农，培养"白尖"苗子。在长篇小说稿修改交上去审读期间，出版社就让我回寨子继续劳动。

在上海改稿期间，出版社根据砂锅寨一个劳动日4角钱的工值，每月给我12块钱的误工补贴。我的吃饭钱算是有了，那年头，12块钱饭票，在上海出版社食堂，可以吃上中等水平的伙食了。比在砂锅寨边劳动边自己开伙煮饭吃，强得多了。至于那个年头吃饭少不了的粮票，都是出版社老编辑和上海亲友接济我的。

拿了误工补贴，就不能再在生产队里拿工分。没有工分就分不到粮票。回到生产队，没粮食吃怎么办呢？

出版社说会出公函同修文县商量，一商量就没下文，事情也就拖下来了。我的吃粮问题就悬乎乎吊起。好在时间不长，办法出来了。

1975年冬，修文县化肥厂招工40名，久长公社知青中也有名额。因为有出版社为我在上海改稿出过公函，其间又有北京电影学院导演谢飞看中了我的小说清样《高高的苗岭》，要借我去北京改电影剧本，县里面就让化肥厂招收我这个学徒工，不要化肥厂发学徒工资，只要他们把我招为职工，发我粮票，就把我的粮食问题给解决了。

砂锅寨和公社很高兴，就把我的关系转到县里面去了，并且告诉我，可以到化肥厂去领每月的粮票。这是1975年12月底的事。我去了化肥厂，化肥厂回答我，有这事儿，但你的关系还在办理之中，现在还不是化肥厂职工，没有你的粮票额度。说老实话，我们化肥厂招收一个发学徒工粮票的人来干什么呢？我们要的是工人，干活的工人。

我听话不好听，转身就走了，心头想：等关系转来了再说吧。

那时候我是单身知青，也不忙于结婚。又有好几个稿子要出版，光是要改定出版社的，就有上海少年儿童出版社的《高高的苗岭》《深夜马蹄声》，上海文艺出版社的《岩鹰》，北京电影学院和北影合作的《火娃》，人民文学出版社的《绿荫晨曦》，而且还有我正在写作中的《我们这一代年轻人》《风凛冽》以及

《蹉跎岁月》的笔记……我哪有时间为每个月 30 斤粮票一趟一趟跑啊！

这一走就是一年多。1977 年，"四人帮"打倒了，我的书一本一本出版了，1978 年，《火娃》公映了，北京电影学院带着样片，到贵州来答谢放映了 10 场，那年头这算是一件大事，省里主要领导接见了剧组，问他们有什么要求。剧组只希望省里解决我的工作问题，反映了我至今没一分钱工资，也没一个地方发粮票的情况。

在省里领导的关心下，贵州省作家协会决定招收我去搞专业创作。作协的秘书长把我从北京催回贵阳，让我务必在 1979 年 10 月 31 日之前，把户口迁到省作家协会来。

我先去了县里，县里有关部门已经换了人，说他们只知道我的关系始终在扯皮，故而几年里没地方给我发粮票，让我先到化肥厂去问问。

我到了化肥厂，化肥厂说我们厂里没有你这个职工，当然不会给你发工资、发粮票。我说我的关系在哪里呢？化肥厂说你从哪里来的，就到哪里去问。

我又去了县里，县里说：我说要扯皮吧！这样吧，你先回久长去，查一查你的关系究竟转到哪去了，我们估计化肥厂把你的关系退回公社了。

我马上从县城走 30 里地赶到久长，这时候我心中早已不想什么粮票了，我是担心七转八转，把我的关系转没了！那就惨了。

公社又让我去砂锅寨，找干部写一个户口转移情况，盖上公章。砂锅寨老乡倒干脆，对我说，你的情况，你最清楚，你自己写一个吧。我写了一个，他们抄了一遍，盖上公章（谢天谢地，总算有公章了）。我把证明材料带到公社，公社民政干事翻出户口迁移本，指着我的名字说：你看，你的户口，我们肯定给你迁了。只是你的个人插队落户表现材料，化肥厂当时不愿收你，退回来了。现在我们已经封好，你带到县里去。

在久长街上一个熟人家中睡了一晚，第二天我又往县里赶，县里再让我去化肥厂，化肥厂这下认了，说你的户口在我们这里，但不发粮票、工资，是当初厂领导决定的，我们工作人员只能执行。现在省里要调你去，我们给你定一个一级工待遇，这也是破格的，总不能让你30岁的人当学徒工。

我还能说什么呢？办完手续，又去县里盖章，盖了章，我再一次去往砂锅寨，把存放在老乡家里的两箱子书，让马车拉着，送去火车站托运。

这一天，是1979年10月31日。

我的苦涩的、艰辛的、充满青春追求和思索的插队生涯，就是在这一天结束的。

这一天之所以值得我牢记，还因为当老乡的马车拉着我的两箱子书走过久长街时，我遇到了同一大队上的上海女知青小丁，她嫁给了当地农民，手牵着娃娃走到我跟前和我告别那一幕，使我陡地萌动起多年之后写作长篇小说《孽债》的灵感。这个细节我在《孽债》的后记中已经写过，不再重复了。

第二辑

山乡趣事

倾泻无尽的阳光灿烂地照耀着，

轻拂而来的风里有着草木的芬芳。

布依石头寨

我插队落户并生活了 20 余年的贵州省安顺地区，素以中外驰名的黄果树瀑布著称于世。省内省外乃至国内外来访的文人雅士，不知为这瀑布写下了多少诗文，放歌黄果树的气势，颂扬大瀑布的壮观，80 年代以来，贵州省以黄果树瀑布为中心，配合新发现的龙宫奇观，开辟了一整片风景区，吸引着众多的中外来客。特别是从贵阳到安顺修建了宽体高速公路，150 公里的路程眨眼工夫就走完，西线风景区逐渐为世人所知。众说纷纭之际，很少有人提到离黄果树不远的布依石头寨。其实那里的风情，对我来说有着与大瀑布同样强烈的吸引力。每次有机会去那里，我总要到石头寨转一转、看一看，如若陪着客人，我也必定热心地给客人介绍一下石头寨古朴典雅的传统建筑，并且尽可能带着客人去那里一游。

石头寨是一个布依族山村。200 多户人家，所有的房屋全用石头建造在一座拔地而起、岩石嶙峋的山坡上。一层层、一排排，鳞次栉比，依山耸立，井然有序。远远望去，在阳光的辉映下，宛如片片白云，散落于青山绿水之间，给大瀑布的风光，增添了别致的美色。

漫步进入石头寨，就会看到每一幢房舍的主体建筑，全由石头构成。其工艺朴实精湛，造型美观稚拙，给人以无限的想象空间。在百年老树的绿荫掩映之下，这里有四面石墙封山、屋体两面用石板盖成的长方体建筑。有石墙间隔、石柱支撑、石阶上达的楼台亭榭。有式样新颖、屋面垂直平稳的平顶建筑。有石砌围墙、自成庭院的单家独户。这些石屋建筑，房门的朝向甚至一致，一排排参差林立，一幢幢纵横交错，真可谓千姿百态，丰富多彩。房屋的墙身，有用块石、片石垒砌或浆砌的，有选用大小一致的石块，精凿细錾砌就的；还有用乱石堆砌，再用石灰或水泥在墙面勾缝的"虎皮墙"。砌石斗缝是紧密、缝条层次匀称，堪称巧夺天工。

在石头寨，除了房屋全是石头的之外，很多的生活用具，也都是石质的，诸如石盆、石磨、石碓、石桌、石凳、石椅、石灶、石碾——劳动之余，布依族的乡亲都爱在石凳石椅上小憩闲聊，在一蓬蓬竹林、一棵棵果树的映衬下，呈现出一派南国独特的农舍风光。

石头寨的里里外外，还有石壁、石林、石人、石牛、石马、石柱、石花、石洞、石桥等。这里的岩石和山峰千形万状，或撑天拨云，或悬崖突兀，或形似鹅卵光滑圆润，或如巨龙大蟒深藏不露，山也异来石便奇，令人看后觉得妙趣横生、余味无尽，所有这些石头，都是当地布依人天然的建房材料。老人们说，这里的石屋建筑，已有 600 多年的历史。由于石头房屋冬暖夏凉，造价又低且经久耐用，于是便一代一代传了下来。当地的布依族老乡中，也就出了一大批建造石屋的能工巧匠。

石头寨依山傍水，靠河临田，村后绿树浓荫，村前阡陌纵横，村边的小河流水清澈见底。布依姑娘们常在河边洗衣裳、漂蜡染。河面的石砌拱桥上，更常常回荡着布依族男女青年声声对唱的悠扬情歌。

回归都市数年，整天置身于高楼林立的马路，置身于汽车的洪流和排放的废气中，置身于大城市的喧嚣与嘈杂的声浪里，头昏脑涨之际，情不自禁就会怀念起石头寨的古朴安宁和山清水秀的风光。只是关山阻隔、路途遥远，石头寨的风情，只能在梦中领略了。

拐亲私奔

那是我在贵州任乡村耕读小学教师时发生的事。

一天晚上，正在读书，寨上有人来报，我的一位女学生遭"拐亲私奔"了。这里要申明的是，说是我的学生，其实这姑娘已经19岁了。偏僻乡间，姑娘读书不被重视，长到十三四岁，就出工干活赚工分。只有农闲时节，提只书包来上几天课，所以成绩总是不好，升不了级，到十八九岁，还在读五年级。尽管如此，她终究还是我的学生啊。我听后扔下书就急着问："那怎么办？"

"不碍事的，最多三天，拐走她的男方家庭就会来通报。"来讲这消息的小伙子坦然笑道。

果然，第二天一早，14里地之外的中寨就来人报，姑娘在中寨某家。这姑娘自小父母双亡，随长兄过日子。大哥一听小妹有了着落，便和大嫂一起，对着中寨来的人一顿痛骂，而中寨来的通报客则始终是笑眯眯的。一两个钟头之后，待大哥大嫂骂累了，中寨来的客人就细细介绍男家的情况，并且说，消息在四乡八寨已经传开，生米煮成了熟饭，请大哥大嫂成全此事。于是乎哥嫂二人就和来客谈条件，因为妹子起先由哥嫂做主，许配给了别的男家，收了别的男家一些彩礼。这份彩礼加上赔礼的钱，就得由中寨的男家出；另外姑娘自小到大，拉扯她实在不容易，作为娘家一方，必要的彩礼总得收一点，这样也不至于让你们太看轻了小妹。中寨的通报客自然笑容满面，一切条件都接受。大哥大嫂呢，态度也慢慢改变，做出气消的样子。几个月后，小妹就正式地举办婚礼，嫁到中寨男家去了。

乡居十余年中，接连遇到几回"拐亲私奔"的事，我才明白过来，原来这"拐亲私奔"是一种风俗。往往发生在自由恋爱的男女青年中，而且至少有一方已由父母做主，定了亲。但青年本身，对这门亲事是不愿意的。于是就商量好以"拐亲私奔"这一形式，来同家庭抗争，争取恋爱婚姻的自由。在我遇上的几桩"拐亲私奔"案中，往往都是以老人的妥协而圆满解决的。

蛮荒偏僻的山乡，"父母之命、媒妁之言"的传统仍然盛行，而自由恋爱之风，也已吹进了山旮旯里。两种观念冲撞着，就产生了这种具有当代特点的"拐亲私奔"，年青一代表示了抗争，父母一方有了个下台阶的机会，矛盾亦便在这一喜剧般"拐亲私奔"中得到缓解。

有朋自远方来，谈及那一片遥远的详图，说"拐亲私奔"这类事，在我们插队时，一年中难得发生一起。而如今，一年中竟会发生多起，我听后说不出是喜还是忧了。

恋爱豆腐果

去年夏天，我和家人同返贵州。住在酒店里，早餐是免费的。可当我起床后，却怎么也找不到叶田了。

直到用完早餐，回到客房里，才见叶田和他妈妈兴冲冲地赶回来，手里还提了一兜点心。打开一看，却是贵州有名的小吃：恋爱豆腐果。原来他们一早赶出去，就是尝小吃去的。20 世纪 80 年代，我们生活在贵阳时，每逢周日，叶田起床后，就去厨房拿好加盖的搪瓷碗，催着我们上街去吃早点，尝尝旺面和恋爱豆腐果。

小小的恋爱豆腐果，为什么如此诱人呢？我们离开贵州已有12 年了，为什么一回去，他们就急于要去尝一尝呢？原来，恋爱豆腐果确有它的独特之处。

贵州人的饮食习惯是重咸鲜，喜香辣。恋爱豆腐果是切成长方形小块的白豆腐，经适量碱水发酵后，放在有眼铁片上烤制的。而它的烤制方法有许多学问。烤豆腐果烧的是糠壳而忌用煤。煤火烤东西火力不均且带有煤焦味，用糠壳则避免了上述弊病又降低了成本。烤豆腐果时，应不断翻动，以免烤煳，而翻动中须加小心，以不损坏豆腐果外表为佳。生意人都带有小铲，他们用小铲翻动豆腐果，并不时在铁制的烤床上抹一点油，既为防止豆腐果粘连，又能使其表面光滑，色泽黄亮。每当顾客光临时，生意人就用一块极薄的竹片或用小刀将烤得嗞嗞作响的豆腐果拦腰剖开，填进辣椒、生姜、香葱、蒜泥、折耳根、麻油、酱油和醋配制成的佐料，这时趁热吃下去，咸辣爽滑，满口喷香，不失为一种享受。

1939年2月4日，筑城被日机空袭后，贵阳地区警报频繁，百姓一夕数惊。市郊东山黔灵山、彭家桥一带成了人们躲警藏身之地。而在警报解除之后，成千上万的躲警者从树林里、山洞里出来，这些地方又往往出现一种短暂的热闹、畸形的繁荣。当时彭家桥有名的叫张华峰的老汉，同老伴摆摊为生。他们根据躲警群众腹中饥、时间紧、图简便的特点，把自己的住屋辟成店铺，用糠壳燎火，烤豆腐果卖。由于他们的豆腐果呈金黄色，外焦里嫩，佐料齐全，风味特殊，且价格低廉，便于携带，很快打开了销路。在那兵荒马乱的年月，许多人来吃豆腐果是为了解馋或充饥，往往是吃了便走。唯有那些恋爱中的青年男女，似乎藐视炸弹的威力，他们买一盘豆腐果，蘸着辣椒水，细嚼慢品，谈笑风生，一坐就是半天，倒把老两口的鸡毛小店变成了谈情说爱的场所。一些人见了，便在背后开玩笑说这些年轻人在吃恋爱豆腐果。此话传到老两口的耳朵里，两位老人倒也开通，顺风吹火，把自己的产品定名为恋爱豆腐果，一传十，十传百，贵阳全城都晓得彭家桥有恋爱豆腐果小吃。至今60多年，张华峰老两口早已作古，那小小的恋爱豆腐果铺也荡然无存，可烤豆腐果成了一些人的职业。延续到今天，贵阳卖豆腐果的摊子遍布大街小巷，少说也有三两百家。

小小的恋爱豆腐果，不但名称奇特，它还让人经久难忘呢。

山乡短笛

久居山乡21年，乍然回到故乡上海，置身于大都市的喧嚣声浪和逼仄的居室环境中，整日里感受着满街拥塞的人潮车流，感受着转晕了脑壳的快节奏，感受着情绪里的那种欲望和竞争意识，感受着以钟点和分分秒秒计算的时日，几乎无暇顾及天空和大地细微的变化，更无意留恋大自然的绿荫和流云。忙碌得直觉够呛时，心跳就加速，睡眠也欠佳，待人接物的情绪随之受到影响。于是乎便以"一闲对百忙"的姿态，搁下一切繁杂琐碎的事务，伫立在书房的窗前，呆痴痴地仰望天空，天是一块块地仿佛被分割的；眺望远方，目力实在望不出去，不远处的楼房早把一切都挡住了。每当这个时候，情不自禁地就会怀念起山乡里的云雾浪涌峰浮般托起郁郁葱葱的树林，山岭里淙淙潺潺清凉见底的溪水，神秘莫测的洞穴及偏远乡间一切鲜为人知的风情俚俗。还有那一冬三月里的凌冻，那风也潇潇雨也潇潇的绵长秋日，那震天撼地的夏日冰雹，那春天里泛滥的河流与悬挂在崖间的飞瀑……深深地感到乡居岁月和都市生活的强烈反差和对比，一股返璞归真的意绪亦便油然而起。想到一点，便随手记下几句。日子稍久些，翻阅整理，便有了这一篇《山乡短笛》。唯因其短，写起来也就随意。读起来该也是轻松的吧。

连天连月处于喧哗忙碌中的都市人，但愿这支短笛给你送去轻风拂面般的诗意和温馨。

莫芋

插队时初次赶场，看到卖豆腐的摊位旁边，总有一种黑颜色的豆腐卖。村妇村姑把黑豆腐摊在板子上，用削快了的竹签子一划一块卖给客人。

那年头场街上纯黄豆推的豆腐卖2角一块，而这种黑豆腐只卖1角钱一大块。可谓是廉价食品。于是问，这叫什么？答曰：莫芋豆腐。用莫芋推来做成的。热心的寨邻乡亲还在劳动时挖出一只莫芋递给我看。

我当时就笑道：这不是同上海见过的芋艿差不多嘛！只是个头更大更粗蛮些罢了。农民告诉我，那不同，芋头（艿）煮来就能吃；莫芋煮来吃，有一股苦涩味，受不了。但推成豆腐，则是家常菜肴中的上品。

怀着好奇，买来炒着吃，果然好味道。乡居久了，学着像农民们一样，炒时放点辣椒、蒜，别有一番风味。有条件时和着肉末炒，味更佳了。

莫芋这东西贱得农民们都不愿去栽种，房前屋后、寨里寨外、山野林边、沟渠旁田坎脚，都能挖出来。乡民们也有直呼其黑芋、野莫芋的。总之不把它当一回事。

哪晓得到了80年代，这东西一下子贵重起来，在报刊上被称作"魔芋"，成了疗效食品、美容食品（据说具有很好的助控体重作用），远销日本和东南亚各国。一时间，魔芋面条、魔芋饼干、魔芋冷饮、魔芋营养药物甚嚣尘上，魔芋还成了乳化剂、食品防腐剂、增稠剂和化妆品的主要原料。铺天盖地的声势把我也闹糊涂了，不由自主又引用了一次"精神胜利法"，插队落户当知青时，常吃莫芋，莫非真是因祸得福，无形中增加了营养，才使得今日精神不垮？但是国外目前大量的进口我国的莫芋片，那是事实啊！将信将疑之中，去查书本，原来魔芋属天南星科，学名叫蒟蒻。李时珍曾在《本草纲目》中道："有人患瘵（即今日之肺痨），百物不忌，见邻家修蒟蒻，求食之美，遂多食而瘵愈。"看来魔芋确有疗效。《中草药大词典》又载：魔芋能化痰消积，行瘀消肿，治痰嗽、积滞、经闭，跌打损伤、痈肿、丹毒、烫火伤；同时还有扩张末梢血管，降血压，对白血病白细胞有抑制作用。民间传的，魔芋有治癌作用，看来也不是胡编乱造。日本的一种特优美容食品"海慢纳"，其实就是从魔芋粉末中提取的葡萄甘露聚糖粉末。

哎呀呀，看来莫芋确实该叫魔芋。但愿我当年吃下的那么多魔芋豆腐能保佑我活到一百岁。

竹　鸡

和竹鼬相仿，竹鸡主要居于荆竹林中。形状与童子鸡相同，无尾翼。毛色有瓦灰，更多与鹧鸪相似，褐而多斑，喜食蚁类。

在我插队的乡间，可说是遍山野都能见到，遍竹林都有竹鸡的拍翅之声。但产得最多的，还是黔西南各县。《安南县志》云："家有竹鸡啼，白蚁化为泥。"即说了它捕食蚁类的特性，又告知我们竹鸡捕来后可作家禽喂养。但在我插队的岁月里，几乎没见哪户农家饲养竹鸡。

都说竹鸡肉味道鲜美，食后也真切感到一般家禽所不能比。但很少见到农民们捕来食之。问是何缘由？答曰：它那么巧小，吃它不残忍？前几年出访东南亚时途经香港，见街头时有野味店；近些年此类店牌在沿海城市也冒了出来。于是深感乡里山民和都市文明人，都有各自的文明标准。

久　长

我插队落户当知青的地方叫久长。

那时是久长公社，如今是久长区。

曾经问这地方为何叫久长，答得极为简单：原来这地方叫狗场，不知哪个文人墨客还是山乡秀才，嫌这地名粗俗，更名为久长。

我信。上了年纪的老农，说话间讲起久长，发的音显然是狗场坝。

但我又有疑惑：在附近团转的山乡，叫鸡场、羊场、猫场、蛇场、牛场的地名比比皆是，甚至还有马场坪，还有龙里县，都不曾改名，为何独改狗场？

没人答得清我的这一问题。于是有人斥我，专爱钻牛角尖。

我就想：久长这地方，大概多少是有点奇妙之处的。要说久长这两个字，在贵州话里，读起来和狗场几乎没多大差别。也显示不出多少文气。仅仅只不过在感觉上，觉得不同一点而已。

时常谈论的"下里巴人"和"阳春白雪"，大概也同这地名更改差不多吧。有一点是要申明的，那就是狗场比久长好记。不信请读下一则。

南白镇——懒板凳

遵义南部有个地方叫南白镇。

沿黔北一路步行时，在这里吃过羊肉粉并小憩。吃饱了无事便打听，此地为何叫南白镇。

答话的人又讲出一个故事：南白镇是抗战时期避难来此的文化人改的，没什么意思，就只因这地方原来叫懒板凳。谐音而已。

"懒板凳"作为地名是不好听，却很出名。过去编的《星火燎原》书中，很多将军、元帅的回忆录里，写到长征路过遵义，在这一片转战时，都提到过它，且在这里打过仗。

我又刨根究底：古人为何不起个好听点的名字，非要叫懒板凳？

这又引出一番说道：这地方实是遵义南部的要道，南去省城贵阳，西通仁怀、金沙、赤水河，北上则去遵义、重庆。原先的三岔路口，长着一棵奇异的树，这树不像一般的树那样朝天长，而是与地面平行生长，恰又在路边，很像一条长长的板凳。过路的行人累了，或是在镇上幺铺子里吃过饭，也像你们几位一样，坐下歇息，聊起黔北风情，或是一路见闻，或是茅台奇酒，往往贪坐着就不想起身赶路。因而就让人呼作"懒板凳"。

后来我曾陪客人去遵义，过南白镇时给他讲出这一则典故，那外省客人竟仰天大笑，说天下大小镇子的地名都容易忘，唯独这个地名，他听过一回就永远也忘不了。

我们的一些传之久远的通俗文学作品，诸如《说岳》《说唐》《杨家将》《七侠五义》等等，历朝历代都有群众拜读，大约也是这个道理吧。

雷声震天响　春雨满田坝

这两句话算不上诗，却是我在乡居岁月里根据切身感受写下的。

和"雷声大、雨点小"恰巧相反。

前面提及久长的时候，我说这地方必定奇妙，这一点可说是奇妙之一。

春回大地、打田栽秧的农忙时节，农民们是盼雨水的。但雨下得过多过久，他们又是怕的。

贵州历来有"天无三日晴"之说，连续不绝地下，不仅易涝，且还无法做农事。

久长地区到了这一时节，天天晚上打雷下雨，雷声越大，雨量越是充足。雷声平息下来，雨水也就停了。

第二天走出寨子，看吧，溪河里、沟渠里的水都快满出来了，山水沟里哗哗啦啦淌着水，田缺口里在淌水，山塘里蓄满了水，连地势低洼的路上，也积起了水。最好看的还是崖壁岭腰间，一冬不冒的山泉里也在喷水，远远地白练一般悬挂着，形成细长的飞瀑。连绵无尽的群山经过雨水一夜的冲刷，显得滋润而颇富秀气。

让人惊讶的是，雨过必然天晴，昨夜的雷雨大，今日的阳光必然灿烂。老少农民们必然是欢叫着、嬉笑着跃向田间、走上山巅，去田头土边精心耕作，巧织大地的春天。

在一二个节令期间，多则二三十天，少则一二十天，天天晚上雷声隆隆，雨水不绝；而到了白天，则像换了人间，雨后放晴，令人欣喜。

起先我始终解不透这是何缘故，久而久之，我不想而通了。千百年来，各族人民栖息在这块山国的土地上，繁衍生长，日复一日，年复一年，自然有其内在的道理。就如同太阳从东方升起，月亮有亏有盈一般，无甚大惊小怪的。山野环境，不能说好，但说不定就是这自然这气候，使得农民们劳有所获，五谷丰登，使得这一份人世间的日子，一天一天地得以打发过去。就如同农民们对我说的：唯独你这外来的人，对啥都好奇地要问为什么为什么，在我们，这事平常得很！它就是这样的嘛。

杜　仲

插队的乡间有杜仲树。

上海人提及杜仲，说它是药，名贵，因为可治一度十分猖獗的高血压。实际这药专指从杜仲树上剥下的干燥树皮。

杜仲树也叫丝棉木、玉丝皮。那是因为它的根和树皮内都含有银白色的弹性杜仲胶，细密绵长、折断叶或皮，拉开有丝相连。

杜仲有家种，也有野生。传统观念，都认为野生的比家种的好。杜仲不仅有药用功能，也能作电器绝缘材。药用杜仲须先用盐水浸化，再用小火炒后晒干。曾有同学托我带两斤，其实一斤就要装大旅行袋半袋之多了。杜仲的药用功能为补肝肾、壮筋骨、安胎、降压，治疗小便余沥、神经痛等。

初下乡时，杜仲仅卖七八角一斤，后来内迁的厂矿多，带的人多，涨至二三块钱一斤、七八块钱一斤，那仍然是便宜的。乡间剥取杜仲皮，通常采用局部剥皮法。一般选择15年以上的壮实树木，按规格大小，在离地一尺以上剥取树围的皮之三分之一。以便于若干年后，树皮愈合复原，又可继续剥取。

贵州的杜仲皮细肉厚，深受欢迎。但也引出杜仲的悲哀，时去乡间，常有当地农民相陪去看杜仲林，有一次来到杜仲林前，只见满坡杯口粗的杜仲一片青白色，树身上一点皮子也不剩，在山风中颤抖。且不说树龄未到，药效是不足的，就是剥，也不能剥成这一丝不挂的裸身啊。

陪同的农民说："这一片林子是完了，全死了，都是被盗剥的。"

风声呜咽，恍觉是杜仲林在哭泣。

牛角粑

城里人过"五一"、"十一"、元旦、春节，妇女过"三八"节，孩子过儿童节。偏远乡间除了春节之外，山里人更看重的是元宵、端午、重阳。

元宵节吃汤圆，端午节吃粽子，这在都市里也时兴。唯独九月初九重阳节，都市里不放假，也没多少节庆气氛。但在山乡里，即使是在我插队那几年，还是要打粑粑蘸蜂蜜、黄豆粉，舒舒服服吃一顿的。在这个节日里，有心的乡民还要特意做两块大糯米粑粑（即糯米块）挂在牛的犄角上，牵着牛满寨转悠。走过堰塘、水塘、沟渠、河溪边，还要把牛牵过去，让它对着水瞅瞅水中的影子，好像特意让它看到，主人对它的奖励。然后就取下糯米粑，喂给牛吃。

我曾打听这是何故，答曰自古以来就是如此。人要休息，牛一年做到头，这一天也随人过个节。我想想这答复也过得去，是啊，安顺地区的关岭牛，以役肉兼用而闻名于世。它劳役一辈子，死后的肉还供人吃，贡献可谓大矣，应该尊重它一些。

一个偶然的机会，去仡佬族聚居的镇宁、普定一带，才晓得这一风俗是由仡佬族影响给汉族的。农历的十月初一，仡佬族称之为"牛王节"，要让耕牛歇一天。传说这天是太子下凡做牛的日子，故而要供奉一番，先祭祖后敬牛，并让牛"照影见情"，吃上糯米粑粑。讲究些的，还要用树叶子泡水给牛洗澡，以求风调雨顺，五谷丰登。

这一风俗不仅有趣，还表达了人类对劳苦功高者的敬意。近些年来，黔南一带好几个县，引进了役、肉、奶三用型的良种牛，不但形象更为漂亮了，牛的功劳也更大了。牛王节的风习会变得更隆重吧。

对牛的劳动该表示尊重，对于人的劳动，我们不更该表示尊重吗？

"牛"文化

前面提到著名的关岭牛，不能不同时讲一讲山地的牛文化。

这并非附庸风雅，也不是赶时髦。产自关岭地方的良种黄牛，远销南方沿海好几个省市。吸引我关注牛文化的，是两件事情。

其一是在宣传"万元户"的年头，有人经手组织贩运关岭牛而发了大财。下乡时放过牛，深知牛的习惯，虽是温良恭俭让，但一旦犯了牛脾气，发起牛劲来，那人也是奈何它不得的。即使不犯牛脾气，生起病来，一对牛眼睛瞪得老大，泪汪汪地瞅着你，那滋味儿也难受。更不好侍候。现在竟有人成批地翻山越岭隔省去贩牛，还发了大财，可见关岭牛的知名度和它的受欢迎。著名的花江牛市，几乎场场爆满，平顺宽大的坝子里，成百上千的牛牵来等待着交易。

其二是当地奇特的喂牛饲养方式。这里的农家，由于本地产良种牛，少则喂牛五六头，多的喂二三十头，至于喂牛十来头的，那是很平常的农户。说他们喂牛，其实不过是一种习惯的说法而已。这里的牛大多散放在山坡上，稀疏的林子边。若是晚上无雨无雷暴，牛们大多也是不回家的。任凭它们在坡上踯躅在哪一处歇息。若这天擦黑时分，寨子上的牛大多数回家来了，那么夜间的天气必定要变，这是很灵验的。汉族寨子的牛，多半关在圈里，布依族也然，唯独苗家的牛，是关在吊脚楼下，人住吊脚楼上，楼下的牛有点动静，楼上的主人必知觉。

正因这一散放自在的喂牛方式，也引发不少盗牛案子。一家失了牛，满寨的人帮着追牛、找牛，提供线索，不需报酬。牛是良种，一头少说上千元，失牛毕竟是件大事。但散放的喂养方式，仍固执地不变。因而有胆大妄为的盗牛贼，轻轻易易成了暴发户的。

至于娃娃取名叫大牛、二牛，门斗做成牛角形，斗牛的习俗，以致逢年过节贴一张画着牛的彩画，还有蜡染、织锦、刺绣上都有牛的图案，都已经是很普遍的现象，不须一一细说了。但把它们归入牛文化的一部分，大概不会算牵强附会吧。

鸭 子 塘

鸭子塘离我插队落户的砂锅寨很远，在斗篷山脚的湾湾里。从寨子去，要走一个多小时，约莫十几里地。

初次去，猜不透鸭子塘的水从何而来。问了人，才知鸭子塘由阴河水和天落雨汇聚在山凼里形成。但它不是一潭死水，由阴河送来水，也有溶洞消去它的水，所以它的水始终是清澄的。

没见鸭子塘里有鸭子，无人会赶鸭子走十几里山路来塘。鸭子塘是大牯牛、老水牛嬉戏的地方。盛夏时节，牛们在嫩草坡上吃饱了，纷纷进入鸭子塘，驱赶牛虻，洗刷身躯上的泥巴泥痕，一待好几个时辰。

人却不敢下塘，只因从阴河淌来的水太冰。有年大旱，敢想敢干的青壮小伙们引鸭子塘水，灌溉田地，结果颗粒无收。鸭子塘四周群山环抱，高耸的山峰、浓翠的树林和山野百物，蓝天白云全映在一泓塘水里，甚是好看。

去鸭子塘边放牛，或是秋天去熬夜看守成熟的苞谷，带一本书，坐在草坡上，看乏了也只能对着牛自言自语，大地是安寂的，山野是宁静的，孤独寂寞，却又自由自在，三里五里的远近山坡上都不会有人出现。人的思绪可以甩得很远，也可以拽得很近，正好思想。

80 年代，砂锅寨有人来贵阳告诉我，那地方静不下去了，要开发，正做规划。

开发以后我要去看看。那里有我青春的梦，有一连串放牛的时日。

瑶家药浴

都市家庭的各种各样现代化电器热中，煤气淋浴器和电热淋浴器热，是一令人瞩目的现象。众多搬迁新居的人家，对浴室的装修、洁具的选择也愈来愈见水准。至于各类向大众开放的浴室，重新进行装修提高标准，也在社会上形成热潮。更有宾馆的豪华享受，什么蒸汽浴、桑拿浴，还有电视新闻中播出的泥浆、沙子浴，真有股令人眼花缭乱之势。但在我看来，这都比不上瑶家药浴。

居住在贵州从江县的高山瑶胞，整日生活在"开出门来就爬坡"的山上，空气清新，满目阅尽人间绿色，在山野树林葛藤草丛之中，各种药草俯拾皆是。他们采摘令人耳聪目明、强筋壮骨、祛除风湿、舒筋活血、清热解毒的各种草药，少则十几味，多则几十味，根、茎、叶全数洗净、切碎，悉数倾入沸水中煮滚。待水质变成药汁，遂捞起药渣，将药水倒入高而深的木桶内，并倒进凉开水，即能进行药浴。

人人桶中，不须像一般沐浴那样擦肥皂搓洗动作，只要静静地泡在不易散热的桶中二三十分钟，药热自会慢慢透进人体舒张的毛细血管发挥作用。药浴者自会通体舒适，额颅冒汗，乌发浸润而后出气，周身酥软。令人稀奇的是，尽管不曾搓洗，出浴者自会感觉皮肤滑爽洁净，浑身舒畅。

每隔五日，瑶家药浴一次，常以逢一和逢六之日进行。年复一年，周而复始，经久不变，瑶家人称此为消灾除难，在我看来实为延年益寿之良举。

高山瑶族，粗茶淡饭度日，伦理道德讲究清心寡欲，长寿者甚众，益气强身的药浴也是一大原因。

时至今日，还没听说将如此科学的药浴引入都市文明中来。反而时常风闻什么按摩女之类在活跃。真怪！七星八星级宾馆，如果把这药浴引进，恐怕吸引的老外"不要太多噢"！

六广七峡风光

我插队的修文县在贵州高原中部，全县总面积1071平方公里，通俗的说法折合为180万亩。那时候人口20来万，至今也不过25万人口，比上海一个区人数少得多。修文县所辖五个区，其中城关、扎佐、久长尚好。而地处偏远的六广、小箐则属贫困地区，当地老百姓有两句俗话，叫作"六广小箐苦荞巴"，或者"六广、小箐，苞谷当顿"。说的都是一年四季均吃苞谷和荞麦，贫困的帽子看来是摘不掉的。

当年很多上海知青，在这两个区里插队。知青有互相串门走动的习惯，也正是在那时，领略了六广河的峡谷风光。六广，是修文县的北大门，离县城70余里，整个地坐落在六广河东岸的半山坡上。民间誉为"山区一盏灯"（即富饶之地），那是专指明洪武年间（14世纪）六广驿的盛况，人世沧桑巨变，如今的六广穷而荒僻，唯六广河景致格外诱人。

六广河属乌江水系，是修文县和黔西、金沙、息烽的界河。

从老鹰岩到姊妹峰40多里长，碧波荡漾、流速缓慢。沿江七峡，风光美到极致。一峡称之老鹰峡，岸左石崖高达200米，直立石岸，傲瞰奔流，活似一巨大雄鹰腾飞水面，气势逼人。二峡谓猴愁峡，江水滔滔，两岸翠绿，浓荫蔽日，有猴子数百只，据考证均为恒河猴，分群栖身于两岸山林，游客泛舟而过，猴子啼叫攀跳，大胆的还窜往江边。李白所书"两岸猿声啼不住，轻舟已过万重山"，在长江上已不可见，在六广河上恍惚重现。三峡叫飞龙峡，在银白色瀑布群峡谷之中，长数百米，左岸活似飞龙跃下河谷的瀑布，高达百米，撒玉溅珠般直泻而下。顺流往前，妙笔生花似的在一岩上立着棵高大石柱，江水即由此穿过水帘洞，水色也奇妙地由浑浊渐趋清亮。四峡赤壁峡，赤壁即红岩矣。崖壁岩石，从顶巅至山脚，均呈赤红，映蔽江面。第五峡呼之象峡，入峡处一岩脊直插江水，犹如大象戏水，重现桂林象鼻岩。六峡系剑劈峡，沿江一片劈面构成的直岸，刘家沟伏流从这里的青龙岩流出，形成高达40余米、山岩凹进去百余米的洞口瀑布。七峡望峰峡，也即姊妹峰，只见两座山峰，一座不比另一座高，恰似姐妹，终年屹立江边，山巅古树当帽，犹如文章的神来之笔。出得姊妹峰，六广河进入乌江，又是一番风光。

　　游过六广河的客，大多去过三峡，相比而言，游人无不惊叹六广七峡之奇之妙，呼吁开发之声自然可谓日日高。但我则不以为然，不论是修文石林、多缤洞、六广峡谷乃至岩鹰水库和往黔西方向的百里杜鹃，真正开发成现代化的旅游胜地，简单算来投资也得达数亿。有这数亿元人民币，我们可干很多更急需干的事。况且，眼前即使花去数亿开发出来，能回收吗？去那山遥远、水遥远、道路遥远的佳景旅游，交通是少不了的。现今中国，能有多少人开着车进去一游？还是留待国家强盛时，让我们的后代规划开发吧。

读者诸君要说了，既如此，你又为何耗费笔墨写出来呢？答复倒是不难的，山坡是主人是客，以文字记叙下这些鲜为人知的风光，留备后人查考矣。若说今日有何用途，我在此文开头已说了，目的在于给嘈杂的都市拂来一缕山野之轻风，别无他图。

该说明的是，所有描绘的这一些景物、俚俗乃至动物、植物，都曾在我的小说里出现过，只是在小说中，不可能停顿下来专事描绘，且地名随小说需要作了改动。这一回算是补白吧。谢谢。

山乡里的茶

山乡里产茶。

插队时候的劳动，也就离不开采茶。

采茶都得赶早，天蒙蒙亮，群山、树林、田坝、寨子沉浸在拂晓时分的雾岚中，空气格外的清新，人们挽着提篮、背着背兜、系上围腰，呼群结伙地走出寨子，踏着晨露上坡去采茶了。

大约因为活儿不重，出早工去采茶的，多半是妇女。因而一路走出寨子、走到坡上去的山间小道上，都是清朗朗的笑声、尖声拉气的呼唤，伴和着轻快的山乡小调，还有姑娘们轻捷的脚步声。

到了茶坡上，大伙儿就分散开了，这里两三个，那里四五个，互相望得见，却并不聚在一起。偏远山乡的茶坡，和我们常见的茶林场、茶乡里的景象不一样，所有的茶树都是零零星星无规则地栽在山坡上的。田头、土边有茶树，岩脚、坎下也有茶树，有的茶树傍着竹林，有的茶树长在半山上的悬崖峭壁间，还有的茶树长在高高的山巅上。也有一些有心计的农民，在山坡上开了荒，栽一圈茶树把开出的田土围起来。在田地里干活干累了，坐在田埂歇气时，随手摘一片两片茶叶放在嘴里咀嚼着，也是别有一番滋味。

再好的茶叶也是立春以后采的。春季头一场雨之前采的，称为雨前茶；清明节前采的，称为明前茶。雨前茶也好，明前茶也好，无非是要申明这茶叶采得早、采得新鲜、采得嫩。尽管山乡里年年都遇倒春寒，但终究是春天了，采茶的姑娘媳妇们总没有冬季里穿得多、穿得臃肿；相反，她们在采茶时总像要与春天比赛似的，把最好看的花衣裳穿出来。故而一到采茶季节，茶坡上就特别地好看。只见一丛丛、一蓬蓬、一簇簇碧绿生翠的茶树旁边，站着一个两个穿戴得花枝招展的姑娘、媳妇，她们边说笑边采茶，双手十指飞蝶般灵巧地随着流星一样的目光闪动，把小小的芽尖采摘到自己的提篮、围腰中去。远远望去，青的山、绿的水、浓翠的山坡上，一个个采茶姑娘在雾去雾来的晨岚里晃动，那真像一幅画。真的画是静止的，而眼前的画却是随着浪涌峰浮般的雾岚而时时变幻着的，尤其是采茶采到高兴时，只要有一个人带了头，轻轻地哼唱起山歌，那么远远近近的茶坡上，就像受到感染似的，你应我和地唱起来。哦，那行进的波浪般起伏的歌声，与今天炒得很凶的歌星们的歌声相比，完全是另一种滋味、另一番感受。

因为都是从山间云雾中采来的茶，这种茶就被少见多怪的城里人起了一个名字，叫云雾茶。

城里人喝到的云雾茶都是好茶，芽尖嫩、茶色鲜、茶汤香，故而云雾茶的名声就特别的好。其实山乡里采下的茶，哪一片不是云雾茶呢。好茶卖到城市去，卖给城市人喝。因而住在城里的人，年年开春之后，就在盼新茶了。讲究些的人家，新茶上得迟些，还像犯了病一样的思念。难怪啊，那新茶泡出来，味道就是不一样。可惜的是，城里人往往只知其一，不知其二。城里人拿来泡茶的水，都是从自来水管里流出的。这水经过了处理，放了漂白粉，实在是给年年上市的新茶打了大大的折扣，把那最好的滋味都败坏了。

在那山也遥远、水也遥远、路途更是十分遥远的乡间，终日劳作的山民们喝的都是淋过雨的茶，或者说是清明过后采下的大叶茶。叶片虽说大一些，看上去也不鲜嫩了，但是用山泉水一泡出来，嗬，你看嘛，茶杯面上一丝儿悬浮的白沫沫都不起，那汤色仍是诱人得很。呷一口，只觉得清香沁人，不愿放下杯子！

山民们时常对我说，我们吃的是粗茶淡饭。有客人来，我们拿豆子推些豆腐就算招待了。十分尊贵的客人来了，我们才割下一点腊肉来招待。只在逢年过节时，才杀猪宰羊地吃得好一些。城里人呢，平时的饭菜很讲究，吃得十分精致，住的就更不用说。至于茶，那都是斟来喝的。把茶叶看得那么金贵，那当然就该把好茶、嫩茶让给他们喝喽。但是我们的筋骨强壮，我们这里的山里人长寿，活到八九十岁，上坡下山的，他们走起来还健步如飞呢！

况且，况且我们到了秋天还能采茶泡，到了冬初还能采茶果，茶果榨出的油，你瞧吧……

所有这一切，都是好多年前的事了。可是我总觉得，对于经常在那里讨论食品、讨论美食、讨论长寿的城里人，该有点启迪的吧。

彝族迎亲记趣

20世纪60年代末，我初来云贵高原插队落户的时候，就听到这么两句顺口溜"黔西大方一枝花，威宁毕节苦荞粑"。说的是黔西北威宁毕节一带生活条件的艰辛，环境的险恶，日子的难以打发。我所在的修文县，相比之下要好多了，内心里还有种自我安慰般的欣喜。

修文县盛产马铃薯，产量中的相当一部分，装箱出省、出口。而马铃薯的良种，则年年需要到威宁县去串换而来。只因为威宁是贵州马铃薯的故乡，那里的马铃薯皮薄个儿大，淀粉含量和出粉率都高，吃味也好，利于加工。每年的马铃薯下种季节，我总随卡车队到威宁县的乡间去串换马铃薯种子。那地方山高谷深，气候寒冷，风刮上来就如同有刀子在戳着般难受。是一趟苦差使。

但苦中也有乐，那便是我串换良种的十冬腊月，正是彝族百姓结婚迎亲的时节。在等候开票装车的日子里，我总要津津有味地去寨子里看个究竟。

那里的彝族乡亲，每逢嫁姑娘时，都要举行隆重的欢迎队伍的仪式。

喜期那天，嫁姑娘的人家要用木棒、松枝和树叶花草，在家门前搭起一个简易的棚子。请来几位德高望重的寨老，坐在棚子里。在彝语中这叫"超戛"。意思是老人们对嫁出去的姑娘表示关心和体贴，并祝她在新婚家庭中万事如意，幸福快乐。

在搭棚子的同时，还要在面对姑娘家正门五六十米的过道处，架起三座象征金、银、铜的龙门，等待接亲队伍的到来。

当男家派出的接亲队伍来到"金门"前时，寨子上的姑娘们就在一片欢笑声中迎过去，借以堵住"金门"，并唱起"酒礼歌"盘问对方。那歌词调皮诙谐，总要出几道难题给对方。对方答唱如流，则能过"金门"，向着"银门"走来。若对方答唱不上来，就要被姑娘们泼事先准备好的冷水，还要遭到姑娘们歌声的嘲笑奚落："没有力气别拾柴，不会对歌你莫来。"这时候，尴尬的接亲队伍就要请"超戛"老人出面解围方能继续前行。

过了金、银、铜三道门也是三道关，进得寨子，接亲队伍吃完饭，就开始对酒歌。这酒歌要唱整整一晚上，如同我们说的"通宵达旦"。所以程式更为讲究复杂。

首先，结亲的一方在出嫁姑娘家的堂屋里，以酒礼歌的形式，边唱边摆出绣花的头巾和各式衣料。然后，女歌手们论资排辈，从出嫁姑娘的婶娘、姑妈、姨妈，分上下两排唱"果沟果戛你"的酒礼歌。接着，由年轻的姑娘和媳妇们，分左右两排坐下，一边代表出嫁姑娘，一边代表姑娘的嫂嫂，开始对唱。这一形式叫"克式克左"的酒礼歌。因为有足够的时间，这些歌都唱得十分详细琐碎，带有教导和劝世的性质。比如在唱"劝饭歌"时，就不是一般的客套，而要唱出整地、翻犁、撒种、薅秧、追肥、管理、收割、脱粒、晒干、磨面、淘洗、做饭的一整个过程。其间嘱咐出嫁的姑娘要辛勤耕耘、勤俭节约、细水长流，才能过着幸福的生活。正因为如此，在唱歌时，出嫁的姑娘要由自己的哥哥或弟弟背着，声声哭泣，以示认真地听取这些善意的忠告，直至拂晓。

凌晨，出嫁的姑娘由兄弟背出门，伴随的姑娘们送她到大门口，拿一床披毡轻轻盖上她的头顶，表示姑娘已经嫁出门。天亮后，接亲队伍可将姑娘接走。在姑娘未出发之前，凡来吃喜酒的宾客，不管是年轻还是年老，也不管是媳妇还是姑娘，只要是会唱酒礼歌的，一律都被邀请到"超戛"老人们前面的另一堆篝火边，排列成行或围成一大圈，进行更大型的酒礼歌演唱。这一场面往往更为隆重热烈，更为壮观而吸引人。歌唱的内容非常丰富，曲调也分外优美。曲牌则有劝嫁歌、劳动歌、悲伤歌、感激歌、惜别歌、祝愿歌、孝敬歌、文明歌等数不胜数，直要唱到天明送亲才告一段落。

每次去彝族迎亲的寨子看热闹、听歌，歌声间歇时，抬起头来眺望那莽莽苍苍黑黝黝的山岭，坡高林密，凛冽的寒风直扑颜面，我陡然想到，若是没有这婚礼，若是不举行这隆重热烈的接亲迎亲形式，偌大的山山岭岭之间，不就是一片冷寂凄凉吗？那这样的冬天，过起来还有什么滋味？

山乡里的上海采购

当年有过探亲经历的人，无论男女，无论年龄大小，都有过采购的任务。为自己采购，为亲朋好友采购，为同事们采购。

人人喜欢上海货

为什么人人需承担采购任务？只因那个年代物资匮乏，缺吃少穿；只因那个年头，上海的物资相对丰富、多样，吸引众人的眼球。全中国的消费者几乎都有一个共识，凡是上海出产的商品，都是美观大方的，经久耐用的，价廉物美的，甚至零食也是好吃的。

我就有过一次亲身经历。20世纪70年代，有一次回上海改书稿，返回省城贵阳后，我穿了一件袖管往上折叠翘边的短袖衬衣，走在贵阳的街头，一路上就碰到好几个贵阳小伙子，询问我这件衬衣是哪里买的。还有一个小伙子更离谱，听到我说这是上海买的，贵阳可能买不到，他当即提议："我到商店去买一件新衬衣，再贴你两块钱，你把身上这件衬衣换给我行不行？"

我觉得莫名其妙，问他："为什么？"

他说："上海衬衣好看啊！贴身不说，你看那袖口边，我打赌全贵阳也没一件你这样的衬衣。"

这件事也许可以从一个侧面证明，当年的民众是多么青睐上海货。

采购的东西五花八门

采购的内容，小至有机玻璃纽扣，每天要用的牙刷、香皂，大到呢大衣、呢制中山装或人民装，美容化妆品（仅限于面霜之类）、料子、花布、罐头食品、羊毛衫、刺绣被面、枕套、台布、靠垫、针织的童帽、棉袄罩衫、各种尺寸的男女皮鞋、半导体收音机、手提包、旅行袋，甚至家里摆设的工艺品……

上海推出"的确良"衬衣的时候，托请捎带"的确良"衬衣的人往往会有一大群。

上海率先推出笔挺的"的卡"上装时，请你帮助采购的可以排上队。

一般地来说，给外地人带东西好办一些，他把所购物品的尺寸、规格等要求写给你，把钱交给你。你给他带回来后，绝大多数人是会满意并道谢的。即使有时候尺寸搞错了，托你采购的人也会通情达理地说："没关系，这件外衣小了一点，可以让我弟弟穿的。明年你回去探亲，记得给我买一件比这大点的。"

有一年冬天上海推出了一款"海虎绒"的棉帽子，请我捎带的老乡就有四位。他们简直对这种帽子爱不释手，说上海人就是聪明，冬天的帽子做得这么实惠，才四块多钱一顶。我去采购这款帽子时，百货商店的帽子柜台呈现一种疯狂的景象，这哪里是买帽子，简直是抢帽子啊！在里三层外三层的争购顾客中，我的几个人高马大的同学，一连冲击了几次，才买到了四顶帽子，完成了这一采购任务。

我问一位同样是知青的伙伴："怎么回事？普普通通一顶'海虎绒'帽子，简直卖疯了！"

他斜了我一眼，说："你在贵州插队，属于南方，托你带的就有四个人。在吉林、黑龙江、内蒙古农村插队的知青，让带的老乡就更多了。有的知青每顶帽子加一毛钱，老乡还抢呢！"

农村姑娘喜欢"灯芯绒"

最难完成的，是上海人托你采购的任务。上海人对故乡熟悉呀，他请你帮忙采购一双皮鞋，会指定牌子，比如要买海鸥牌女皮鞋，要买凤凰牌女皮鞋，造型美观，穿上去舒适，还会指定南京路上哪家店，要哪家皮鞋厂出产的，一点点也不能搞错。买丝绸要到上海绸缎商店，买"乔其纱"一定要问清缩水率是多少。哎呀呀，真还得细心听、认真记，要不买错了，做好事还会惹来不痛快！

农村姑娘还喜欢让你代买"灯芯绒"布料，交给你钱的时候，她们会一遍一遍不厌其烦地叮嘱你："要买质地厚实、绒毛丰满、色泽鲜艳、经穿耐磨的'灯草呢'。"

贵州农村女子把"灯芯绒"称为"灯草呢"，是当成呢料子的。买回来后，她们是要做成新娘服装穿的。有的姑娘喜欢细条的，有的女孩喜欢阔条或粗条的，还有人要特细条的……也不知道她们生活在山也遥远、水也遥远的村寨上，是怎么了解到上海的商店里有这么多品种的布料的？

一个探亲的人，接受了这么多的采购任务，他在短短的探亲假期中，还能安闲地休息吗？特别是临到探亲快要结束的那几天，探亲的人经常会扳着手指算，我还有哪几样东西没买到，得赶紧去买。最难采购的紧俏物品，也得打听清楚为什么会没有货，什么时候上海会有货，回到本单位之后，得给自己的同事、老乡解释清楚啊！要不没法交代，偌大的上海，我托你采购的这件东西，你怎么没给我带回来呢？

那年头，在所有人的心目中，只要有了钱，在上海是什么都可以买得到的。

这种感觉，既说明了上海当年确实享有盛誉，物品比内地省份要丰富、多样、有质量，同时也说明了好多省份包括省城和中小城市，各类物品相对粗糙、匮乏。至于我们插队落户的山乡，那就更别提了。供销社下伸店里，可以说大多数物品是看不到的。

故而每一位回上海探亲的人士，都会接到采购任务。探亲假结束，都是大包小包带上一堆东西，被人誉为"驴子"。

上海记忆

我时时感觉得到上海这座城市脉搏的跳动。

上海小吃

从燕皮馄饨说起

盛夏时节，应邀去福州参加海峡两岸文化论坛，游览三坊七巷时，热情的主人请我们远方来的客人品尝福州的著名小吃——燕皮馄饨。一小碗馄饨端上桌来，汤色澄净，香气飘溢，一只一只小小的燕皮馄饨惹人喜欢，品尝之下，余味不尽。当晚和主人们品茗聊天时，我忍不住对巧手飞槌击打出来的燕皮连声叫绝，赞叹地说："这一小吃让我不由自主地回想起自己在童年时代吃过的上海美味佳肴，那种感觉，嗨……"不料，我的这一番赞叹，引发了在座几位老同志的热烈回响。福建省一位教育界的老领导由衷地说："年轻时，我在上海读大学，校园附近有一家小吃店，专卖咖喱牛肉面，那牛肉的香味，面条的柔软可口，汤色的诱人，味道的鲜美，久久地留在我的记忆之中。现在我也常去上海，闲下来就想去吃咖喱牛肉面，宾馆里没有供应，我就上街去找，好不容易找着了，喜出望外坐下来，一吃，完全不是当年的味道了。我不甘心，专门找到我当年读书的大学附近，还想去找那家老面馆。可是哪里还有当年的咖喱牛肉面馆呢！街坊都变了。"

说完了，他深长地叹了一口气，脸上呈现出无尽的失望之色。

不料他的这几句感叹，引起另一位老同志的一番怀旧。他说："我也是在上海读的大学。我是农村穷人家的孩子，考到上海读大学，最喜欢吃的就是上海好多弄堂口、小吃摊、饮食店里都有的阳春面，价格便宜，八分钱一碗，吃了之后，不但管饱，还余味不绝。后来，我出差去上海，有时不想在宾馆吃早餐，就想去寻找当年在上海吃阳春面的那种感觉。可是我走进过好多家面馆，要么没有阳春面，要么端上来的阳春面，根本没有当年的那种美味，面条也不对，佐料也不对，汤味更不对。想来想去，这么好的味道，怎么会没有了呢？"

说完之后，他用疑问的眼光盯着我，指望我给出一个答复。

"你们一个怀念咖喱牛肉面，一个说阳春面好吃，而我最想吃到的，是雪菜肉丝面。我在上海读大学时，也是在校园附近，有一家正宗的面馆，那里面的雪菜肉丝面，味道真叫绝了，吃了一回，就想吃第二回。"说这话的，是职教社的一位领导，原来他也是在上海读的大学。他也同样感慨，现在再到上海，再也品尝不到年轻时吃过的雪菜肉丝面的味儿了。

他们的一番闲聊，引起我一番思索。这几位老同志，有的是省级领导，有的是厅局一级领导，在我们中国，都属于中上层干部了。要说平时在应酬中吃过的各种美味佳肴，肯定是不少了。为啥在议及上海，谈到他们的年轻时代，不约而同地都说到了最普通不过的咖喱牛肉面、阳春面、雪菜肉丝面呢？他们不说外滩，不提金茂大厦，不讲国际饭店，偏偏只提和他们的求学生涯相关的上海小吃呢？而且，他们又都不无遗憾地表示，这些给他们留下美好回忆的小吃，现在都已经很难找到甚至消失了。

他们的这些感叹，是否可以告诉我们：上海在飞速发展的同时，正在不知不觉地失去一些东西。如果承认美味小吃也是上海饮食文化的一个组成部分，那么，失去的难道不也是饮食文化中的一部分精粹吗？

回到上海之后，我也有意无意地走进那些很长时间没有去过的饮食店、小吃店、大众面饭馆，并由此引出一些思考，引出了这一组关于上海小吃的文章。

上海小吃，源自民间，源自摊点，源自弄堂。前面提到的三种面条，主要是在摊点上、饮食店中、普通面馆里供应。走进星级宾馆，即使点面条，那面条也是味道大变，一碗青菜面、大汤面，价格也是翻了好几番的。要不给你报出来的，就是银丝面、鸡丝面、鱼圆面、煨面、刀鱼面等一类名字，吃过绝对不会让人几十年之后再怀念它的。

上海小吃还有一个"源"，是很容易让人忽视和忘记的，那就是上海小吃源自江浙，尤其是源自长江中下游两岸的江浙地区。这是因为，1927 年上海在正式建立特别市以前，本就属于江苏省，上海本地小吃就是江苏小吃的一部分。其次，上海自开埠以来，全国各地各方人士涌来上海，这涌来的人潮中，江苏省和浙江省籍的人最多。还有，从地理、气候环境上来说，上海地处长江的出海口，其温和的气候、肥沃的土地，使得上海人、浙江人、江苏人的口味十分相近。四通八达的交通，来往奔走的商贩，相对密集的城镇，共同的江浙文化背景，多彩多姿的江南水乡，各地的小吃融会贯通，相互影响和学习借鉴，其最大交汇点，又是上海。故而各种各样的名点小吃登上上海这个社会交际的大舞台争奇斗艳，是理所当然的。

过去叫"抢生意"，现在叫招徕生意，公平竞争。在公平竞争的平台上，要把生意做得风生水起，受到广大老百姓欢迎，上海小吃有广阔的舞台，做精、做巧，做得讲究，做出风味，做出特色，做得吃过的人几十年后仍在怀念。

愿我的这一组小文能对促进上海小吃文化的发展，起到抛砖引玉的作用。

从粢饭糕想到葱油饼

上海滩的地方小吃，融合了江苏和浙江两省的小吃特色，又根据上海大都市生活的特点和需求，经过了改良和演变，形成了大众化的优势，从而别具一格，深入人心。

有一个小例子很能说明问题。七八年前，宾馆餐饮上到最后两道点心时，出人意料地端上了小块的粢饭糕，顿时受到了食客们的欢迎。传开之后，很快被各种酒楼、饭店学了去。这粢饭糕很小，有的做成标准粢饭糕的二分之一，还有的只有标准粢饭糕的四分之一，讲究点的厨房，还在粢饭糕中加进了苔菜，突出其风味。价格却是和宾馆餐饮同步的。

在我的青少年时代，粢饭糕卖五分钱一块，属于最为大众化的上海小吃之一。但是，并不因为它价格低廉就不受欢迎。相反，换一个形式进入殿堂式的宾馆，它同样受到人们的青睐。原因很简单，它是深入人心的，是能唤起人的记忆的。

葱油饼也是这样的上海小吃。

在我准备写这一组上海小吃的小文，和老同学、老朋友等聊及这一话题时，几乎每次都有人跟我提议，不能把葱油饼漏掉。正宗葱油饼的味道令人难忘。况且，葱油饼原料简单，就是面粉、葱、油、一点盐花，属于大众食品。

原料简单，做功却颇为讲究。首先是擀面，面要擀得薄，摊得开，遂而在擀得薄薄的面上涂一层油，卷成长长的一溜，像一根绳子。再将面绳盘起来成上尖下圆的锥形，重重地压下去，做成面饼，放进平底锅里烙。涂油的同时，撒上葱和盐花。一般来说，油涂得多一些，葱油饼的滋味亦更好一些。而要将面擀得薄，摊得宽，揉面的技术更要把握得当，除了要揉得匀，干湿相宜，温水揉面是一个关键。温水揉成的面，烙出的葱油饼松软可口，香味四溢。细分起来，葱油饼可分成发酵面和不发酵面两种。有的人喜欢发酵面做的葱油饼，还有的人爱吃细腻耐嚼的不发酵面做的葱油饼，可谓风格不一，口感都是好的。

面食的祖源在北方。三年困难时期，每个人的口粮都定量。很多省份在每人定量的基础上，还规定了细粮和粗粮的标准。上海的标准是，10斤定量中，7斤大米和米，3斤面粉。这百分之三十的面粉定量，难住了不少上海人家，同时也催生了很多上海人家对面食的研究和实践，改变了上海人对面食的态度。

当然在三年困难时期，许多面食的做法都简化了。唯独葱油饼，非但没有简化程序，相反种类翻新，做出了不少上海人独创的口味。

为什么？原因极简单，葱油饼制作的参与度大。放学了，外婆对小外孙说，你抓紧做完作业，外婆和你一起做葱油饼，晚饭就吃粥和葱油饼。小外孙一定会放弃到弄堂里去玩的机会，做完了作业，和外婆一起兴致勃勃地制作葱油饼。晚饭桌上，喝着稀粥，吃着葱油饼，一家人还会品头论足，说厚的葱油饼为什么硬，薄的葱油饼为什么可口。试想一下，千家万户都参与制作和探讨：如何做来省油而可口，葱花怎么撒才香，盐是泡在揉面的水里好，还是干撒好？做得多的人家，还会带几只葱油饼，到单位给好伙伴尝一下，尝了觉得好，就会打听如何做，用什么锅儿烙。做得好的葱油饼，就是色泽金黄、中间起层、油润松酥、咬一口就不会忘记的那种。这种有全民参与的葱油饼，质量怎么会不提高，怎么会不给人留下温馨的回忆？

独步天下的生煎馒头

我的外甥女王玮，自小在上海的外公身边长大。稍年长一些，她就随姐姐生活在贵阳、成都，现在已人到中年。每次到上海来，第二天一大早她总要拿着食品盒，去马路上买几客生煎馒头回家，蘸着醋津津有味地品尝，一边吃还一边说："好吃，好吃。"

年年如此，每回出差和探亲来上海，都是如此。她说："小笼馒头，有时候在内地的城市里还能吃到，唯独生煎，在内地什么城市都吃不到。"我对她说，有些城市不也有生煎包卖吗？她说是的。但是，那种学着做的生煎，最多是一两面粉做成两只，馅料里有时候会加进炒线粉、莲花白菜心，不好吃，和上海的生煎馒头是两码事儿。

她这话是对的。和上海有名的小笼特别是南翔小笼相比，生煎馒头虽然是更为大众化的上海小吃，但它的制作、它的味道，却是独步天下、世间少有的。有一段时间，上海作家协会的食堂在翻修，暂停供应午餐，有些职工就去生煎馒头店，要二两三两生煎，配一个汤，也就对付了午饭。这是我在所有的馒头、包子中专选生煎馒头来写这篇小文的原因。

生煎馒头的制作，分三个层次。

首先是制作馅心。馅心的主料是猪肉，洗净后的猪肉要凭刀功剁成肉茸，剁得越细，肉茸的滋味越佳。馅心的辅料是香葱和姜，葱姜要切成末，和酱油、少量绵白糖、绍酒、味精或鸡精一起放进肉茸中充分搅拌。须注意的是，葱、姜的量要放得充分一点，不仅仅是点缀。一般的比例，一斤肉得放三两的葱、姜，其中姜二钱，葱多一点，得一两。搅拌过程中，得加清水，搅拌透了，还得放入搅好的猪皮冻末和芝麻油。这是生煎馅心口感好的关键。几样料搅匀上劲儿，馅心就成了。走进生煎馒头店，看见馅心高高的堆得像小山一样，这就是上劲的标志。

其次是揉面。揉面的要领是得放超过体温的热水，这水只能热，不能烫，全凭师傅的手感。还得放进酵种，将酵种撕碎以后，撒进面中，揉成面团，用布盖好，让面团发酵。约莫两小时，面团在温热中膨胀发起来了，要倒进点碱水，把面团揉到柔润光滑，摘成面剂，在面剂上淋一点儿生油，就可以做生包坯了。有的师傅，习惯在做生包坯时一只一只蘸上芝麻和葱末；年轻点的嫌麻烦，喜欢把生包坯放进平锅以后遍撒芝麻和葱末。不要担心生煎包上的芝麻和葱末有多少，手艺好的师傅，一圈撒下来，只只生煎包上都有葱花和芝麻，且很均匀。这只能用"熟能生巧"来解释了。

第三个层次，就是煎小包子了。先是油光锅面，然后由外圈向里面逐圈摆满包子，洒上一瓢水，盖上锅盖，直焖到水分基本上收干了，揭盖洒油，加盖转动平底锅。煎二三分钟，揭开盖子，见包子一只只全都鼓起，没水气了，一锅生煎馒头就完成了。

把锅盖放一边，只见满满一锅生煎，只只面皮柔软中带着油润，细看包底金黄，闻来阵阵脆香。尝一尝罢，馅心鲜嫩适口，吃过一次，过些天又忍不住会再去尝尝。

小时候弄堂口有一家生煎馒头店，我排队购买时，经常看着师傅们边做边煎边卖。我想，生煎馒头作为上海特色小吃的一种，它经久的生命力也是在此吧。

改良之后的鸡鸭血汤

在上海的几百种小吃中，鸡鸭血汤无疑是让市民喜欢的一种鲜美食品。近年来，由于饲养性的鸡鸭大行其市，为了鸡和鸭子尽快长大长壮长肥，都给鸡鸭喂食饲料，以至于鸡鸭本身的美味走失。特别是禽流感的肆虐，人们对传统观念中美味的鸡鸭，有了几分畏惧心理，致使鲜美的名小吃鸡鸭血汤，也逐渐遭到了冷遇。

我在不是节庆假日的闲暇时光，走进过几家鸡鸭血汤店堂，实事求是地说，其供应的鸡鸭血汤，食客稀少；若不是店家有其他小吃同时供应，只怕客人会更少。这不由令我愈加怀念原先那让人食之齿颊生香的鸡鸭血汤。

鸡鸭血汤中，既没有鸡，也没有鸭，但是做出来的汤，却有鸡鸭的鲜香美味，这是何故？

鸡鸭血汤的原始产地，源自非常讲究利用本地食材的江苏常州。当年的常州市面上，有一种小吃名"鸡油鸭血豆腐汤"。其名称基本道出了这种汤的实质：所谓鸡，是鸡油，是经过熬制的熟鸡油，并不包括鸡血；所谓鸭，不是鸭肉，是鸭血，是蒸熟的鸭血划出条块状。常州人做鸡油鸭血豆腐汤，做功复杂，食料齐全，除了鸡油、鸭血、豆腐花三种主料外，还有榨菜末、百叶丝、蛋皮丝、青蒜末、白胡椒粉及油、盐、酱，油是香油，酱是酱油，盐是海盐，还有一样经特别加工的小豆斋饼。

看到这张食料单，就能想象得出，来自江苏常州的鸡油鸭血豆腐汤，是调成透明糊状的小吃，不但食来美味鲜香，还同中国各地的大众小吃一样，管饱。汤中放入小豆斋饼，就是让食客能在品尝美味时吃饱了有力气干活。

这样一只来自常州的名小吃传进上海，也像其他各省区的小吃进入上海滩的命运一样，得到了一番改良。首先，烦琐的调制成糊状的淀粉取消了，必须在烧汤之前加工好的小豆斋饼也不要了，汤就是汤，要一汤见底，清清爽爽。鸡油的量也减少到最低程度，以凸显汤色的清澄。其次，既是鸡鸭血汤，那么鸡血、鸭血都可采用。为了更突出鸡鸭的原味，鸡爪、鸭蹼、鸡鸭肠、鸡心、鸭肫都切薄切细切碎，一起纳入汤中，其他原先容易准备的原料一律采用。于是乎，一款属于上海滩本地特色的小吃鸡鸭血汤就诞生了。一经问世，就受到老百姓的欢迎。我小时候，在南京东路西藏路口一家颇显档次的饮食店中，吃到的一碗1角2分钱的鸡鸭血汤，其鲜美无比的滋味，其色香俱全的品相，至今仍留在记忆之中。

只可惜，这样汤色清、时件嫩、豆腐白、血煮得紫红嫩滑的鸡鸭血汤，如今已经淡出了上海的小吃市场。

沪上一绝：上海宁式汤圆

上海本地汤团，其特色是大，馅粒足，有咸有甜。人称"上海大汤团"，或"浦东大汤团"。加上浦东两个字，是强调这种大汤团最为出名，比起其他区县产的汤团，滋味更好一些。

我这篇小文写到的上海宁式汤圆，区别于本地大汤团，是用水磨粉制作的小巧的汤圆。水磨粉中除了糯米，还放了粳米。上海本地汤团，是用糯米粉做的，直接把糯米磨成粉。而水磨粉呢，是将洗净浸胀的糯米、粳米，带水磨成米浆，再灌进白布袋中轧干水分。这种水磨粉的做法，是宁波人的发明。而上海开埠后，无数的宁波人涌进上海滩，自然也把他们制作汤圆的做法，带进了上海。故而我得写明，这是上海宁式汤圆。

宁式汤圆不仅是独具特色的一种汤圆，更是既经济实惠、又声名远扬的上海小吃。改造之前的大上海电影院旁边，有一家上海宁式汤圆店，从早到晚食客盈门，坐满了吃汤圆的男女老少，一角二分钱一碗的汤圆，让人吃得经久难忘。尤其是大上海电影院晚上第三、四场电影开映前后，吃汤圆的食客天天都要排队。而周围弄堂里的居民，把去那儿吃汤圆视作一次小享受，他们不说去吃汤圆，而是说去吃"香"。小小的汤圆，做得那么香，简直可以称为"一绝"了。

上海宁式汤圆，起源于宁波猪油汤团和杭州一道名叫"西施舌"的小吃。

西施舌同样源于浙江乡间，做功更为复杂，是用我上面提到的水磨粉皮子，裹入金橘脯、青梅、红瓜、糖桂花、瓜子、白糖、核桃肉、枣泥、糖佛手、糖板油、豆沙，放进舌形模具中，揿压成"西施舌"形状，再放进汤里煮食。

复杂吗？正因为有这么多馅料，才会有那股美滋滋的"香"。

而宁波猪油汤团，宁波人又称元宵。按照宁波自古以来的乡风，大年夜、过春节，特别是元宵，家家户户无论贫富，都要用水磨粉、麻心猪油馅做汤圆。除了一家人团团圆圆、热气腾腾之外，还随时用来款待节日期间的贵客，这是一道表示尊敬客人的上等点心，世代相传。到了20世纪20年代，宁波人江阿狗又在民间汤团的基础上，苦心钻研做成了宁波城里名声赫赫的"缸鸭狗"汤圆。

江阿狗原名江定发。他的三开间门面的汤团店，除了色、香、味、形俱佳之外，其招牌也很别致。招牌上画了一只精致的长缸，一只雄赳赳的家狗，一只引颈的肥鸭子。招牌挂出来后，走过他店门口的娃娃们，都会忍不住站停下来叫喊："缸鸭狗！缸鸭狗！"大人们见小孩喜欢，就带着娃娃进店吃汤圆，以至"缸鸭狗"名声大噪。宁波城里的民谣唱道："三更四更半夜头，要吃汤团缸鸭狗。"睡到三更四更，想吃汤团都要往"缸鸭狗"跑啊！

文人雅士干脆说："宁波汤团甲天下，缸鸭狗汤团甲宁波。"

解放以后，就连到宁波视察的国家主席刘少奇，也要去尝尝"缸鸭狗"汤圆呢。

"缸鸭狗"汤圆的馅料，用的是黑芝麻、猪油、白糖、桂花，选料严格，制作考究，做好了下锅，用水飘、水养法，盛到碗里，保证每一碗都能达到汤清、色艳、团圆而有光泽，入口则是油香四溢，给人以香、鲜、滑、甜、糯五种口感。

无论是"缸鸭狗"汤圆，还是"西施舌"汤圆，传到上海滩，上海人将它进一步大众化。在制作方式上，又去繁存精，把最关键的精华保存下来，馅料则以上海人发明的黑洋酥替代，水磨粉加工得更细更白，使得汤团咬开后，黑与白愈加分明，减少了猪油的成分，既价廉物美，又面向大众，成为了上海独特的宁式汤圆。

只可惜，随着超市汤团的盛行，这样美不胜收的上海宁式汤圆，越来越少见了。

价廉物美的阳春面

一位贵州人对我说："很多上海人对我吹嘘过阳春面的好吃，到了上海，我特地去店里点了一碗阳春面来吃。有什么好吃的？就是抓一把面在大汤锅里一下，捞起来吃，除了盐巴、酱油带一点咸味，什么味道都没有，寡汤寡味的，你们上海人就是会吹。"

我被他说得张口结舌，一句话也回答不上来。

仔细地一想，这位贵州人的话，正好说出了今天的阳春面之所以不好吃的原因。抓一把面放在汤水中煮熟，怎么能叫阳春面？

我小时候，离我家弄堂口不远处有一家面馆，每天晚上打烊之前，面馆的伙计要把一锅胴子骨煮开，然后封上火，只留一朵火苗，把胴子骨汤锅端上去，整整地炖一晚上。第二天起床后，捞出胴子骨，将汤面上的浮沫撇去，再加进胡椒粉、一点绍兴黄酒、一瓢猪油，这才算把阳春面的汤做好了。那个年头，这种几乎不带肉的胴子骨，在肉店里卖 0.14 元一斤。炖煮过整整一晚上的面汤，其肉香味是非常馋人的，也因此有了独到的风味。

阳春面的面条，做得也自有其讲究。有的店突出面条的细，有的店则将面条加工成扁扁的，无论是细还是扁，都得经煮。煮熟了撩起来，面条一根是一根。一煮就烂的面条，煮久了就糊的面条，只能称作烂糊面，是不能称作阳春面的。

阳春面没有佐料，撒在面碗里的葱花，是其唯一的点缀。故而每天清晨面馆开张之前，准备好满满一盆碧绿青嫩的葱花，是伙计的一大任务。在天蒙蒙亮的时候，店堂里食客还不多，伙计往往就把新鲜洗净的香葱，细心地切成葱花，以便供来吃阳春面的客人及时选用。

阳春面的大受欢迎，是因为它价廉物美，还因为它的实惠管用，吃一碗可以当一餐早饭。阳春面之所以只在上海大受欢迎，是它符合上海人的口味，说它清淡，它带有点肉味；说它是面食，它又易消化，吃起来方便快捷。胃口大一点的顾客，如体力劳动者可以根据需要加一两面，甚至加二两面。想吃得好一点、增加点营养的人士，可以在面条上加一块红烧肉，加一块大排骨，加一块兰花豆腐干，加一只茶叶蛋，加一块熏鱼，等等。但是，前提则是一碗阳春面。

阳春面大盛其行的年代，正是千家万户的上海人吃泡饭的时代。那个时代，很多节俭的市民，早晨起来就是开水泡饭，下泡饭的往往是酱菜、乳腐、油条蘸酱油，吃一碗阳春面，算是换换口味了。

阳春面的名声如此之大，阳春面的历史也不算短了，到了今天，阳春面能不能重新竖起它的品牌，是放在大众饮食业面前的一道新课题了。

弄堂小吃：油豆腐线粉汤

上海人一有闲暇，便喜欢荡马路。普通话中的逛马路，变成了沪语的"荡"，强调的是优哉游哉，随心所欲。三五同学好友荡马路，时常要品尝小吃。有的人中饭或晚餐吃饱了，伙伴要吃，他又不愿意再吃糕团、馄饨、面条、油炸食品，也不想扫伙伴们的兴致，那么好，就来一碗油豆腐线粉汤，即使吃饱了仍吃得下去，不觉得肚皮胀。

油豆腐线粉汤，可以说是最有特色的上海小吃。它由三种东西组成。

油豆腐，是用氽在油锅里的豆腐果炸出来，色泽金黄，吃起来口感甚好，有点嚼头。

线粉，绿豆线粉，细细长长，是所有家庭会备好的汤料。

汤，很多人以为，汤就是油豆腐和线粉放在水里煮。这是错误的。油豆腐线粉汤之所以会成为上海人人见人爱的一道小吃，就是因为这个汤非同一般。

细想想，油豆腐就是豆腐果放进油锅里氽出来的，氽的时候不放任何佐料，清吃是寡味的。线粉也不含盐和酱油等基本调料。两样作料都没啥特殊味儿，放在一起煮，舀进碗里为什么如此美味？

谜底就在汤里。油豆腐线粉汤的汤，是要事先熬好的。用啥熬呢？很简单，海蜒。海里的小鱼儿，捕捞起来晒干，要煮油豆腐线粉汤了，先煮一锅海蜒汤备着。烫热了油豆腐线粉，用小竹篓舀进碗里，一把大剪刀把油豆腐剪开，淋上几滴麻油，一碗油豆腐线粉汤就端出来了。那汤味的鲜美，决定了油豆腐线粉汤的质量。

上海人的口味，源自江南水乡，在注重菜肴质量的同时，对家常菜中的汤格外讲究。上海本帮菜，向来有浓油赤酱的传统，吃饱了浓油重酱的菜，喝的汤就希望清淡一些，但清淡的同时，又要保持鲜美。海蜒煮汤，清香中透出鲜味，确能解馋。插队落户时，天天吃没油水的盐水蔬菜，我实在没啥调剂口味，就会经常抓一把海蜒，煮一锅鲜汤下饭，也能吃得津津有味。洋芋收上来，洋芋汤中加一把海蜒，更是鲜上加鲜，知青之间还会抢来吃。这是题外话了。

我说油豆腐线粉汤是道地的上海小吃，是这一小吃源自上海的弄堂文化。就像糖粥、小馄饨担子、佘油墩子的挑子一样，油豆腐线粉汤的摊子，也经常挑进弄堂里来敲打着叫卖。试想，敢于挑到你家门口来卖的小吃，没点儿比你家中更鲜美的味儿，会有生意吗？

喷香松软的黄松糕

写上海小吃，不能不写到糕。糕点糕点，是小吃的主要组成部分。

像面条、馄饨、汤圆、饼子、包子一样，在江南，在江浙两省，在上海滩，糕点的种类繁多。屈指数一数，海棠糕、方糕、茶糕、蜜糕、枣泥糕、桃片糕、松糕、猪油年糕、桂花糖年糕、水蜜糕、定胜糕、赤豆糕、条头糕、发糕、雪片糕、桔红糕、绿豆糕、云片糕、芡实糕……可以开一张长长的单子，写也写不过来，我为啥偏偏选中了黄松糕呢？

一来，黄松糕是最为大众化的糕点。在我小时候，三分钱一只大饼，是最便宜的早点小吃，而一块黄松糕只需四分钱，也属于很便宜的大众小吃，符合我这 12 篇上海小吃定下的宗旨。

其二，我本人对黄松糕情有独钟，难得去逛一次南京路，走过糕团店，忍不住买一块黄松糕解解馋，回味回味青少年时期的滋味。小时候贪玩，黄松糕不粘手，拿在手里边吃边走路，边吃边玩都可以。

第三，黄松糕滋味好，不是太甜，却又管饱，一块黄松糕、一块赤豆糕，九分钱可以当一顿早餐了。比起一副大饼油条，只多了两分钱，却换了口味。当然，那都是我青少年时期的价格了，现在说来，有点恍如隔世的感觉了。

黄松糕的制作十分简单，家庭里却不易做。

所有原料加在一起，只需四样：粗糯米粉，粗粳米粉，红砂糖，豆油。

粗糯米粉的量最大，和粗粳米粉相比，其比例为3:2。也就是说，如果制作100块黄松糕，得要准备6斤粗糯米粉，4斤粗粳米粉。

之所以家庭里不易做，不像馒头、包子、葱油饼那么好制作，就是这粗糯米粉、粗粳米粉不易准备。那得有专门的粗磨，把糯米粉、粳米粉磨成粗颗粒状的。而即使在我们的青少年时代，有些家庭虽然备有石磨，那石磨也是用来把糯米粉和豆子磨细的，不另外配备粗磨。再加上黄松糕太便宜了，用不着为了想吃黄松糕，在家庭里再备一副笨重的粗磨。当然，现在的城市家庭，为了吃上精致的点心而专门备有石磨的，也是少之又少了。

黄松糕的做法是：将粗糯米粉、粗粳米粉拌匀之后，再加入红砂糖，仍以制作100块黄松糕为例，要拌入3斤糖，而后再加适量的清水，尽量搅拌得均匀。

前面我提到的豆油，只需半两左右就够了，用来抹拭在蒸笼屉上，使之不黏屉，再把拌均匀的糕粉放进笼屉，摊平整，大火沸水蒸熟，按照传统的规格，切成长方形。一块块酥松可口的黄松糕就做成了。

黄松糕还有一个妙处，那就是趁热吃，喷香松软；即使放冷了，吃来滋味也是好的。原料简单，操作不难，但家庭里不易制作，还因为做黄松糕必须要有一定的量。而小小的家庭里，哪里需要这么大的量啊！

皮薄馅美的南翔小笼馒头

1988年，中央电视台拍摄由我的长篇小说改编的电视连续剧《家教》，家庭戏大多放在棚内搭出的布景中拍的。其间有一场戏，小女儿梦琳为改善和父亲倪维宁之间的矛盾，让父亲认可她的恋爱，特意起了个大早，去给父亲买回了爱吃的南翔小笼馒头。父亲吃早点时，筷子夹着小笼馒头，听老伴介绍这是梦琳为他买回家的，颇为感动。

这场戏播出以后，受到上海观众的批评，说对白里讲的是小笼馒头，可我们看到父亲筷子上夹着的却是肉包子，哪有这么大的小笼馒头的？

其实这是我意料中的事。《家教》正式播出之前，到上海来作宣传，在媒体记者们面前播放，上海的记者已经对类似细节的不真实提出了批评。只是戏已拍成，剧组已经解散，搭起的布景也已拆除，不可能修改了。

记得拍这场戏的时候，我也在北京中央电视台的摄影大棚内，剧务小庄兴冲冲地找到我，对我说："哎呀，你大笔一挥，可把我的腿跑细了，我跑遍了半个北京城，才买到了你写的小笼馒头。你看看你看看，公交车票我都攒了一叠。"

说着，从兜里掏出一把公交车小票给我看，还开玩笑说，你给报销吧！

我打开他费了九牛二虎之力买回的小笼包子一看，这哪是我写的南翔小笼呀，这明明是一两二只的小笼包啊！

我找到导演蔡晓晴，郑重其事告诉她，我写的南翔小笼馒头，是一两面粉做十只的小笼，不是一两面粉二只的肉包子。

导演蔡晓晴和我已经合作过一次《蹉跎岁月》，一般情况下，很尊重我的意见。她把小庄叫来，当面转达了我的意见。小庄表示，跑遍全北京，也买不到一两十只的小笼，无法完成任务，除非专程跑一趟上海，再说这么热的天，出差买回北京的小笼，也该馊了。他老大不愿意。蔡晓晴望着我说，将就吧，观众不会像你写小说那样看得那么细。于是，就用北京东来顺买回的肉包子，代替我所写的南翔小笼馒头拍了这场戏。

播出之后，果不其然，受到上海观众的批评。媒体的影视记者告诉我，你的《家教》虽然在全国获了奖，但在上海的影响，却不如在外地，主要原因就是戏中有两三处表现上海生活的细节都不真实。硬伤！

言下之意是我长期生活在贵州，是不是把上海生活中的细节忘了。细节决定成败啊！

其实我没有忘。《家教》出外景到达上海，其中有一场戏在南翔古猗园拍摄"梦湖谈真爱"。我给制片主任提议，中午不吃客饭，就在南翔古猗园荷花池畔的"船舫厅"吃小笼馒头。

我特意对小庄说，你品尝一下，小笼馒头和小笼包子是不是不一样。他当场承认，确实不一样，他一口气吃了三十多只。他算是对上海的小吃服了。其实，不但是小庄，所有来的北京客，都对在上海市郊南翔品尝到的小笼馒头赞不绝口。

南翔小笼馒头之所以如此受到上海普通市民的喜爱，是因为其做功道地，馅料讲究。

一两面粉做十只小笼包子，它的第一个特点就是皮薄。一般的馒头和包子，都要使用发酵过的面粉来制作。南翔小笼包子的皮子，是用不发酵的精细白面粉做的，故而皮虽薄，却不易松垮损坏。上海食客都晓得，南翔小笼馒头的特色，就是皮薄、馅多、卤重、味鲜。馅心除采用夹心腿肉之外，调制时要加入肉皮冻。包好以后蒸熟的小笼馒头，一只只形似小小的宝塔，呈半透明状，上口一包滋味鲜美的汤汁，品尝时，常常与姜丝、香醋同食，十分耐嚼。秋风一起，馅心中时常加入蟹肉、蟹黄、蟹油，味儿就更加鲜美了。

进入新世纪以来，南翔小笼馒头的经营者增强了品牌意识，不但推出了冷冻食品，行销到全国各地，还把小笼馒头卖到了海外，实在是点心行业的一个创举，令人欣喜。

清口汤美的雪菜肉丝面

雪菜，就是咸菜。之所以称其为雪菜，是指用雪里蕻制作的咸菜，这种咸菜味道鲜美，尤其是产自宁波鄞县章村贝母地里套种的"贝田地菜"，质地更佳，腌制出的咸菜以鲜味见长。

秋末冬初，雪菜收获上市，我岳母就会让女儿用拖车买来几十斤雪里蕻，然后亲手在阳台上制作咸菜。

先让雪里蕻堆在一起三至四天，任其自然发酵。堆在阳台上时，隔一二天，要翻一翻，让发酵的雪里蕻透透气。三四天后，雪里蕻的颜色变黄了，就得把它洗净，在阳台上晾晒，晾晒到叶子摸上去软了，稍稍切开，铺设到清洗得干干净净的甏里，一层雪菜，一层盐，掌握的比例呢，则为10斤雪菜，六七两盐。多了太咸，少了又不够鲜。铺设完毕，套上保鲜膜。岳母说："若仍在余姚慈溪乡间，那就是套上荷叶，在外面又重重地压上大石头。"我谈恋爱时，在岳母家的阳台上看见两块大石头放置在角落里，不知道这碍脚的石头有什么用处，这会儿恍然大悟了。压上大石头，是有益于雪菜在酿制过程中出水。十几天以后，雪菜颜色变成诱人的黄色，岳母家兄弟姐妹，都能分上一份，品尝这鲜美无比的雪里蕻咸菜。拿回各自家里，有的做雪菜大汤黄鱼，有的用雪菜炒毛豆，而用得最多的，就是下雪菜肉丝面。

我之所以对雪菜情有独钟，是因为在插队岁月中，没啥吃的，知青们聚在一起搞"精神会餐"。每一次讲起上海家庭中的美食，总有知青情不自禁会讲到雪里蕻咸菜。恰好同为知青的小李，父母是食品进出口公司职工，他带往贵州村寨上的食品，有装在小罐头里的雪菜。每当实在没什么东西下饭的时候，他会恩赐似的开一小罐雪菜，那一时刻简直是喜从天降，众人会胃口大开。雪菜下面条，成了世界上最美的佳肴。

而雪菜里如果加上肉丝，肉味菜汁交融，两鲜合一，菜里有肉香味，肉丝里有菜鲜味，想想吧，那个滋味是不是清口汤美，食来余味不尽？

我在今年第 1 期谈上海小吃的开场白中，提到那位福建教育界的领导，至今仍记得他在上海读大学时吃过的雪菜肉丝面，其原因可能也是在此吧。

12 篇小文快写完时，自小一起长大的伙伴及老同学，对我有意见了。他说你的文章，我篇篇都看了，你怎么挑的都是便宜货，没一样小吃是超过我们小时候一角五分钱的，这都是大众食品，让人家外省市人尤其新上海人看了，以为上海小吃就只有这些低档次的。上海小吃中精美的、高档的、吃一次经久难忘的品种多着呢，你怎么一样不选？

说着，他一口气给我报出了好多种上海小吃中的精品、名品：虾肉馄饨、蟹粉小笼、开洋葱油面、三鲜碧子团、生鸡丝煨面、虾蟹两面黄……光是名声大大的点心店，就有好多。

我只得抱歉地对他笑道：也许我一开始下笔，就盯住了大众化的、一提起来每个上海人都耳熟能详的小吃，忽视了当年要卖到几角钱几块钱以上的稍高档的小吃。你提到的这些精品，包括更高档的特色小吃，也许是另一组文章的题目了。

要向读者说明的是，即使是大众小吃，我也只选了十几种，难免挂一漏万，比如桂花甜酒酿，比如南翔小笼、春卷、排骨年糕、素菜包、千层糕等，有的我曾在其他小文中写过，有的普及性不如我已写到的，只能在此表示遗憾了。但是，写上海小吃，不仅仅是回味，不仅仅是怀旧，我特意选择便宜的大众化小吃，其用意只是想说，这些小吃，也是上海文化的一个组成部分，我们不该忽视，而应继承推广。

鲜肉小馄饨的"六字诀"

像阳春面一样，鲜肉小馄饨也是上海小吃中的大众食品。

1991年盛夏，是我从贵州调回上海之后遇到的第一个夏天。酷暑那几天，从小在贵州长大的儿子叶田天天半夜醒过来，一会儿躺在地板上，一会儿走到阳台上，一会儿又溜回他睡的小床。我问他是怎么回事。他说热得睡不着，太热了，上海的夏天为什么这样热？你们还总说上海好。看着他满头大汗的模样，于是我下决心为他的小房间买一只窗式空调。那年头，空调还是奢侈品，上海的商场里买不到。我的同学在宁波大学里当教授，替我在宁波买到一只，专程坐船送到家中来。船到上海的码头，天还没亮透，他乘出租车到了我在浦东的家中，也才只有清晨 6 点来钟。我请他去喝早茶，他说不要出去喝早茶了，你替我到门口去买一碗鲜肉小馄饨来吧。他还特地注明，是小馄饨，不是大馄饨，在外地生活，想起上海时最想吃的，就是上海小馄饨。

可见小馄饨在我这位老同学心目中的地位。

鲜肉小馄饨讲究皮薄、汤清、馅鲜。

说起来只有六个字，做起来却颇见功夫。首先是皮子，要用白面粉，和成雪花面，和面时放一小点精盐，还要加一点蛋清，这样做出来的皮子才会柔软滑爽，吃口舒适。其次是汤清，不论是老母鸡汤，还是猪骨汤，都要撇去浮沫，这样汤舀到碗中，才有一汤见底的清澈效果。馄饨下好了，才在汤水中撒上蛋皮丝、紫菜末、香干丝、青蒜末或葱花。这几年，上海人中喜食辣味者增多了，加一点辣油或是鲜美的糟辣椒，味道更为鲜美。但真正的鲜味来自馄饨的肉馅。肉馅得选猪腿肉，在砧板上剁成末之后，要加点姜末、芝麻油、精盐调馅，加一小点清水或是蛋清，馅味更佳。小馄饨包起来，肉馅不能太多，也不能太少，要恰到好处，下熟了吃起来，只只都有肉鲜味，滑爽而有韧劲。

20 世纪 60 年代我们下乡劳动时，从松江步行到新浜去玩，黄昏时分走进古镇的青石板街，在黄昏的灯光下吃到一碗小馄饨，其鲜香之味，至今难忘。

十几年前在青浦的朱家角采访，住在古镇的招待所里。清晨早起，找到一家小吃店，在停车场附近，上得二楼临窗而坐，要了一碗小馄饨。那皮子呈半透明状，汤色鲜亮，黄颜色的蛋皮，紫色的紫菜末，碧绿的葱花，品尝时的感觉，真正应了一句上海话：不要太好噢！

鲜肉小馄饨来自于江浙乡间，那是没有疑义的。进入上海之后，是否受到来自常州的地方小吃三鲜馄饨的启示，还是看到了燕皮馄饨的诱人，在相互影响的基础上推陈出新，则有待进一步的考证了。但它的风味，它的特色，却是应该在上海滩永久地光大发扬的。

鲜为人知的大饼

大饼怎么会是鲜为人知的呢？读到这个题目，有人会说我这是在故弄玄虚。其实不然。

在上海，大饼确实是最普通最为大众化最便宜的小吃，也是引出话题最多的小吃。20 世纪 90 年代，以及进入新世纪以来的这十几年，报纸和随之跟上的其他媒体，不知炒作过多少次的上海早点"四大金刚"这个话题了。而大饼是"四大金刚"之首。不少老上海吃了还想吃，忘不掉那股美味。

我中学里一位同学顾培德，是我近 50 年来的知友了。他去美国 20 多年了，年年回到上海来，临行之际带回美国去的，必定是 20 个道道地地的上海大饼。为完成购买这 20 只大饼的任务，他必须在居住地附近，广作"侦察"和"调研"，并亲自买来品尝一下，确认无误了，临上飞机那天，才去把大饼买来，带回美国。每一年，在他带去美国的上海食品中，最受欢迎的就是大饼，20 只大饼经常是一抢而空，在美国的亲友翘首以待的，就是这上海家乡的美味。

堂堂美国，好吃的东西还少吗？他们要吃的，是家乡的味道，是一种感情。

大饼在今天的上海仍是最便宜的食品，但是算上买大饼的功夫，包装好不远万里带到美国，每一只大饼的价值，就不能用金钱来计算了。想一想，上海还有哪一种小吃，能享受大饼的待遇？

我这位老同学的夫人在纽约经营餐馆，十几年前去美国时，她就管理着四家餐馆了，现在增加了几家我不知道，从近期赴美访问回来的其他同学那里，我听说只多不少。因为大饼广受欢迎，我这位同学的夫人便拿了一只大饼交给餐馆的大厨，让他无论如何照这样子，把大饼做出来。

这位大厨是台湾人，对上海小吃也算是精通的。但他研究了很久，又是观察，又是化验，又是上网查资料，搞得满头大汗，费了九牛二虎之力，最终苦笑着宣告：这样美味的名小吃我实在做不出来。

他能做出来，那还需要兴师动众地从上海带去吗？那还能叫上海大饼吗？

大饼是普通的，大饼是神秘的。上海大饼是和上海的历史、上海的文化、上海城市的演变紧密联系在一起的。

上海大饼分为两派。一派名曰苏北派，一派按地域划分该属山东派。

从外形上来说，苏北派的大饼圆润一些，方一点，但又不是正方形，是约略见方。

山东派的大饼则是长方形的；但又不是标准长方形，而是上宽下窄的长方形。

毋庸讳言，两派大饼都是闯荡上海滩的苏北、山东老乡带进来的。

千万不要误会，今天我们到山东和苏北，无论是在城市和乡镇集市上，是买不到上海大饼的。我试过多少回了，道地的苏北大饼和山东大饼，和上海大饼的滋味相去甚远。

矛盾吗？不矛盾，来自苏北和山东的大饼，进入了上海滩，必须适应五方杂处、百业纷陈的上海人的口味，无论是苏北派还是山东派，最终能脱颖而出成为"四大金刚"之首的上海大饼，那是经过多少年风雨历练的。

比如，面粉的发酵必须使用老酵。

比如，烘烤大饼的炉子必须由专业的老师傅来搪制。

比如烧火的煤块得作处理，火候得掌握得恰到好处。

比如面粉隔夜发酵时，伙计半夜里还得起床翻捂一下……

在美国餐馆里的台湾大厨，做梦也想不到这些细节，他怎能做得出上海大饼来？

大饼分为咸大饼和甜大饼两种。咸大饼有以葱花为主和芝麻为主或兼而有之的，考究一点的还有油酥大饼；甜大饼分绵白糖和白砂糖两种，都是淡甜。讲究的还放一点猪油。我们青少年时代缺油水，猪油大饼喷喷香，现在不时兴了。三年困难时候，白糖限量供应，甜大饼用糖精水来做，上海人都喊不好吃，情愿吃淡大饼，甜大饼的声誉被糖精水破坏了。

今年老同学向我抱怨，年年回来买大饼，年年挑选大饼店，一年比一年难选，今年选中的那一家，只能讲口味勉强尚可，明年不知还在不在？

不止他一个这么说。我周围的同学、朋友、邻居、亲属们都在说，不是不想吃大饼，是现在的大饼，味道越来越不对，哪里还有当年美滋滋的味道？是啊，担心卫生状况不说，单是做功，现在到哪里去找搪大饼炉子的师傅？还有哪一位师傅半夜起床来查看发酵情况？

30 年前的上海

1986 年的"新世界"商场

我写的新世界商场，不是今天的新世界商城，两者虽在同一地方，但规模和路径却大不相同。故而我这篇小文特意标明了时间，是 30 年前的 1986 年。

1986 年的新世界商场值得写，是因为我对它有一份特殊的感情。

插队落户那些年，只要回上海探亲，总有村寨上的老乡托我带这带那，很多都是老乡喜欢的小东西。而从我家走到南京西方路、西藏中路口的新世界商场，只需花七八分钟。进了新世界商场，往往一个晚上，就能把所有老乡托我带买的东西，全部都"搞定"。那年头的新世界，是上海滩出名的小商品市场，与隔街相望的中百一店，形成鲜明的对比。

到了 1986 年，我已在贵州省文联的《山花》杂志编辑部工作了，物质生活也丰富多了，已经没人托我捎带小商品，但因为新世界离家近，我仍喜欢在晚饭后到新世界商场兜一圈。为什么呢？

新世界商场里有新花样。比如它推出了 26 个周到热忱的服务项目，其中有代客邮寄商品、代客修补羊毛衫、代售邮票、代客邮寄留下地址登记购买的商品……

什么叫登记购买的商品？

来自全国各地的客人有多种多样的商品需求，有的商品在新世界里一时缺货，或者根本没有，营业员会不厌其烦地请顾客留下姓名、地址、联系电话，专门为其去采购。采购到了，便及时通知顾客汇款过来，新世界给他邮寄过去。麻烦吗？很麻烦！但新世界坚持这么做，是真正的全心全意为顾客服务。我去逛一趟商场，深受感动，还把这项服务记了下来。陪同我一起逛商场的家人以为我是在搜集写作素材，其实不然。这个细节我至今都没有写进过小说，我记下来何用？

我是全国人大代表，在贵阳参加视察时，听其他代表纷纷对省城百货店、商铺的服务态度提意见。我发言时就举这么一个小例子，反话正面说，取得了很好的效果，人家就夸我发言的质量高，有审议水平。实事求是地说，是新世界商场的优质服务水平高。

确实，在大店、名店、特色商店群芳争艳的南京路上，新世界商场能为上海百姓所熟知，除了它以经营小商品著称之外，另外也和它的热心服务分不开。

记得商场当年 24 只柜组，围绕着热情服务的"热"、方便顾客的"便"、灵活供应的"活"三个字，做出了一篇大文章，真正让所有走进商场的顾客和我们这些周边老百姓感觉到称心如意。

听弄堂里的老人们说起过，20 世纪初，新世界这块地方本是游乐场。抗日战争胜利后，离此不远的大世界花样翻新，吸引了大批游客，新世界这里渐渐变成了小商品的集散地，经营者主要是街头的小摊贩。到了1956年，才正式成立商场，以经营小百货为特色。

每次走进新世界商场，就是不买东西，看到琳琅满目的各式小商品，我也会觉得目不暇接，大开眼界。这里有老人喜欢的各种手杖、发髻，有年轻人爱佩戴的胸花、各式配套的化妆品，喜庆用的红缎带、手镯、耳环、发夹、头带。至于人们日常使用的生活必需品，不起眼的"一分钱"用品，缝衣针啊、绣花针啊、鞋钉、鞋眼啊，可说是应有尽有。最叫响的"四零小商品"，在里弄邻居间广为流传：零折、零剪、零配、零拷。更有一种让人听起来就会高兴的服务：鞋底、袜子单只可以配双，花边缎带可以根据顾客的需要零剪，鞋钩、鞋眼可以拆零供应，零拷的化妆用品像雪花膏、发油发蜡、各式护肤霜，竟然多达40多种。总之一句话，方便老百姓过勤俭持家、细水长流的日子。

新世界商场不但注重"小"，还经销外地的"名、特、优"商品。上海人的住房不是小嘛，走进一户家庭，看什么呢？看桌子上、台子上的绣品，看床上的枕套绣，看窗帘的色彩。新世界商场把上海家庭主妇的这些心思告诉生产厂商，江浙一带头脑灵活、特别看好上海市场的厂商们，八仙过海，各显神通，常熟绣花来了，萧山挑花工艺品来了，浙江椒江的抽绣也来了，一来就形成一股销售热潮，广受欢迎。那个年头也没多少广告，仅靠一传十、十传百的口头传播，新世界商场的新商品经常被抢购一空，营业额大增。

1986 年，上海人的生活质量明显提高了，新世界商场里增加了和老百姓"吃穿用"配套的小商品供应，提出向"小、特、全"迈进，餐巾纸、多用家电插座、绣花手帕、冰箱遮布、梳妆台布、领带夹、裙带扣、仿金别针等等，很多我青少年时期没见过的小东西，摆满了柜台。

看到这里，读者或许要对我提意见了：这有什么稀奇？这些小商品现在超市里都有，你那是老黄历了。

那么，新世界商场曾经有过的"针线包借针送线""皮裤带免费打洞"，现在几家超市里还存在？

时代是进步了，新世界商场现在已变成了专卖中高档商品的新世界商城，把马路对面的中百一店都比下去了。然而，当年小商品专卖的情调和氛围，还是让人留恋不已。

沪上涌动组合家具潮

1986 年回上海探亲那次，因为带了一点公务，妻儿又都住在外婆家，我自个儿还想在改编《家教》的文学本时多感受一些上海的气息，故而不仅居住的时间较长，而且往小学、中学同学家中跑的次数也多。在走进自小熟悉的这些同学的家庭中时，我听到当时上海人讲得最多最热烈的话题，就是住房。

在和我同时代的那批伙伴中，那时最大最完美的需求，就是盼望能分配到或者说争取到一套两室一厅的新工房。在争取到新工房的同学和朋友以及虽然没分到两室一厅，但也分到了一间房或一间半房的那些人中间，最热衷的话题，就是组合家具。

根据争取或分配到的住房的大小，上海人发挥了充分的想象力，用足了心思，装饰和布置着他们好不容易才到手的住房。而在装修房子的过程中，新颖的组合家具，是众人不约而同的首选。

在此之前，有不少新婚的上海年轻夫妇，在婚前是自己动手，或是请来有手艺的木匠师傅、漆匠师傅，打造一套家具。缺大橱的做大橱，缺五斗橱的做五斗橱，缺少床边柜的配床边柜。总之，根据住房的大小，配齐适合自己的 16 平方米、12 平方米，甚至只有 10 平方米亭子间够用的家具。最为理想的，当然是成套的"36 只脚"，即是配齐了大橱、五斗橱、床、两只床边柜、饭桌、四只凳子（或椅子）的一整套家具，漆成闪光的"泡力司"，那就很有面子了。

明明加起来有"40 只脚"，为什么要说成流行的"36 只脚"呢？只因为在相当长的一个时间段里，上海普通的小民百姓，住房实在太紧张了。新分配到的房子，放不下 40 只脚，只得忍痛割爱，把双人床紧贴着一侧的墙壁安放，配一只床边柜。于是乎，"36 只脚"一套家具的说法就流行开了。家具工厂根据这一广为流行的趋势，推出了"36 只脚"一整套的新婚或新房家具，价格普遍在 450 元左右，统一漆成深咖啡色、棕色，陈列在家具店中，受到市民热烈欢迎。新婚夫妇，总得买上一套"36 只脚"，房子再小，也得把"36 只脚"全放进去，成为一种时尚。

然而，组合家具，尤其是新颖组合家具的兴起，冲击着"36 只脚"的传统，很快吸引了青年人的眼球。

其中特别令人瞩目的，是所谓的"一面墙"，即占满整整一面墙壁的现代组合型家具。这"一面墙"的家具中，包含了大面积的挂衣橱、顶柜、抽屉、电视柜、酒柜、书柜、书桌，桌肚里还可以塞进一把椅子。我在一位中学同学家中第一次看到"一面墙"，顿觉眼前一亮，有耳目一新之感。而老同学也以满意中带点儿自得的语气，把组合型家具的大、中、小各扇门一一给我打开，不厌其烦地给我这个来自贵州的"乡巴佬"开眼界。我站在偌大的漆成奶白色的"一面墙"跟前，由衷地感觉到，想方设法做出一整面墙壁的组合家具，明显地有占地小、储藏量大、功能齐全、拆装方便、美观大方的特点。经同学指点，我还去多个家具店观赏了色彩丰富、不落俗套、极富立体感的各种各样的组合家具。营业员还热情地介绍说，除了你在店堂里看到的几种大小不一的组合柜之外，家具厂还可以上门来量尺寸，根据居住房间的大小、朝向，量身定制组合型家具、厨具。他还特意给我介绍了市面上流行的阻燃型 PVC 亚光材料家具，说是不用油漆，呈现天然的咖啡亚光色彩，而且不褪色、耐火，可谓上乘的流行色。

在走访了多位同学、朋友家庭之后，我发现代表原先那种水平的"36 只脚"成套家具，正在退出上海人的小家庭。而新型的组合式家具，正在步入一个一个大大小小的家庭。从一个侧面反映了时代的潮流。体现在一个一个小家庭中的，则是根据具体的居住环境，动足脑筋，计算往往精确到厘米，甚至一条缝，"候分掐数"（沪语，不多不少），巧作精制，真可形容为"百花齐放，各显风骚"，营造出一个个温馨、典雅、干净、整洁的家居环境。

感染过这样的新潮气息，回到贵阳，我就请当地的木匠老师傅，同样打造了"一面墙"的柜子，不过我打造的是顶天立地的书柜。完工之后，家中客厅的整整一面墙，全部放满了我的藏书，引得编辑部和文联的同事们纷纷前来观看。他们在啧啧称道的同时，难免要讲一句：上海人就是会来事儿，书橱竟然做出这样子。每当这时，我就会说：这就是我回沪探亲之后从组合家具中学来的。

促使我写这篇文字，还有一个原因，就是去年妹妹家装修房子，把组合家具淘汰了，换上了一套个性化的实木家具。我诧异地问她："组合家具没坏啊，你怎么不要了？"

她说："我已经是落后的了，人家都不用组合柜了。我也要跟上潮流啊！"哦，当年的新颖组合家具潮，时隔28年，也已经轮到退出历史舞台了。

连环画的颓势

我小时候爱看连环画。1986年回上海探亲，就想为7岁的儿子买些连环画带回贵阳家中，故而对于30年前的上海连环画市场有了一点了解。

那一年，上海的连环画坛，有三个突出的情况。

其一，市场上出现了一些粗制滥造、质量低劣的连环画。这些连环画往往是根据那时涌进内地的一大批武侠小说编绘的。人们对这些连环画发出批评声音的同时，特别留意五六十年代出版的那些价格便宜、画风严谨的连环画作品。尤其是对根据《三国演义》《红楼梦》《水浒》《西游记》四大名著改编的连环画，更是啧啧称道，同时慨叹"今不如昔"。

小时候，我居住的那条弄堂口过街楼下面，有一个天天摆放出来的"小人书"摊，出租连环画。花一分钱，可以看一本；读者少的阴雨天，一分钱还可以看两本。而每当我租借连环画看，让母亲知道了，就要遭到训斥，她说这种连环画太脏了，什么人都看，不少人看的时候还要沾着唾沫翻书，因此不准我去借"小人书"。训斥的次数多了，给我留下的印象太深。当我自己也有了儿子的时候，我才体会到母亲当年是对的。故而当我察觉孩子稍懂事时也喜欢看"小人书"了，我就尽量买新的连环画给儿子看。

对于我来说，认识四大名著中的很多人物形象，就是在看"小人书"时获得的。

从这一意义上说，真还得感谢当年那些精心编绘连环画的画家们。最初的一些粗浅的美术知识，我也是从阅读连环画时代得到的。

连环画特有的线描技法以及那细节描绘的真切，尤其是毫发毕现之处，常常赢得我和小伙伴们的惊叹。连环画人物刻画得栩栩如生、形神兼备，场面的渲染几乎能令人身临其境，都让我和喜欢"小人书"的伙伴们喜欢。

其二，是1986年文化部和全国美协举行的第三次连环画评奖活动中，上海又和前两次一样，获奖作品共有18件，列全国第一。这说明上海有一支强大的连环画创作队伍。

似乎是为了证实这一点，上海美协和上海连环画研究会联合举行的1986年上海连环画作品展，展出了160位作者的150余套作品，显示了上海创作连环画的实力和阵容。这是我要说的第三种情况。

尽管有这三种情况，连环画的创作和出版还是显露出了颓势。或者说是风光不再，优秀的好作品较少。

我尽可能选择了一些能买到的较好的作品，比如描绘中国历史的连环画、世界文学名著的连环画、伊索寓言的连环画等等，自认为这些"小人书"会对儿子的成长有利。同时，我也通过出版界的朋友，了解为什么难以买到像四大名著那样优秀的连环画。得到的答复是，经过十年浩劫，已经很难有完整优秀的"小人书"了。打倒"四人帮"之后，1979年重印过一次上海出版的《三国演义》，先是出了一套48册版，后来又增补了12册，凑齐了60本，也颇受欢迎。事隔六七年，市场上也难以买到了。

写到这里，我想将心中的一个想法，也一并写出来，以求教于美术界。

上海曾有过一支蔚为壮观的连环画创作队伍，其中有不少优秀的、杰出的画家，他们至今仍然活跃在美术界。能不能在连环画的基础上，创作出一批以人物为主的油画？这样的油画既有连环画的细腻和神形毕肖的刻画，又有油画的色彩，推出一批有中国风格、中国气派的新油画，描绘出崭新的意境，创造出中国自己的风格，让具有连环画底蕴的新油画，放射出独特的奇光异彩。

一孔之见，仅供参考。

那年春天，我来到上海

30年前的1986年春天，我开完全国人大六届四次会议，搭乘上海代表团的飞机，回到了故乡上海。

借探亲的机会，我会见同学，访问友人，逛马路串弄堂，晨起站在市中心的十字街头，看潮水般的自行车洪流从身边驶过，一样一样品尝上海的小吃，贪婪地翻阅上海的大小报纸和刊物，把认为应该留下的记忆，匆匆忙忙地记在本子上。

那个时候我还在贵州工作，写作了一部新的长篇小说《家教》的上半部分。小说在《十月》杂志发表以后，杂志社希望我尽快将小说的下半部分写出来，中央电视台想把它改编为电视连续剧。《家教》写的是上海生活，背景就是上海的弄堂和家庭。尽管上海的一切我似乎都是熟悉的，但是毕竟离开上海17年了，变化中的上海有很多新东西，比如棚户区是不是仍是我记忆中的老样子，老弄堂里有哪些新花样，电影院有了哪些变化，文坛上冒出了什么新作，市容景观出现了哪些值得一看的建筑……往深处走一走、看一看、问一问，感觉就不一样了。《家教》的下半部分，我当年就写出来了。这部长篇虽然不像《蹉跎岁月》《孽债》的影响那么大，但后来也及时被改编成电视连续剧在中央台播出，并获得了全国优秀电视剧奖，小说本身也再版了多次，到了28年后的今天，又决定再版。

而当时留下的笔记，我打开一看，那泛黄的纸页上褪色的墨迹，竟然引发出不少新的感慨、新的惊讶、新的思索。

是啊，时光流逝，岁月如梭。30年前刚出生的小孩，如今该是帅气的青年才俊了吧；30年前的小姑娘，如若仍没谈婚论嫁，今天该被人叫作"剩女"了吧。30年前修成的联谊大厦，当时被上海人称作"申江第一高楼"，多少有点儿自傲之气吧。30年前初露头角的画苑新人，现在已是大名鼎鼎的美术大家了。

那个时候要使劲争取才能展出的作品，到了今天，一幅画该有几十万、上百万的价值了吧。

1986年的11月份，上海的报纸上发表了一条豆腐干大小的消息：《上海开放不动产市场》。这是自中华人民共和国成立37年来首次开放此类市场，通过这个市场提供的住房共2000多套，总居住面积有50万平方米，平均一套住房不过50平方米。

当时的标价，上海市区内，每平方米是520至550元。郊区售价，每平方米410元至480元。

我不作任何评论，光是重温一下这条当年引起外国人关注的小消息，今天的上海人肯定会有很多很多的感触。

时代是在变化着，社会是在变化中，生活必然也变了。

请允许我再引用一条消息，是30年前我在回上海之前，在首都北京读到的消息。那是1985年，《人民日报》已经作出判断：保护环境是当代中国最重要的社会经济问题之一。《北京周报》上也说：中国现在面临世界最严重的污染问题。

50年代的时候，北京每年有60天时间有烟雾。

70年代的时候，这样的日子已经达到150天之多。

而到了1986年，已经超过了200天。

我在参加人代会时，还有代表说，中国首都如果不采取措施，就有可能成为历史上伦敦那样的雾都。在北京的一些外国人喜欢早晨跑步，他们说，在北京的早晨跑步等于一天抽一盒烟。5年下来，其有害程度等于终身在抽烟。

对于我来说，到北京开会也是学习。开完会回到上海，第二天清晨打开离苏州河很近的家中的窗户，一股污染过的河流的腐臭扑面而来，使得我只好赶紧关严窗户。

而这一切，都发生在 28 年之前。我想，这几个小小的例子，足以说明我为什么选择了"二十八年前的上海"为题目，来作这一组专题连载。抚今追昔，尤其是追忆不很久远的 28 年之前的上海，是有意味的，相信能唤起读者们的很多感叹和思索。

愿读者朋友和我一起走进 30 年前的上海，1986 年的上海。

日渐多彩的服装

记得是 1979 年的冬天，上海作协的领导给了我一张安徒生童书展开幕式的票子，在南京西路著名的国际饭店孔雀厅。在用自助餐时，我走到窗口，探首往南京路上俯视。

只见南京路两侧人行道如潮的人流涌动，几乎全是上青色的服装，夹杂着不多的黄军装和一些女性的棉袄罩衫，基本上也以深色、素色为主，既单调又乏味。居高临下望去，这一感觉尤为强烈，对我还有点儿刺激。河流般涌动着的人潮，给人一种不舒服的滋味。

难得这次 14 层楼眺望，这一幕久久地留在我的记忆之中。

这以后，我不断地从报纸、杂志上读到关于中国人服饰的议论和反思，特别是《参考消息》，不断地摘编国门打开之后，外国客人来中国之后的观感。他们不约而同地谈到，中国大众的服饰以蓝色、灰色、黑色为主，夹杂一些黄军装色，服装的式样比较单一，男性基本上以四个口袋的中山装为主。

不知为什么，每次读到这样的观感文章，我就会想起从国际饭店窗口眺望南京路人流的那一幕。

故而，1986年回沪那一次，我格外关注上海人的服饰。

改革开放已起步，人们的观念在变，服装观也随之起了变化。"新三年、旧三年，缝缝补补又三年"的口诀没人说了，取而代之的是活泼多样的款式，丰富多彩的面料，一会儿宽裤腿、一会儿窄裤腿的时尚，即上海人所称"喇叭裤"和"小脚裤"，还有"西装热"，纷纷刮进了所有的大街小巷。我生活的弄堂里有一个老裁缝师傅，退休工资79元一个月，退休之后基本上过的是冬天晒晒太阳、夏天躲躲阴凉的安闲日子，"西装热"卷进了弄堂后，只因他曾在著名的奉帮裁缝店里当过学徒，有一手做西装的手艺，于是重新摆开了裁缝班，一天忙到晚，经常半夜十一二点还在挑灯夜战。看到我进出弄堂，他时常乐呵呵地对我道：西装热挑我发财了！人的精神面貌也与刚退休那一阵大不相同。

1986年前后，若说上海人服饰上的变化，最引人注目的就是西装重新走进我们的生活。其实全国都一样，由于国家在提倡生活的丰富多彩，整个中国兴起了一股跳舞热、西装热。

不过那个时候中国人的西装，做得还比较单一。我在北京遇到几位从朝鲜学习服装回国的留学生，看到我身上穿着的上海版式西服，就不客气地指出了好几处细节上的落伍之处。据他们说，在服式的裁剪上，我们的不少地方还落后于朝鲜。

但是，多少年里始终引领中国服装潮流的上海人，正在酝酿着更大的变革。我从长期生活的贵州山乡来到上海，对这一点尤为敏感。无论女式服装的色彩、样式，还是男式服装的随意、贴身，上海的服饰在朝着自在和个性化发展。用外地人的目光观察上海，我还有一个惊讶的发现，上海人喜欢穿着睡衣睡裤进出弄堂，甚至到小菜场采购，这一旁若无人、司空见惯的生活现象，在内地的其他城市是很少见到的。这是不是那个年头兴起的时尚，我没有想明白。也许上海的夏天过于炎热，也许睡衣睡裤的柔软宽松让人更觉舒适，在1986年的上海，可说是街道弄堂里的一道独特风景。

"西装热"同时带动了其他各类服饰的大胆设计和变革，比如丝绸服装的多样化，复合式的风衣，大领头和小领子的衬衫，百花争艳般出现在市场上。走在上海的马路上，即使看看路人们身上多姿多彩的服装，也是一种享受。过去看惯了的蓝、灰、黑、黄一统天下的景象，一去不复返了。

贵州乡镇有一位基层干部，郑重其事地托我在上海买一件呢制服中山装，我逛遍了南京路上的大小服装店，也没找着一件。当我走进挂满了各种服饰的商场、店铺，开口询问"有没有中山装"时，常引来诧异的目光，还有人用不屑的语气嘀咕：现在还有什么人穿这种衣裳？走了大半天，终于在一个小店里找到一件，营业员从柜台下面的抽屉里翻出来，打开盒子，往我面前一放道："对不起，只剩这一件了，你看，胸口发了霉，不能卖给你了！"

这是我记忆深处挥之不去的一件小事，一来是我难得地没有完成人家托办的事，二来是从服饰的变迁，也能看出改革开放仅仅几年，上海人的生活已经悄然发生了多么大的变化。

我的上海牌手表情结

我有一个关于上海牌手表的情结。

这情结最早源于童年时代的 1958 年，当时《新民晚报》上登载，上海第三百货商店试销 100 只上海牌手表。百货商店是上午 9 时开门营业，可是想要买表的人，从昨晚 12 点开始，就在"三百"表柜台旁的门口排队了。9 点整一开门，100 只手表很快被抢购一空。而想要买表的预约登记人数，已超过了 1000 人。因为这是中国人自己生产、自己设计、自己制造的第一批投向市场的手表。从 1955 年诞生第一只机械表，到推向市场，走过了 3 年的历程。

那一年，我 9 足岁，首次从报上得知我国有一款上海牌手表。

这以后，就不断地读到关于上海牌手表的报道。1958 年底，上海牌手表已卖出了 1.3 万多只。各个百货商店、钟表店的柜台里，也出现了和上海大厦样式很接近的上海牌手表商标。再加报纸上报道，社会上流传，周恩来总理、朱德总司令等党和国家领导人，都喜欢戴、并且只戴国产的上海牌手表，特别激励我这个男孩的自尊性和自豪感，对上海牌手表也产生了一种向往的心理。

22 岁那一年，我终于用插队落户岁月中积攒下来的 120 元钱，购买了一块上海牌手表。这是商标改良成毛体字的上海牌手表，款式新颖大方，闪闪发光，据说还防震、防水，我真是爱不释手。

那是我和妹妹两人当知青时，参加湘黔铁路大会战，每人每月36元工资，其中15元交给生产队计工分，21元留下来吃饭并应付日用开销。兄妹俩在一起开伙，每个月节衣缩食，可以存下10元钱。整整两年的铁路建筑工地上的工棚生活，才攒下了100多元钱，买下了这块手表。

从工地回到生产队后，我继续当知青，后来又去大队耕读小学教书。寒来暑往，偏远山寨上多少个夜深人静的日子，伏案写作晚了，临睡之际，我总要把上海牌手表贴近耳朵，谛听一下它那"滴滴答答"的摆动声。无论是雨后屋檐滴水的早晨，还是大忙季节的黎明，我醒过来的第一件事情，也总是从枕头底下摸出手表，看一看时间，然后聆听一下它的声音，这才把它小心翼翼地戴上手腕。

那个年头，在偏远蛮荒的村寨上，谁有一块手表可是一件大事。经常露出羡慕眼神的大、小队干部，赞赏之余，总会寻找种种理由，比如到县里开会啊，到公社办学习班啊，上贵阳下遵义出差啊，因此向我借手表戴一戴，理由是便于掌握时间。不借给他们吧，怕人家心头不高兴，说你小气，对贫下中农没感情；只好忍痛借给他们，一借出去呢，心头总是七上八下的，担心手表会不会糊上泥巴，弄脏了呀？要是他们在出差途中丢掉了，那该怎么办？没手表时想有一块表，有了手表，烦心事儿还真不少呢！

有一回，什么征兆也没有，突然之间，我的上海牌手表的表盖上出现了一小圈雾蒙蒙的水蒸气，白茫茫的。

我一下子愣住了，这是怎么回事？不是说防水的吗？我的情绪一下子跌落到了冰点，沮丧极了。甚至都不敢去看戴在腕上的手表。

几天以后，我终于忍不住，又撩起手腕看了一眼表。嗨，白茫茫的一小圈讨厌的水蒸气消失了。这又是怎么回事？我不得而知。

后来，身边的知青给我分析，贵州山乡多雨多雾，潮气重，手表像人一样，待在这种环境里，久而久之，就蒙上了水汽；看，这几天放晴了，空气干燥，水汽自然就消失了。不知他说的有没有道理，总之，以后我戴表时更加细心了。

正因为有这么浓郁的上海牌手表的情结，1986年回上海的时候，我格外留神上海牌手表的动向。

这一年，上海牌手表不负众望，获得了中国手表工业史上的最高质量奖——国家银质奖。

然而，也正是从20世纪80年代开始，千千万万只石英表涌进了中国市场，其中还夹杂着数也数不清的假表。随着国门的打开，外国表也从那时起一拥而入，不但有比上海牌资格老的梅花、西铁城、欧米茄、浪琴、英纳格、劳力士手表，而且比这些老牌手表更高档的帝舵、江诗丹顿、百达翡丽等也出现在奢侈品商店里。上海牌手表面临着前所未有的挑战。面向大众为主的上海牌手表，还能再次腾飞吗？

今年，上海牌手表诞生已经整整60年了。我高兴地注意到，上海牌手表已经有了陀飞轮系列、计时码表系列、露摆系列，品种和款式更是超过了100种。在时代的起跑线上，我祝愿上海牌手表能创造出更多更新的辉煌，向世界名表行列迈进！

贡献独特的街道工厂

大潮一般的知识青年上山下乡运动，恰如一场盛筵必有散那样，到了 20 世纪 70 年代末 80 年代初，随着"大返城"的洪流，退潮了。

退到哪里去？

退到了他们的出发地，城市中。说得更具体一点，是退到了他们当年离开的父母家中，退进了街道里弄。

当年去的时候是一年一年、一批一批去的，先是"老三届"（66、67、68 届初高中毕业生），继而是 69 届、70 届、71 届……大返城的时候，却是挤在一起蜂拥回来的。回来并不是结束，而是新的开始。为什么？一大批年轻人都是奔 30 的人了，首先是要吃饭、要有住房，其次是要找对象、要结婚成家。除了小部分考进大学的佼佼者，绝大多数男女知青，盼望的是一份正正经经、像模像样的工作。只有得到了工作，包括吃饭、穿衣、住房、恋爱一系列事情才能落到实处。

那时候国营单位、大中型企业的职工，吃香的程度是今天的青年想象不到的。但那些单位几乎不收知青，第一条就是这帮人年龄大了，过了学徒工年纪。因而除了一小部分顶替父母进单位的之外，大量的返城知青都闲散在街道里弄之中。

而解决返城知青的重担，自然就压在基层——街道、里弄中。返城知青最多的地方，就是街道工厂、里弄生产组。

也正因为涌入了一大批有了一定社会阅历和生活经验的男女知青，上海的街道工厂焕发了她的第二春，迎来了一个蓬蓬勃勃的发展时期。

1986年，正是我们的街道工厂办得风生水起、生机盎然的时候。大大小小的马路上，都能看到骑着黄鱼车运货的年轻人，宽敞一点的弄堂里、弄堂口，总有小型的载货汽车开出开进，要不就是在装货、卸货。

不要小看这些弄堂里的小工厂呀！他们的产品不但远销全国各地，登上北京、上海、广州、天津、武汉等大城市的柜台，还远销世界五大洲。他们甚至能生产高、精、尖的产品。当时有一句响遍全国的口号："蚂蚁啃骨头。"形容的就是小小的街道工厂能生产出令全国瞩目的产品。

上海的街道工厂，起源于20世纪50年代后期。一大批待在家中抚养孩子、侍候丈夫和老人的家庭妇女，被时代的大潮所推涌，提出妇女要当真正的"半爿天"，走出家庭，离开锅台，也要为社会主义建设奉献力量。于是乎，顺应社会的需要，先是里弄成立了很多小而灵活的纸品组、纸盒工场、商标厂、滚筒组、围巾厂，修修补补的服务站。社会的方方面面支持这一新生事物，还把一些针织活儿、电子配件、电器配件发放给街道里弄来做。上海长长短短、大大小小的弄堂里，如雨后春笋般出现了丰富多样的街道工厂、里弄生产组。"文革"期间，零零星星有一些"病退"的知青从外地农村、国营农场照顾回到上海，里弄生产组、街道工厂成为这一批人主要的安置单位。

"大返城"的潮流，带来了一大批充满活力的年轻人。他们的到来，正好接替了50年代末、60年代初走出家门的第一代街道工厂职工，她们已经到了退休年龄。而当时的街道办事处、区政府，也把街道工厂、里弄生产组作为回城知青的主要安置单位，让他们"有口饭吃"。

回到了上海，进了街道工厂，看来饭是有的吃了，但是他们普遍觉得社会地位低，工资低，福利差。堂堂七尺男儿，窝在里弄生产组、街道工厂里，连女朋友也难找。尤其是在国营大中型企业、全民所有制单位的同学、朋友面前，连头也抬不起来。他们不安于现状，有想法、有闯劲。整天在服装车间里烫裤脚、钉纽扣，在小工场里车螺丝、敲榔头，有啥出息？于是他们上夜校学技术，跑市场摸行情，头子活络搞革新，改进现有产品争出路，甚至还会满脸堆笑出去接生意、争客户，利用全国人民相信上海货的心理，精益求精推销自己的新产品。尤其是率先引进生产流水线，推出让消费者眼睛一亮的新品种，保证质量上乘，令全国的消费者刮目相看。

同时，从上海各区的街道工厂起步，培养了一批有思想、有能力、有魄力而又脚踏实地的干部，他们中的不少人，后来成为区政府各部门、甚至市政府各部委办的成员。

1986 年的上海，街道工厂和里弄生产组在满足市场需要、特别是安置知青和社会闲散劳动力方面，做出了独特的贡献。街道工厂的产业，也成为当时上海工业战线上一支重要的力量。

在里弄生产组、街道工厂已不知不觉从现实中消失的今天，写下这篇文字，或许可以唤起不少过来人的回忆和共鸣。

上海四季

雪　冬

雪冬在上海是不多见的，漫天纷飞的白雪满世界落下来，这景象就更为罕见。故而一旦下起大雪，上海的弄堂里，人行道上，大大小小校园的操场上，就会有一股喧嚣欢腾的气氛。

上海飘落的雪花，多半是那种湿雪。眼看着她飘悠着、飞舞着、颤巍巍地落下来，落在瓦上，落在马路上，顷刻间就化了，怎么也凝结不起来。人们盼望的，那种偌大的雪被把整个城市笼罩起来的银白的世界，往往要盼好久才能盼了来。瞧吧，下雪的日子，高高低低的楼房窗户，沿街面的那些不高的二层、三层的老式窗玻璃后面，就会有贴着窗玻璃的一张张男孩、女孩盼望的脸，和脸上期待的眼神。每当这时候，大人们就会劝，睡吧，雪夜是好入梦的，一觉睡醒了，整个世界都白了。其实，大人们往往也同孩子一样在盼，要下就下大一点，要落雪就爽爽快快地落个彻底，千万别稀稀疏疏地落一阵子就停下来。

上海的雪，落下来之前往往会有明显的征兆。这预兆不是狂风大作，这预兆也不是冬雨，而是一股阴冷，连续阴了几天，而且越阴越冷，寒气袭人。老人们就会边添衣裳边告诫家人：要落雪了。

我永远也忘不了1968年的冬天，这是我离开上海去西南山乡插队落户之前，最寒冷的一个冬天，那个冬季里的雪天特别多。前前后后一直持续了整整十七天。从蒙古吼啸着刮过来的西北风，往常带来的是干燥、寒洌和冬阴。但是不知为什么，在那一年会有这么多雨夹雪的日子。很多建于20世纪40年代、30年代、20年代甚至更早的老式房子外头，自来水管早早包好了稻草，但在每天早晨，水龙头总是拧不动。于是人们用开水去烫龙头，用热水袋去捂龙头，或者干脆，懒得去等龙头里的水了，直接跑到老虎灶去，把一瓶瓶、一壶壶热水拎回家。

和雪冬伴随而来的，是漫长而宁静的夜晚。在雪冬，人们回家早，邻居们串门也少，就是有电影、有戏、有应酬，不是非去不可的，大多数人也婉辞了。上海人不烤火，上海人也没暖气，在过去的日子是早一点钻被窝，用热水袋、汤婆子暖和自己，而进入90年代，则以空调和取暖电器提高室温。

雪冬添出来的，是每天早晨的扫雪。在那些很少的雪日，比如1958年、1962年只有两天的雪日，扫雪成了一场欢腾的劳动。铲的铲，扫的扫，既活动了身子，又清扫了道路，还打破了一夜的寂静。连续落了多日的厚实的雪，晶莹洁白，气温又在零度以下，屋檐下结的冰凌又硬邦邦的，那就只有等待天气回暖，再来清除它们。

飘洒雪花的日子，上海人记得起去公园拍雪景，上海人也想得到去外滩，看漫天皆白如何抹上万国博览会。但没有人想得起到市郊去看大地和原野，没有人想得起去看水乡泽国的雪景是一番怎样的风光。上海人如今都住在都市的楼房里，可是上海人的根却是在淀泖湖荡边的青浦。50年代发掘的崧泽古文化遗址和80年代探明的福泉山遗址，告诉我们上海这地方成陆已有七千年的历史，上海人早在新石器时代就已栖息繁衍在这块肥沃的土地上，为生存而劳作着，为自强而辛勤着。从这一意义上说，上海不仅仅是一个高楼林立的现代化国际性经济大城市，上海还是一个有着灿烂辉煌的古代文化的大城市。

冬季的雪日，如果来到淀泖湖地区，面对冰封雪野，眺望烟波万顷碧，云水生远思的湖色天光，会惊愕地看到古诗中描绘的景象竟是如此地逼真："一片一片又一片，二片三片四五片，六片七片八九片，落进湖里都不见。"

不信？在落雪的冬日，亲眼去看看。

春　天

春天，一个多么令人神往的季节。

春天，一个多么美好的字眼。

只因为春天的风带着暖意，只因为春天的山野充满生气，只因为春天淙淙潺潺的溪水似在轻吟低唱，只因为春天的一切都预示着蓬蓬勃勃的希望。

古往今来，有过多少关于春天的文字，有过多少关于春天的诗词歌赋，随着春天的来临，和春天有关的散文和散笔，是我们书报杂志上年年经久不衰的栏目。

讲到春天，人们总会写到垂柳，写到鲜花，写到绿茵大地，写到春风春雨。所有写到的这一切，在高楼林立、马路纵横、车流如梭的大都市上海，其特征都是不明显的。

上海春天的特征，在哪里呢？

上海的春天，似乎是从人们感觉到阳春的气息开始的。有时候一过春节，寒冽的西北风大大削弱，温度回升得很快，雨量也明显增多，一切迹象显示，仿佛春天已经来了。其实不，暴热几天过后，很快就进入暴冷，甚至进入倒春寒。春天还远着哪！

春天的气息逐渐浓烈，过去是在市区的操场上，公园的草坪里，市中心的人民广场，有几份闲情的老人和少年，会出来放风筝，让寄托着自己心情和希冀的纸鹤，在晴空间翻飞，在蓝天白云间飘摇。现在这一景观已经很少见了，放风筝则得到濒临海滨的市郊去，让气球和彩旗伴着风筝高飞，让歌声和笑语随着春归大地欢腾。

江南有一句古谚："六九五十四，再冷没意思。"说的是冬至过后，要连过六个九天，大地才会萌动春的暖意，迎面拂来的风里，才会充满春的气息。

总要拖到4月里，随着清明时节晴雨相间的天气结束，阳春时节才会真正来临。

季节上显示得不充分，那么，作为一座正在向着国际化迈进的大都市，上海春天的特征，究竟体现在哪里呢？

告别千禧龙年，迎来新的世纪。

2001年的春天，是从冬月里圣诞老人的笑容上显示出来的，是从上海人矫健的步履中体现出来的，是从你、从我、从他……从大家充满自信的眼神里感觉到的。

曾几何时，人们议论着上海楼房的陈旧，岁月的风雨洗刷着一条条长长短短的弄堂，还有马路上拥塞的车流，公共汽车的拥挤，石库门住宅里的"七十二家房客"，煤球炉、马桶、公用水龙头……凡此种种，似乎上海正在无可奈何地老去。

可是上海没有时间老去，她正在万国博览会的基础上焕发青春，河流变得清澈，大地铺展着绿茵，高楼愈加多姿，道路逐渐通畅。所有这一切，都是当代上海人以他们的劳动和智慧创造的。

就如同上海人时常在隆冬季节感觉到阵阵暖意，上海的春天，是在上海人的自信、上海人的精神风貌上体现出来的。

这就是上海的春天。

2001 年的春天。

黄　梅

在上海，春天过去了，夏天即将来临，其间还有一个时节，那就是梅雨时节。

上海人把梅雨时节，叫作黄梅天。

记得在我初写小说的时候，有一回我把这一时节写成"黄霉"天。

责任编辑用红笔把它勾了出来，问我，你为什么这样写？

我说，在我的记忆里，黄霉天里衣物、书籍特别容易发霉。而过了这一时节，上海进入盛夏，居民们就会把皮衣、毛衣、毛毯等等，拿到烈日下晒上一二天，晒去霉斑、霉迹，或者说晒去一点霉气。

责任编辑笑了，把"霉"字改成了"梅"。我问他何故，他只说这是约定俗成的写法。

当我写另一部书的时候，又一个责任编辑把"梅"字勾了出来，说不该用这个字，而应写成"黄霉天"。

我给闹糊涂了，到底该写哪一个梅（霉）字呢?

也许正是因为这一原因吧，年年黄梅，我特别留意关于它的话题。

黄梅天是上海及周边地区特有的一个时节。

黄梅天也是江南水乡特有的一个时节。

东北地区，大西北地区，就没有黄梅天。有的地区，春夏之交，也下毛毛细雨，比如我长期生活的西南山乡，比如"天无三日晴"的贵州，绵绵细雨下起来，时雨时晴，有时候延续的时间比上海的黄梅天还要长，但是那里的人们仍然不把这一时节叫作黄梅天，而只把这种时节叫作"忙脚雨"，老是下不停。

渐渐地，回归上海的时日长了，江浙一带水乡去得多了，我终于弄明白，原来，江南一带，尤其是长江三角洲的代表性城市上海及其周边的淀泖湖地区，进入夏季，正是梅子成熟的时期。这一时期往往雨多、雨期长，而且由于春夏的转季，风去风来，雨也便时下时停，形成特别的梅雨时节。

能够为我这一观点佐证的是，自古以来，在江南水乡，流传着这样一句农谚："行得春风，必有夏雨。"这里的春风，特指偏东方向吹来的风，也就是上海人时常说的：东南风。

农谚中的夏雨，不是说夏天落的雨，而是专指梅雨。

这句农谚先是被写进20世纪60年代创作的沪剧《芦荡火

种）；遂而又被移植到革命现代京剧《沙家浜》的"智斗"一场戏中。由于《沙家浜》的全国性推广和普及，由于至今仍有不少人喜欢"智斗"这一场戏，就是在唱"卡拉OK"时，也常点出这段戏来唱，"行得春风有夏雨"这句唱词，亦唱遍了祖国的大江南北。

可是又有多少人知道，这里所说的"夏雨"，是专指"梅雨"而言呢！

一般地来说，上海的梅雨时节开始于6月中旬，结束在7月的上旬，持续期20多天。但是，凡事都有例外，有些年头，比如历史上有记录的1897年，梅雨只有6月8日、9日、10日3天。我小时候的1958年6月27日、28日、29日，也只有3天。老百姓把这样的年头叫作"空梅"年份。

有"空梅"，必然有长长的梅雨期。1954年的6月5日到8月2日，梅雨期长达59天。刚刚过去的20世纪90年代，全国发大水的那一年，梅雨期也格外长。

梅雨时节来后，初期温度明显上升，湿度很大。但是整个梅雨期，最高温度一般不超过20度。而当梅雨时节一过，往往就会有暴热天气。有的年头，上午出梅，下午的气温就升到三十五六度。

很多上海人，由此便时常把梅雨时节的长短，作为判断当年的上海盛夏炎日的依据。

梅雨时节还有一些特殊的风景。20世纪60年代，我曾在黄梅天里登上南京路的一幢高楼，从窗户往繁华的路人熙熙攘攘的南京路上望去，哈，只见整条南京路上，全都是一色的黑布伞！

三十多年以后的梅雨时节，我又登上了这幢高楼，不经意地往下望去，呈现在我眼前的，是色彩缤纷的花伞的河流。

梅雨时节，是有滋有味的，梅雨时节，是春与夏之间的一个过渡。

季节是这样，人生不也一样嘛。

盛　夏

黄梅过后，就是上海的盛夏了。

对于夏天，上海人总有一种期待、一种迎接的心理。这不是迎接佳节，不是盼望亲人来临的那种喜悦的期待。更多的是一种习惯，这习惯仿佛是与生俱来的，细细究来，却还是有原因的。这原因就是伴随着夏季而来的，是长长的暑假。

今天的上海人，谁没有度过暑假呢。婴幼儿时期进托儿所、幼儿园的娃娃不用说了。上过小学、中学，乃至进过大学的青少年，都曾经有过暑假。

暑假里可以睡懒觉，可以去尽情地游泳，可以全身心放松，可以相对自由自在地做想做的事情。

上海的盛夏，多的是晴热的天气。超过35℃的天气，年年都有。少的年头是八九天，多的年头是二三十天，一般也有个十几天。

在我的记忆里，总还留着盛夏时节特有的景观。太阳西斜了，上海人纷纷开始沐浴。有条件的人家跳进浴缸，没条件的人家往往备有浴盆，为了防止使用时漏水，往往都在夏季来临之前，都已经浸过水，让木头充分地"涨发"过了。还有不少小伙子，嫌使用木盆麻烦，干脆就在公用水龙头边，打起一盆一盆水往身上浇。沐浴过后，时近黄昏，有的是晚饭前，更多的是在晚饭后，带一把蒲扇，端一把椅子，还有拿着棋子、扑克、茶壶的，选择合适的地方，乘风凉去了。这合适的地方，有的是在阳台上，有的是在高楼底下，也有的就在行人道边上。路灯下，或是有日光灯的店铺旁，往往是设"棋摊"和"牌摊"的最佳位置。但是最多的，还是在弄堂里，想必弄堂里总有穿堂风。

我居住在浦西徐汇区和在市中心黄浦区读书的时候，夏日的晚上去找同学玩，走过一条一条弄堂口，随便朝弄堂里望进去，只见长长短短、宽宽窄窄的弄堂里，都是粗粗细细、胖胖瘦瘦的手臂和腿脚。有的白皙一些，有的红润一些，全都裸露在光天化日之下。稍走得慢一些，还能听到乘凉的人声气昂扬顿挫的高谈阔论。就是在"文化大革命"的热浪中，"一只绣花鞋""梅花党"等故事，照样在这样的气氛里传播。听众无不津津有味。

随着空调走过千家万户，盛夏时节这样的"乘凉景观"是一去不复返了。跟着这一景观渐渐消失的，还有我们小时候用得最多的痱子粉，还有调皮的男孩子最怕生又最易生的"热疖头"，还有……

也许，生活就是这样悄悄地变化着的吧。

溽暑蒸人的盛夏，连续多日的高温天气，常常引发人们耸人听闻的预言，说地球将越来越热，上海将一年比一年热。

姑妄言之的预测，不妨姑妄听之吧。曾几何时，不过是廿多年前，也有人引经据典、信誓旦旦地预测，上海将逐渐变冷。结果怎么样呢？我们今天不正经历着嘛。

台 风

小时候，台风曾给我留下很骇人的印象。

是夏天，家里却将门窗紧闭，屋里顿时显得特别的热。问大人，这是为什么？回答说，台风来了。

果然，台风说来就来了。狂风大作，把阳台上的晾衣竹竿刮在了一处，还互相挤碰着"嘎嘎"作响。继而就是骤然而至的大雨，给我的感觉，仿佛天上有人在挥舞着一把巨帚，有节奏地把滂沱大雨洒落到人间来。风吼啸着似要掀翻一切，窗户在抖动，门在晃，雨点子砸在瓦片上，好像要把瓦都击穿一般。

夜里睡得也不安宁，几次醒过来，都能听到雨在下，风在呼啸。

第二天醒来，大人们说话的声音似乎都不一样了，一个个大惊小怪地，说长乐路陕西路一片都是水，说水漫进了大楼的地下室，住地下室的那些人家可苦了，一夜没睡不说，现在正在把水往外泼呢！

雨住了，风仍在刮，不过不像昨夜里那么大了，我从家里跑出来，一头就往陕西路赶。没见地下室的住户有多少动静，倒是看到路边粗大的梧桐树倒了，倒下时长长的枝杆挂断了电线，有供电局的工人们在移开大树，重新架起电线来。

再往前走，果然看到地势低洼的马路上，一片汪洋。骑自行车的人费劲地推着车子，在水里过的车子很少。倒是有一些人家，把家里洗澡用的木桶、长澡盆、椭圆形的木桶漂在水里，玩得正乐呢！让我觉得很有趣。

最让人心惊的消息，还是大人们在弄堂里说的，郊区什么地方，台风把一家农户的屋顶刮走了，屋里的东西全吹到不知什么地方去了。有力气的大人们是抱紧了粗柱子，才免遭了厄运。小孩可惨了，被台风刮到空中，也不知刮掉在哪里了。

听得我心里一阵阵发冷发抖。故而从小，听到台风我就觉得恐怖。长大了写小说，有一本长篇小说，是写"文化大革命"的，我提笔写下的书名，就是《恐怖的飓风》。

后来，我才发现，其实很多的人，并不像我一样害怕台风。相反，我倒觉得，一到夏天，一到连续多个高温日的酷暑炎夏，很多人还有点儿盼望台风。他们一面抱怨着高温不退，一面会情不自禁地说："台风怎么还不来？"

年年都会有台风光临上海，就像一位不请自到的客人。有的年头来得少一些，有的年头来得多一些。前些年里，台风一次一次光临，都给编了号。每年第一次刮台叫作台风一号，第五次光临，叫作第五号台风。不少年头，都有十一号台风、十二号台风吹来，台风频频的这个年头，上海的盛夏往往是凉爽好过的，也就是说，台风在给人类带来灾害的同时，多少也恩赐一点福音。这能不能也说成是辩证法？今年以来，中国台风也跟国际接轨了，不再叫七号台风、八号台风，而是也给每次台风起了名字"桃芝""玉兔"什么的，名字挺新鲜的，可我反而记不住，今年来过几次台风了。

台风来的时候，狂风大作，一切都似在风声里发颤，排山倒海，遮天没地，怒号的大风在生气地撒着野，风声之大，犹如万马奔腾，地动天摇，劲风呼啸着、咆哮着，听着像马嘶也像狼嚎，如若挟带着暴雨，那情景，就更让人惊骇得不知所以。

1997年8月上海的大台风伴着雷雨，我是在纽约的电视新闻里看到的。那几天，一边坐在电视机前关切地看故乡上海台风掠过后的灾情，一边又在荧屏上观看戴安娜王妃和她的情人小法耶茨在游艇上度假欢娱。很快，上海的台风刮过去了，但是戴安娜王妃和小法耶茨的死亡，却在我心头留下了台风横扫般的印象。

也许，大自然的天有不测风云，和人世间的世事难测，确实是有着某种联系的吧。

哦，台风。

上海人的"轧闹猛"精神

上海在我的眼前已经变化了五十多年。

前三十年她变化得比较缓慢，比较迟滞，特别是在市政建设上，在我们天天行走的马路上。

后二十年的上海变化得快起来。特别是近十几年来，上海的变化更令人欣喜异常，眼花缭乱。我的一位俄罗斯朋友，圣彼得堡的汉学家罗季奥洛夫先生，1994年在复旦大学学习，自认为对上海是相当熟悉的。今年又来上海，他对我说：我已经不认识上海了，她太美了，她变化得太快了。

五十年来上海也有不变的东西，那就是上海人喜欢"轧闹猛"的风气。喜欢热闹，喜欢去人多的地方，可以说是很多中国人的追求。但是没有一个地方，能像上海这样为"轧闹猛"提供一个舞台，经久不衰的舞台。在中国所有的大中城市，几乎都有一处或几处公众的娱乐和休憩场所。没有一个场所能像上海的大世界那样著名。在我小时候，外省市或农村里有亲戚朋友到上海来做客，家里人，邻居们、弄堂里的熟人们见了，都会问一声：大世界去白相过哦？去过，那很好。没有去过，哎呀，你怎么连大世界还没去？快去啊！好玩得很。大世界里有什么，有哈哈镜，有各种各样的剧种演出的戏，锡剧、甬剧、沪剧、评弹、京戏、昆剧、越剧……二角五分一张票，可以看这么多的戏，你还不去？其实细想想，安心坐下来，你只能看一出戏。要是每个剧种都看，那你什么都看不成。什么也看不成也没关系。关键是闹猛，是人多，是既能吃零食，又能尝点心，还能看耍杂技。玩了一天回来，人人都称心满意。

现在的大世界已经成了明日黄花。但是上海人爱轧闹猛的风气，势头一点也没减弱。第一八佰伴在浦东开张的那天，顾客们蜂拥而至，人多得连自动电梯也开不动了。后来有人说，在去的人中，三分之二都不是去买东西的，他们是去轧闹猛的。去了回来后，逢人便说：第一八佰伴我去过了，你去过吗？

岂止是第一八佰伴，地铁，过江隧道，世纪公园，金茂大厦，中央绿地，凡是有新景观，有新花样，新气象，新展览，上海人都会蜂拥而至，所以新天地建成后各种各样人士有各种各样评介，但不要愁没有人去。大剧院的票子卖到八百元、一千元一张，不要愁票子卖不出去。喜欢轧闹猛，到人多的地方去，表面上看来是图新鲜、看稀奇。其实内心深处，蕴含着上海人迫切希望开阔眼界、开拓视野的心理。

到处看新东西，追求新玩艺，究竟有什么好处。况且看到的东西和玩艺，大多数和你的专业、和你的本职工作并不相干。其实不然，俗话说，见多识广。见得多了识得广了，就知道我们自己哪些方面还有差距，还需要迎头赶上。

上海要发展经济，要加大改革开放的力度，要培育新的城市精神，要提高广大市民的文明素质。其实最大的文明就是创新，在创新求变中完成新的城市精神的塑造，在求变创新中全面提高上海人的素质。

80 年代时，纽约人说要永远抢在上海前面十年，东京人说要使上海始终落后日本十五年，目的就是要赚上海人的钱，赚中国人的钱。把上海和中国作为他们最大的取之不尽的市场。

对不起，上海人不但要迎头赶上，和纽约与东京并驾齐驱。还要超过它们。在我看来，这才是真正的上海精神。

上海在我心中

我和上海这座城市相伴了近 70 年。

我时时感觉得到上海这座城市脉搏的跳动，我感悟着上海，我也体察着上海，时时触摸着上海。

我睁大了双眼，观察着上海的一切。

有时候，我又在离开上海很远的地方、或不很远的地方，隔开一段距离看上海。

即便是出访在海外，我也时时记着上海。

上海永远在我的心中。

只因上海是我的故乡。

我感受着上海弄堂里的气息和氛围长大，我在上海长长短短的大小马路上骑过自行车，我和无数的上海人一起挤过拥塞成团的公共汽车。真的是"团"啊，上海的公交公司统计过，最挤的时候，一平方米的公交车上，可以挤 14 个上海人。

所幸这样的日子一去不复返了。

审判"四人帮"之一的姚文元时，曾经身居高位的他说，我犯了错误，最多是退回上海去当平头百姓，过"挤公共汽车"的日子。可见他对挤公交车这一幕同样记忆深刻。

小时候，听我的上一辈人说到上海，总要说上海是冒险家的乐园。

今天的上海时尚小青年们，说上海是魔都，甚至还编了电视剧，堂而皇之地播出。

冒险家乐园也好，魔都也好，似乎都含有一层意思，说这城市充满了机会，有时候是让人惊喜的机会。

上海有 2470 万人口。比起我青少年时期的 1000 万人口，比起我中年时期的 1300 万人口，上海人的数量增速是相当可观的。

2007 年，10 年之前，我出访墨西哥的时候，上海的人口是 1940 万。墨西哥的议长在和我交流时，说墨西哥城的人口是 2200 万，是世界上人口最多的城市。他说我们控制在这个数量上，不增长了。

那么，今天 2470 万人口的上海，已经成了世界上人口最多的城市。

恰好我写这篇序的时候，国务院批转了上海 2020—2035 年的发展规划，说到了 2035 年，上海的人口总量控制在 2500 万左右。在接下来的 18 年里，只让人口增长 30 万左右，对于上海来说，这任务还是颇为艰难的。

接近 2500 万人口的一座城市，每天的日日夜夜，会发生多多少少的故事和诞生多少新的创造啊！故而人们说：

上海是写不尽的；

上海滩的故事是写不尽的。

广播里天天在讲上海，报刊上日日在发表关于上海的新闻和议论，电视里时时在晃过上海的画面，网络、微信、互联网的新天地里同样在时刻反映着上海的人和事……

上海仍有说不尽的话题。

在我接受这个关于"上海"的选题时，我了解了一下，和上海有关的书籍几乎可以用汗牛充栋来形容。

太多太多了。

光是16大本的《上海通史》，就在我的书架上占了整整一大排。32本的补充版又在编写之中，想来很快也会以装帧更精美、更漂亮的版式出现在我们面前。

这些书写的都是过去的上海，或者说基本已经定型的上海。还有被过度炫耀渲染的所谓"30年代"。

关于上海的方方面面、林林总总、枝枝叶叶，关于上海的一切，似乎都已经写到了。

那么，我写什么呢？

像人们一样，写"沪"和"申"的由来，写20世纪30年代的风花雪月，写上海百年，像有位老作家曾经计划的，从1850年开埠以后的发展，写到1949年10月1日，或者像有的分类型书籍那样，写上海的市场、上海的食品、上海的服饰……

不。

我要写就写动态中的上海，变化中的上海，一句话，我设身处地感受的上海。

或者说，我思考过的上海。

比如说，上海这个地名的由来。

据说毛泽东主席就思考过这个问题。并且问：有上海，必然还有个叫下海的地方。

是真的，上海郊区有个叫下海的地方，那里还有过一个下海庙。

其实，上海、下海最初都是"浦"名。

所谓浦，即是水边或河流入海的地区。

哪一股水呢？

黄浦江矣。

故而也有来到上海的外国人说，上海由黄浦江而来。

上海、下海是黄浦江边曾经有过的十八个大浦中的两个。

至今还有一点儿痕迹的，就是今天的中老年上海人都晓得的十六铺码头。

只可惜，十六铺码头前几年也拆除了。

就如同今天的杨浦区，实际上就是当年的杨树浦演变而来。在我童年时，杨浦区就叫杨树浦。

自然，有杨树浦，黄浦江边也还有过一个叫桃树浦的地方。

黄浦江出海的地方，叫吴淞口，出了吴淞口，才能看见真正的大海。

在看见大海的同时，能先看到一个叫"三夹水"的景观，奇妙的景观。

三夹水，三股水汇聚在一起的地方。哪三股水流呢，黄浦江的水流、长江的水流、大海的水，三股水在太阳光下，呈现三种不同的颜色，谓之"三夹水"。

我不止一次，专程坐游船去看过这一景观。

外来游客，坐黄浦江游轮，也能看到这一景色的。

上海、下海，意思是差不多的。

下海去，下海捕鱼，是到海上去的意思。

上海，也是到海上去的意思。

逐渐形成市井繁荣的上海，其城市的名就是这么来的，之所以称上海而不叫下海，多半还是图吉利的意思吧，并不是像洋人所说"上面的海"。①

除了图吉利，还有上海语言的独到特色。

因了上海地域原来隶属江苏，很多人就说上海话由江苏话中的吴侬语系演变而来。这是从渊源上而言。实际呢，今天的上海话和离得很近的苏州话差距很大。双方一交流就会察觉。

今天的道地上海话，有其鲜明的语言特点和表达方式。

仅举例二三。

上海话中，有一句常用语：千做万做，蚀本生意不做。

意思很明白：一千件事情、一万件事情，都可以答应朋友去做，亏本的买卖不能做！

有人因为此，就说上海人精明。

扪心而论，今天全中国、全世界哪个人愿意做亏本的买卖呢？

上海人只不过用简捷明了的方式，向朋友表达了出来而已。

另有一句俗语：苗头不轧，苦头吃煞。

说的是做任何事情，大至巨额投资，小到为人处世，处理生活中的诸多矛盾，都得审时度势，观观风向，听听时局趋势，辨一辨人际关系，胡乱表态，乱说话，是要吃大亏、上大当的。

---

① 《上海故事》作者麦克莱伦言，他曾任上海《学林西报》主笔。

还有一句"螺蛳壳里做道场"，本来是地地道道的宁波话。经上海人的嘴里说出来，现已上升到文学层面，成为一句生动形象的语言。

上海话随着上海的发展和演变，形成了其鲜明的语言特色和特殊的音腔音调，它和广东话、四川话、东北话、陕西话一样，只要几个上海人站在那里讲几句话，身旁走过的人马上就能意识到：这是几个上海人。

上海话的丰富性、生动性、奇妙性、微妙处及只可意会不可言传之处，是随着上海这座城市八方移民的迅猛发展而发展、变迁而变迁的。

上海西南近郊一个小小的莘庄镇，编出一本莘庄方言，厚若辞典，就是一个例子。

近些年来，上海方言研究，已成了一门学科。这不是新鲜事，早在19世纪，来上海做生意的外商，就刻意地学习上海话、研究上海话了。

近年来，还有人出了专著，研究《金瓶梅》一书中的上海方言，言之凿凿地点明了只有用上海近郊的方言，也即上海人所说的"乡下头语言"，才能更本真地体察《金瓶梅》作者的内蕴和意思。

60年前的上海中小学地理书，说及上海的历史，都讲一句话：700多年前的上海，只是一个小小的渔村，这个小小的渔村由长江千万年冲积而来的泥沙形成滩涂、沙洲，形成广阔的下游平原。

上海滩，上海滩，就是从那时起一直叫到了今天。

上海周边的土地以肥沃著称，就是因为滔滔长江把沿岸所流经省份的泥土全都裹挟着带过来，并经千百年淤积堆垒而形成。

上海真正引起全国的关注和世界列强的瞩目，发觉这真是一块好地方，是1840年五口通商之后。洋人们发现在这里能赚钱、好赚钱，蜂拥而来做各种各样生意，做生意需要劳力、劳工，就是雇用中国人。

仅仅十多年工夫，还把黄浦江称作"上海河"的英国人罗伯特·福钧就发现这是一个妙不可言的地方，初初到达时把洋人一律称为"鬼子"的中国人，已经对他们充满了新奇和兴趣。为此他写下了一本《上海游记》存世。

到了1853年，上海人口达到了54万。

而又到了近50年后的1900年，上海已有130万人。

直到我出生的1949年，上海已是世界闻名的大都市，人口达到了545万人。

今天的上海，加上天天进出上海并短暂居留的人，又在这一数字上增加了5倍。

无论是一再提到的人数，还是语言，或城市景观，市井风情，都雄辩地告诉世人，上海是在发展中、演变中，上海是动态的、变迁的，充满了生机勃勃的活力的。

像我生活了21年的贵州一样，我给生于斯、长于斯的上海，也写下了很多和上海有关的散文、随笔。上海有一本杂志《上海滩》，近年来又约我写下了几辑和上海有关的专栏，所有这些文章，在上海的报纸杂志发表以来，至今我还未听到任何异议。相反读者们希望我仍把这些有关故乡的文章继续写下去。

只因我写下的是今天的上海风貌，当代的上海风情俚俗，以及我们这一代人共同感悟、体察、触摸着的上海。

由于特别的时代原因，我们这一代人都有过一段抹不去的记忆。

那就是上山下乡。

在1700万十年动乱中奔赴广阔天地的知识青年中，上海占了整整120万人，是全国到农村去人数最多的城市。而120万知青，又牵扯到120万个家庭中的每一个成员，有知青情结的是120万的几倍人。

这一代人的离开上海和回归上海，成了20世纪上海历史上一个凝重的印记。

故而我把《我的插队生涯》也收编在这本书中。

2013年，当贵州建省600周年之际，我出版了一本《叶辛的贵州》，半年之内一万三千册销售一空。

我的这一本关于"上海"的书，如果考虑到已经有了无数的解读上海、描绘上海的书，准确的书名该定《叶辛笔下的上海》。

但是朋友对我说，简洁一点，就叫《叶辛的上海》，以和《叶辛的贵州》对称。

故而我便定名《叶辛的上海》。

上海永远在我心中，上海永远在我的梦里。

我爱上海。

第四辑

文学回忆

创作的构思往往是这样，一旦你生了心，留了神，生活本身就会不断地提醒你，催促你，撞击你。

顽童变成小书迷

我小时候，是个爱耍小聪明、爱逞强的调皮鬼。别人不敢往楠竹竿的顶上爬，我能爬上去，还往下做鬼脸；别人不敢从丈来高的围墙上往下跳，我敢跳下来，明明脚板心好痛，我还嘻嘻笑；下一节课的时候，我经常在偷偷地做上一节课老师布置的家庭作业，等到放了学，我把家庭作业做完了，于是就拉着没做作业的同学一起去玩。

童年时代，我跟好多在上海弄堂里长大的孩子一样，打弹子，飞香烟牌子，打康乐球，抽转轴儿，滚铁环……哪样不玩啊！光是这样玩玩也不够味儿，我经常想新花样，不是到绍兴路上那不出钱的小花园去玩"官兵捉强盗"，就是穿过襄阳南路或岳阳路，到肇嘉浜去摸螃蟹、捉小鱼。我小时候的肇嘉浜，不是现在绿荫成林、平整光洁的花园马路，而是一个臭水浜。有一次，妈妈刚给我换上了一身新衣服、一双新布鞋，我到肇嘉浜去捉小鱼，半个身子陷进了稀烂的泥污中，怎么挣扎也起不来，吓得我哇啦哇啦直哭。同去的小伙伴们也吓得尖声怪叫。幸好有个过路的叔叔跑了过来，使劲把我从污泥坑中拔了出来。我一身新衣服糊满了泥巴不说，第一天刚上脚的新布鞋，陷在污泥中，再也无法拿回来了。我光着脚，穿着一身臭气熏鼻子的新衣服，直到黄昏也不敢回家里去……贪玩、爱耍、好逞强、好出鬼点子，这么发展下去的话，长大了会变成个什么样子……

一个偶然的机会，我看到了一本《儿童时代》，这本有字有画的书，很快吸引了我，里面的小故事、寓言、猜谜语、小游戏，还有念起来朗朗上口的小诗，比我那调皮捣蛋的生活有趣多了。比我们那条长长的弄堂，比弄堂外灰白色的柏油马路，也有趣多了。我读了一本又一本，还津津有味地学着做《儿童时代》上刊登的小游戏，挖空心思猜着那上面的谜语，从这本薄薄的书上，我知道了世界上有高山、大海、冰川。后来，老师每个星期的周会课，给我们讲《我的一家》的故事。每次她讲的时候，都拿着书，我以为她那本书里一定有许多的彩色画和插图，可仰着脸瞅了半天，我发现那书上光是一行行的字。老师每个星期讲一节课的速度，我忍受不了，就省下零用钱，也去买了一本《我的一家》，放学回到家，不管能不能把字认完全，连读带猜，把一本书全翻完了。呵，原来书里面有这么多吸引人的东西呢！读了这一本书，我又开始寻找另外一本。

就这样，书籍给我打开了通向生活的门户。每读到一本好书，我总是又惊喜、又震动，读完了，还兴致勃勃地给小伙伴们讲呢！书本以它壮丽绚烂的境界给我描绘了一幅又一幅图画，给我叙述了一个又一个扣人心弦的故事，它逐渐深深地吸引了我，我的空余时间，差不多都扑到书本上去了。爱上了书，弄堂里小伙伴们的喧哗声我听不见了，滚铁环、踢足球的声响也不会惹得我心痒了。

随着日子的过去，书越读越多，差不多已经脱离了顽童行列的我，开始变得好幻想起来了。

在儿童时代的这一时期，我做过多少幻想的梦啊。读了描写天空生活的书，我想着长大了当一个飞行员；读了描写大海生活的书，我立志要当一个体魄强壮的海员；读了描写战争的书，我又想着该当一名司令员……所有的梦都像肥皂泡那样一个一个破灭了，在读过高尔基的小说《童年》之后，我沉浸在他所描绘的生活中，第一次想到写书的人，第一次注意到写书的人是很了不起的。你看这个耸起额头的外国老头儿，他写了书，能感动我这个中国小孩子呢。当我仔细端详书的封面上这个外国老头儿的相貌时，我突然觉得，我在哪儿见过这个人。想了半天，总算给我想起来了，在少年宫的阅览室里，这个人的像画得老大，和鲁迅的像挂在一起。

从那以后，我开始想到，我长大了，也要当一个写书的人，也要去感动那些读我的书的小孩子。这个愿望，我没有说出来，把它埋在心底。

这又是一个"梦"。可这个梦老在做着。我知道，要叫这个"梦"变成现实，就得用功学习，认真读书，读大量的书。于是，我从感兴趣读书，变为自觉自愿地读书。而且每一本我都读得很细致、很认真，还悄悄记下读书的笔记。书已经成了我儿童时代最好的朋友。这么一来，岂止是我的小伙伴们，连我家里的人，我的班主任老师，他们都说："顽童变成了小书迷、书呆子！"

今天，我小时候的"梦"成了现实，我也变成了一个写书的人。这可不是孙悟空眨眨眼那么快就能变个老婆婆出来的。只有我最清楚，小时候读了那么多书，对我的帮助有多大。十年动乱期间，在农村插队落户的知识青年的生活条件很差，我周围没有一点学习的空气⋯⋯我觉得，不能让光阴这么白白地虚耗过去，得像我小时候看来的书中写的那样，抓紧时间学习写作，决不能半途而废，我还要叫小时候的"梦"变成现实呢。是书，给了我这么大的精神力量，努力摆脱环境的影响，不怕困难，不畏挫折，百折不挠地学习着创作，争取做一个写书的人。

　　我决不是要小朋友们都去当书迷，长大当作家，仅仅只想说，多读书，读好书，对我们的成长是会有良好的潜移默化的影响的。愿小朋友们学做一个正直诚实的孩子，愿书本开阔你的眼界，陶冶你的精神，长大了做一个对祖国有贡献的人！

最初叩响文学之门的那些日子……

　　1973年冬天，已是我插队在乡间度过的第五个冬天了。是特定的地域气候造成了气温骤降，还是心情使然，我只觉得，这一年的冬天比往年更加寒冷难熬。

　　不是吗，眼看着下乡第五个年头过去了，一同从上海来的知青伙伴们，有的在又穷又破的小县城里混到了一个工作，有的干脆长期住回上海家里吃"老米饭"，也有的因家境困难、因命运不济，无可奈何地走着一条条自己不情愿走的路：转点到江浙一带农村当上门女婿，参加包工队出外打小工……隔邻生产队的一个女知青，勇敢地嫁给了一位当地老乡，满以为生活会安定幸福一些，却不料婚后的日子过得比单身时更为艰难。而在我落户的砂锅寨，人去屋空、茅屋倒塌，走得只剩下了我一个，守着一间泥墙剥落、屋漏门歪的废弃的保管房，孤寂苦闷地打发着清贫乏味的日子。招工、冻结；招生，要有后门。明年会是个什么样儿，不晓得；前途呢，前些年知青们狂热地奢谈的前途，更不堪想象。

　　那个时候，我正处于一生中最忧郁沉重的时期。蜗居在山旮旯儿的村寨上，除了天天到寨外山头古庙里去教耕读小学的农村娃娃读书写字，除了劳动和一日三餐，所有的空闲时间，我都拿着笔，往上海同学给我寄来的稿纸上乱涂乱写。既然没有钱买礼品孝敬掌权的干部，既然没有背景去开后门，那么就学着写点东西吧。文学是我从小热爱的，公开对人讲是把此作为一种精神的寄托，心底深处却仍渴望着将来能当一个作家。

在那种环境里，即便是有恒心学习写作，做起来也不易啊。写出的第一部稿子《春耕》，寄给上海的同学看，上海的同学觉得光是他们看看太可惜了，就将其转给了出版社。当时在出版社工作的编辑胡从经看过之后，曾给予过极大的鼓励和鞭策。稿子退给了我，仍不时来信希望我在乡间克服困难，以锲而不舍的精神在崎岖小路上奋力攀登。但是，写出的第二部反映铁路工地生活的长篇，还是退给了我。第三本写知青生活的小说稿，刚刚寄出，不知什么时候才能得到回音呢。按照以往两次的经验，总要耐心地等待三五个月吧。

唉，我是多么希望有人对我作些指点和帮助啊。

滴水成冰的腊月间来了。一般地来说，贵州山乡的冬天并不十分寒冷；但我插队的六等地区，是整个川黔铁路的制高点，一片屏风般的山峦高出于连绵无尽的群山之上。一到了冬天，就有股北国的寒冽景象，一坐下来就想烤火，日子显得更加难熬。

我所任教的耕读小学眼看就要放假了，山寨里的老乡在准备着过年，杀猪、宰鸡鸭、磨血豆腐。我呢，孤零零一个，不晓得怎样打发日子。放假以后，回不回上海呢？回去又能怎么样呢？看着家人、同学、朋友、邻居上班，自己还不是无所事事……

就在这样的日子里，我接到了上海出版社的一封来信，信不长，字迹很工整，大意是说我寄去的长篇小说稿有修改的基础，希望我在收信后去上海一趟，商量修改出版的事宜。

我计算了一下，稿子是 12 月 22 日寄出的，上海的来信是 1 月 9 日发出的，其间还过了一个元旦，实际审稿时间只用了十来天，真快！对我来说，这机会真是太好了，小学校刚考完试，有一个半月的假期。我当即去请准了假，几天后就回到了上海。

到沪第二天，我就急匆匆地赶到出版社去。笑眯眯地接待我的是位 40 多岁的老编辑，微胖，他说他姓谢，叫谢泉铭，老谢。从那个时候起，我就称他老谢，一直称到现在。他呢，叫我小叶。是不是看我太瘦了，第一天他几乎没有同我谈稿子，只是问了些关于我的情况及创作的经过，然后让我回家去好好休息，过一个节，两个星期之后再去。

我心里很焦急，我只请准了一个多月假，光是休息就去了两个星期，我还有多少时间改稿呀？不过出于对出版社和编辑的敬畏，我没敢说出口。那一年，我刚 24 岁。

两个星期以后，我又到了出版社坐满了编辑的办公室里。这回是认真地对我的小说谈意见了。尽管有一些思想准备，我还是没有料到意见竟是那么多、那么细致，甚至连一些细节、一些对话的语气，也都谈到了。越谈下去，我越觉得沮丧，这么多的缺陷，我还能在短短两个星期时间里改好吗？

抄一遍都来不及啊。

老谢好像看出了我的心思，安慰似地对我说："不要怕时间不够，我们可以出版社名义，替你去函插队的公社请假。先请两个月。"

这一下我放心了，有两个半月的时间，稿子一定能改出来，改好。

事实证明我的思想准备仍然是不足的。

这一住下来，就整整地修改了两年半的时间。起先是住在家里改，后来因家里干扰大，搬进了打浦桥科技出版社后院里的作者宿舍。

这是一幢门字形的老式楼房，在世的年头总比我们这些人的年龄还大了，宿舍供应热水，食堂就在后面花园里，很方便。

就是在这里，我和江西回来的知青小鲍一起，度过了两年难以忘怀的日子。

这正是十年动乱的最后两年，尘世间纷纷扰扰，马路上高音喇叭的喧叫和公共汽车、电车的刹车声，不时地越过高墙传进来。一无所有的我却在这里潜心阅读，修改稿子，更为重要的，是在老谢指点下，在阅读和改稿的实践中，摸索创作规律，学习着把我们感受过的生活落在稿面上，一步步找到了适合于自己的表达方式。也是在这样的日子里，我和老谢之间建立起了编辑和作者之间深长的友谊，真正走上了文学之路。

记得，刚在作者宿舍住下来，老谢就替我们几个插队知青中来的作者办了一张借书卡。凭这借书卡，可以从资料室借阅当时在社会上根本不见踪影的书籍。他常对我们说，一边修改作品，一边借阅一些名著，可以从中汲取养料；我说好多书过去读过，他说今天再读，体会是不一样的。我的心里很急，心思不在读书上，急于想针对提下来的意见作全面的修改。老谢却不让我们马上动笔，他让我和合作的小鲍先静心坐下来，共同提出一个修改的提纲。当提纲初见眉目之后，他几乎每天下午从绍兴路的办公室步行到打浦桥来，对我们的提纲提出种种问题，从总体构思、主题、章与章之间的衔接，一直谈到每章的写法，入笔的角度，各章如何用不同的方式收笔，乃至细节的改造和运用等等等等，迫使我们往深处去思考、去商量。那时候，我和小鲍都有些不习惯这种方式，与其说是没有耐性，不如说是实际情况逼的。记得小鲍即将分配到街道工厂去上班，而我呢，没有工资收入不说，虽然请了假，到上海改稿，贵州农村由于粮食紧张，不在生产队劳动的人当然不可能给口粮，心里更是焦急万分的。

老谢了解到这种情况以后，一方面给我们办理误工补贴手续，一方面又把自己家里节省下来的粮票送给我。当时看过我们稿子的老编辑李济生，后来任少年儿童出版社社长的陈向明同志，听说了我的情况，都曾把自家省下的粮票送给我。误工补贴是依据我所在生产队的具体工值计算的，那两年我插队的那个贵州山寨，每个劳动日值是 4 角，一年到头算 300 天，也只 120 元钱。现在说起来，有点像写回忆对比文章似的了，但当初，我正是依靠这点误工补贴和出版社几位老编辑轮流给我凑粮票，及家庭的支持，逐渐把心安下来，把全部心思用在改稿和写作上的。

由于提纲过得细，总体结构得比较合理稳固，到进入真正写作的时候，我们就开始尝到了甜头。尽管每一章的定稿都付出了辛勤的劳动，有时难免返工，却没有在结构上出现过大动的现象。老谢呢，对我们写出的每一章稿子，都进行细致详尽的审读，要是感到不行，他就及时给我们提出来、重新写；要是觉得还可以写得更好，他就让我们在原稿上进行修改润饰；要是他觉得大致满意，便直接拿起红笔，在稿纸上具体编改起来。编改完以后，他又让我们细细看一遍。有时，我们的稿面很干净，但有时候，稿面上红杠杠、红道道纵横交错，像一张作战地图。遇到这种情况，他就让我们坐下来，具体商谈为何写得不够理想的原因，同时讲一些对话、细节、景物、段落、部署的要领。我常常对小鲍说，对我们俩来讲，在作者宿舍的两年，就是出版社和编辑老师悉心培养我们的两年；我们虽然没有进入大学，但这两年比在大学文科读书收获还要大。现在讲起来似乎很简单，但是几十万字的一本书，逐字逐句的编改、润饰，劳动量真是相当大的。

从听取我们的提纲开始，到小说的全部定稿，两年多的时间里，只要没有会议和社会活动，老谢天天下午都到作者宿舍来，从午后的一二点钟，一直忙碌到晚上的九十点钟回家。我的家在市中心，坐17路电车走，老谢与小鲍家住得较近，他俩就结伴步行，走40分钟回去。相处日子久了，我们对老谢逐渐熟悉了，那时候老谢的爱人在黑龙江，他的两个女儿都在读书，他的家庭没有拖累，却也没有时间过问女儿的学习。他是把所有的精力都放到了培养我们这些年轻的很不成熟的作者身上了。老谢对我们呢，也开始熟悉起来。他不但晓得我和小鲍在创作上各自的短处和长处，而且还知道小鲍和我各自不同的性格和脾气；当时黑龙江知青张抗抗也在修改她的长篇《分界线》，由老谢当责任编辑，他便经常针对我们几位知青作者各自的弱点、缺点和优势，要我们取长补短，互相学习，不仅仅是在创作上，而且是在为人处世上。他常对小鲍和我讲，学习创作，眼光要放得远一些，你们都有各自的生活积累，不要盯在眼前这一本书上，以后你们还要好好地写呢！所以现在更要将基本功练得扎实一些，基础牢固一些，力争将来写大作品。当时的社会上，流传着很多小道消息，不时发生着一些奇怪的事件，从偏远山乡回到上海的我们，和所有的插队知青一样对此牢骚满腹，也常常互相打听传播些小道新闻。在花园里散步，在晚饭后闲聊，我们不由得会讲起这些话题，有时不免表示出对祖国命运的忧愤，怪话也不少。我们不知道老谢对这些事是啥看法，但我们决没因为他是长者，是出版社编辑，是我们的老师而对他有所隐瞒。老谢只是听我们讲，往往不说什么话，也不明确表态。到了1976年的春天，好像是4月份，《文汇报》上发了一篇所谓反击右倾翻案风的文章，老谢把报纸拿进我们的宿舍，指着那篇攻击老一辈无产阶级革命家的文章，手击着桌子，表示了极大的义愤。我们这才恍然大悟，原来老谢和我们这些年轻人的心是相通的。

在作者宿舍里，还有不少值得一提的趣事。

其一是打乒乓球。每天午、晚饭后，我们仨总要拿着乒乓板，到乒乓室去打半个小时的乒乓，冬夏春秋，风雨无阻，我和小鲍的球艺都不行，最初的时候，常常以2、3比21，或是4、5比21的悬殊比分败在老谢手下。可到了定稿的那几个月里，我们不但在创作上有了长进，乒乓球水平也有了大幅度提高，几乎可以同老谢对垒，有时还能击败他了。

其二是吃点心。老谢微胖，每顿饭仅吃二两，菜肴也要得不多。到了午后三四点钟，他总要跑到街上去买些点心进来，或是小笼包子，或是锅贴，或是煎饼等。拿进来让我们分而食之。定稿阶段，老陈（陈向明同志）也经常在下午来我们的小屋，她同样时常掏钱请我们吃点心。总而言之，在那间小小的房间里，我们工作得虽然很紧张、很辛苦，但作者和编辑之间的关系始终是和睦、融洽、亲密无间的。拿今年以来常讲的一句话来说，是很宽松的。

我得申明的是，由于我们的单纯和稚嫩，由于当时所处在那么一种"四人帮"禁锢文艺的形势之下，创作界本身存在的诸多禁区，我和小鲍合作的长篇小说《岩鹰》虽然出版了，却是并不成功的。但是，在那段时间里跟着老谢和出版社的其他编辑如陈向明、李济生、江曾培、范政浩及少儿社的姜英、周晓、余鹤仙、施雁冰等老同志身旁，耳濡目染，我学习到了很多关于创作的知识，找到了适合于自己的表达方式，摆脱了我插队落户时仅凭热情盲目写作的阶段；学习到了知识分子的正直、勤奋、本分和实事求是的为人。

历史是不容割裂的，人的经历更是如此。

离开出版社的作者宿舍以后，我的作品较为顺利地一部接着一部出版了，跨进了文学之门，走上了文学之路，这是与我在那两年多时间里的学习和编辑老师们的帮助分不开的。

一晃眼十年过去了。

所有这一切都变成了往事。我呢，也由一个小青年逐渐步入中年。现在，我自己也成了编辑，坐在办公室里，那些往事时常历历在目地浮现出来，激励着我在自己的编辑岗位上，学习当年这些老编辑们的为人和作风，尽自己的可能对待省内外的年轻作者们。

对我来说，十多年前的这些往事，是值得留恋和纪念的，也是永难忘怀的。

让我们永远尊重那些在默默无闻的编辑岗位上踏踏实实工作的同志，尤其是老同志们。

难忘的处女作

处女作，对每一个作家来说，都是难忘的。对于我来说，似乎更是如此。

在我的一生中，《高高的苗岭》这本儿童中篇小说，是一个新的开始，一个新的起点。今天得闲再翻读这本小说，我自己都能感觉到它的稚嫩之处了。但是我仍对它有着一份深切的感情。关于它的一切——校样、版本、改编的连环画本、电影文学剧本、插曲、剧照、电影放映时期的广告宣传画、朝鲜文本等等，我都保留着，隔开一长段时间，还要翻出来再看看。

我忘不了，第一次看到《高高的苗岭》初校样时的情景。那是一个秋高气爽的9月里的夜晚，我从同学家聊天回来，已是夜半11点钟，发现桌上放着责任编辑送来的两本校样，我欣喜若狂，倦意顿消。当即守着台灯，一口气把它校改完了。翻过最后那一页，我看了看表，是上海这座大都市的凌晨4时许，我家楼下马路上的16路头班车已经隆隆地开过去了。我相当困乏，但仍无睡意，还是着了迷似的反复翻阅着散发着油墨香味的校样，只觉得这校样充满了亲切感和诱惑力，好些往事不断地涌来，思绪万千，翻腾不已。

天，不知不觉地亮了。我凝望窗外，聆听着苏州河上隐隐传来的汽笛和电喇叭声……我想，读者一定能体会我当时那种激动得不能自已的心情。哦，在艰难的插队落户生活中，我的劳动和追求没有白费。

我忘不了1979年冬天，在上海少年宫里，少年儿童出版社的施雁冰同志介绍说这是《高高的苗岭》的作者，小朋友们蜂拥着向我扑过来时的感人情景……哦，那时我又一次感到，在艰难的插队落户生活中，我的劳动和追求没有白费。

记得是1973年，一年一度的凉秋又来到了贵州的山区，我插队落户的第五个年头快过去了。一年的农事基本上干完了，在贵州山区的僻静村寨上，照例有一段农闲时节。我在这段农闲时间里，干些什么呢？除了学习着写点东西，我还能怎么样呢？总不能让大好的光阴白白地耗去呀！

为了避开报纸上一再要求的写现实生活中的阶级斗争、两条路线斗争，为了把我感受到的独特的生活写出来，我这次想写一个小孩子，这个小孩子生活在过去的年代，生活在解放初期。这是我在胡思乱想吧，是在瞎虚构吧，解放初期的1950年，我才一岁，我怎能感受那时的生活呢？

我思之再三，觉得不是在胡思乱想，也不是在编"聊斋"——山寨上老百姓爱把好幻想好摆龙门阵称为编"聊斋"。

在五年插队落户的日子里，我时常听一些老贫农告诉我：嗨，现在变多了，工作组喊开会，哨子吹了几道，人也到不齐。清匪反霸那年头，工作队一喊开会，我们穷得穿条单裤儿，打着光脚板，在雪地上跑得可欢哪！话是简简单单一句，可展现的是多么清晰的画面！穷苦人对党的信赖，对工作队的信任，对清匪反霸闹土改的热心，都出来了。类似的话，我听得多了，对解放初期的山寨形势、人情风俗，逐渐逐渐有了底儿。

在苗岭腹地修建湘黔铁路的日子里，我借住在一户苗族老乡家里。寒冬腊月的夜晚，苗家老人陪我在火塘边摆龙门阵时说：如今你们汉族老大哥成千上万的来到我们苗岭深山，帮我们修铁龙，汉苗之间亲如兄弟。解放前可不同，历代反动统治者搞汉苗隔阂，造成了民族怨仇，造成了不少流血的事件，听来让人惊心。当然，很多往事随着历史大河的向前奔流早已消逝了。我听到更多的是有关汉苗亲如一家的故事。有一次，一个苗族汉子告诉我，清匪反霸时，一个解放军飞行小组的战士，负伤后被土匪追赶，幸亏当地苗家出头保护他，让他躲进山洞，给他送吃的、喝的，还给他采草药，才把他救了。

从铁路工地回到山寨上，在一次田头歇憩时，我听一个农民说，隔邻公社有个供销社主任，当年还是个少年，为替剿匪民兵送信，被土匪围在一所寺庙里，亏得他是木匠家的孩子，会脱榫头，趁着天黑脱落了木结构寺庙的后壁，钻进树林脱了险。

在我插队的第二年夏天，县里下令，全县出动围捕逃跑的三个罪犯，每个山洞都要搜。我也随着民兵，钻进了山洞。这使我对贵州地区溶岩形成的喀斯特地形，有了感性认识，知道了这些洞微妙无比，洞中套洞，别有一番天地。

所有这些零零星星的感受和体验，在农闲时节到来的那些日子里，全部浮现在我的脑海里，逐渐变成了一个小故事。随着故事中的人物一天比一天清晰，故事线索一天比一天明朗，我的创作冲动一天比一天强烈，似乎到了非要把它写出来不可的地步。

要是写出来不成功怎么办呢？我犹豫着、踌躇着，决定这次写稿不用稿纸了，先把它写在随便什么纸上再说。在偏僻山寨，要找一叠纸还真不容易，我七拼八凑地买了几本练习簿，找了几张白纸裁开，又把同学给我写来的信也利用上——在反面写！总算凑齐了将近一百张纸，寨子上一说不出工了，我迫不及待地抱着那叠纸，跑到村寨外山头上的一所破庙里，用了一个星期的时间，把想好了的小故事写了出来。这就是我的处女作《高高的苗岭》最初的草稿。

写完了，我感到一阵轻松和快慰。我跑上山巅，眺望着远山近岭，心里说，在这山也遥远、水也遥远、路途自然也是十分遥远的偏僻村寨上，我没有在农闲的日子里白白浪费时间，没有在吹牛聊天打扑克中耗费光阴，而是多少做成了一件事。不过，我的故事中没有"三突出"，也没有尖锐复杂的两条路线斗争，人家出版社要不要呢？因此，尽管故事写出来了，我也不敢送出去，只好找来张牛皮纸，封成一只纸袋，把这一百来张不规则的稿纸装进去，存到箱子中间。不是我能预见到它会印成书，而是这四五万字凝结着我的心血啊！

这一放，就放了整整两年。

1975年，我被叫到上海修改长篇小说《岩鹰》，住在出版社的作者宿舍里。很巧，住在我隔壁的是《矿山风云》的作者李学诗，他看我年轻还未脱尽稚气，话语中一再鼓励我写点儿童文学。每周必定要来看他的少儿社编辑余鹤仙，也鼓励我写。在他多次鼓动下，我的心也热了。我要了一百张稿纸，把《高高的苗岭》誊抄出来，送到了少年儿童出版社。我碰上了两位热心的责任编辑姜英和周晓，他们给我提意见、出主意、理清人物思想脉络，前后经过三次比较小的修改，在文字上作了详尽的润色，竟然定稿了！经过画插图，看校样，这本薄薄的小书，在1977年的春天出版了。小说第一版20万册；1979年5月印行的第二版17万册。美术出版社很快改编成连环画本，北京电影制片厂和北京电影学院又根据小说，由我和谢飞共同改编，拍摄了儿童故事片《火娃》公映。以后又译成了盲文、朝鲜文。

　　所有这些，都是我当初在偏远的贵州山巅破庙里写这本小说时做梦也没有想到的。

　　一晃眼，距我写出《高高的苗岭》的草稿，竟有近40年了。这些年里，每当想起那些往事，心中都会涌起深深的感激。

时间不是空白的

水流湍急的猫跳河，在陡峭的崇山峻岭间急泻直淌；性情温顺的鸭池河，蜿蜒曲折顺坡流来。在两条河的相交处，形成一个特殊的三角地带。长江、珠江都有三角洲，猫跳河和鸭池河的相交处，也算得一个小小的"三角洲"，只不过这个小小的"三角洲"，既不像长江三角洲那样平坦宽广，也不像珠江三角洲那么富有热带风光。它有自己的特点，山峰奇秀，河谷幽深，闲雅、安静。自然，它和贵州山区许多深堑峡谷地区一样，偏僻闭塞，到了秋末之后，还有点儿荒凉。从贵阳发出的长途客车，两天才到这儿转一圈，只停留半小时到一个小时，带走不多的几个乘客。

尽管有些住在这儿的人们并不很爱这个地方。可我实在是很爱它。离开久了，还非常想念它。原因很简单，近几年来，我的中篇小说《峡谷烽烟》《风中的雏鸟》《情牵意连》；我的长篇小说《我们这一代年轻人》《风凛冽》《蹉跎岁月》，还有一些没发表的文字，都是在这儿写成的。

近一年来，无数的读者来信从各个地方转到这儿来，热心于文学的男女青年们，常在来信里问我：怎样才能成为一个作家？

这个问题我很难解答，因此好多来信我都不能答复，心中总像是欠着一笔账那么不踏实。感谢《飞天》给我提供了这么一次机会，能让我和热爱文学的青年同志坦率地谈谈心。在谈心之前，我还重新阅读了近几天来收到的几十封来信。所以，我想，谈心的题目叫作《时间不是空白的》，还是恰当的。

我出生在上海，黄浦江在那儿流入浩瀚的东海；苏州河污浊的流水在我的青少年时代留下很深的印象，它太脏了。上海没有山，在我 19 岁以前，我根本不知道山是什么样子。

我出生在 1949 年 10 月，中华人民共和国诞生后的 16 天，我是新中国的同龄人。像我同时代许许多多在上海长大的青少年一样，20 岁以前，我从未到外地去生活过。

中小学时期，我读了很多有趣的书。书本要我学做一个正直诚实的孩子，书本开阔了我的眼界，也陶冶了我的精神。书本中好多精彩的景物描写、格言警句，我都不厌其烦地抄录下来，同时写下我读这本书的感受、体会和我喜欢它哪些方面。自然，书本使得我向往丰富多彩的生活，向往有山有水的环境。到 19 岁的时候，上海南京路上嘈杂喧闹的人流，真使我不耐烦了。

大概是因为这些缘故，当命运使得我们这一代人插队落户的时候，我选择了有山有水的贵州。上山下乡的生活，给我翻开了一页崭新的画面。壮丽的山川河谷，山乡的风土人情，和上海绝然不同的生活环境，世代居住在偏僻村寨上的那些各种各样的人物和命运，像磁石般深深地吸引了我，萌发了我表现他们的激情。修建湘黔铁路的两年间，我生活在苗族聚居的清水江两岸、重安江畔，接触了许多少数民族，在和他们的摆谈、交往、共同生活中，了解到他们苦难的过去和今天的生活，熟悉了他们的风俗习惯，整天处在颇具特色的异域风光中，充满了新奇感。尤其是20世纪60年代末、70年代初贵州农村贫困的景象，山区农民古朴繁重的劳动方式，几角钱一个劳动日值，孩子们不能蔽体的衣服，年年春后需要靠救济回销粮打发日子的现实令我震惊和思索，更使我激发起学习创作的愿望。

在插队落户的集体户茅屋中，在铁路工地的芦席工棚里，我抽农闲、工余、清晨、夜里的时间，开始了学习创作的生活。白天的劳动是累人的，生活是艰苦的，学习创作更是困难重重。在农村将近七年（六年又九个月。从1969年早春到1975年12月底），我挑粪、耙田、铲敷田埂、钻进煤洞拖煤、在土砖窑上当小工、采茶叶、背灰，除了上铁路工地和后来教了一阵子书，只要是队里出工的日子，我都出工干活。社会上流传着一些关于某某大学生下乡时从不出工，只知温课，某某拉琴的只知练曲，从不干活的奇闻逸事，似乎也张冠李戴到了我的头上。谢天谢地，我不是那样的奇才，因为我很清楚，当时发表作品要经作者本单位同意，你表现不好，本单位只要写上一行字，作品就别想发（事实上，出版社和电影导演后来确实来征求过公社、大队、生产队的意见，开过座谈会）。劳动之余，我就练习写作。时间只要去挤，总是有的。赶场天，别人去赶场，我躲在屋里写；下雨天不出工，知青们聚在一起抽烟、喝酒、打牌、吹牛消磨时间，我找个安静处去写。晚上，我以床铺当桌子，坐在小凳上，点一盏自制的小油灯写。油灯摇曳的火焰，把我的帐子熏得漆黑，我也没工夫去顾及了。清晨，我也常搬条板凳，到茅屋的后屋檐下，拿一块搓衣板搁在膝盖上写。在贵州下过乡的同志都知道，村寨上农闲时，出工时间晚，每当这时候我就起大早，到村寨外山头上的古庙里去写。那儿只有破败的四壁和缺胳膊短腿的桌椅陪伴我，非常安静。当初上铁路，我们的生活是"天当铺盖地当床"，每人发一根棍子和一张芦席过夜；吃饭是"上顿瓜，下顿瓜"，足足吃了两个月的老南瓜汤。我没闲心去整吃的、找住的，每天上班前、下班后带着一个小本子，去记录苗乡的地理环境、房屋结构，去问当地的苗家，坡上长的是什么树、林子里叫的是什么鸟、河里出产什么鱼、婚丧嫁娶时他们为啥要按如此程式办，当地流传着啥民歌，"摇马郎"时男女唱些什么，解放前这一带的山岭河谷是什么样的……问完了，我随便钻进其他连队、其他民兵团的工棚，往黑乎乎的人堆里一钻，倒头便睡。第二天一早，不待人家醒来，我又爬上山头，去看米色的稠雾如何从河谷里升起，去听雀儿如何开始啼鸣，去望苗家姑娘们如何挑着担上坡去……这一些景象，至今我还记得清清楚楚。可谁能想到，就在这么艰苦的环境条件下写出的长篇小说《春耕》退给了我；另外两本写铁路工地的书，也退给了我。在这三本书稿里，有我的心血，有我的追求啊！我失望得掉了泪，吃不下饭，睡不着觉，不过我还是默默地忍受下来了。我没对任何人说过受到的挫折，一来是我要面子，我有自尊心；二来我牢记着"失败是成功之母"这句人人皆知的俗话，即使在收到退稿的那一天，我也没有停止过练习写作。我相信我要从失败中迈出步子去。我自知文化水平低，我一个外地人学当地话味道总不对，我也明看到生活环境是苦的，创作条件几乎是没有的，我还是要干下去。

贵州历来有"天无三日晴"之说，气候总是阴沉沉的，把人的心情也弄得忧郁不乐。伴随着退稿，从邮局看到大捆退稿的人，对我说起讽刺话来。有人还咒骂说，我要是能写出一本书，他的脑袋马上就可以落地；另有一些自命思想进步的人说，我这是走白专道路，是资产阶级名利思想，是极端个人主义，妄想成名成家，出人头地；还有一个集体户里，有我的几个好朋友，因为另外几个知青说了嘲笑我的话，争执起来，险些打架。事后我听说了这件事，对我的好朋友说，你别去跟他们打架，让他们说我好了，说得越多越好。这不是我今天来打"马后炮"，我当时确实是那么讲的。真要谢谢那些说风凉话的同志，当时他们要不说，我还没那么大的劲头继续学习写作哩。

除了人为的讽刺嘲笑，还有物质上的压力。我插队的寨子工值低，一年到头出工，扣除口粮款，没几块钱可进。有好多次，我没有买煤油的钱；有无数次，我没稿纸，不说农村没稿纸卖，商店里有信笺，我也买不起。天天练习写东西，一本信笺经不住我写几天。修建铁路时，我省下一点钱，经常拿来买煤油；感谢我那些在上海的老同学，他们一年到头要给我寄出无数的稿纸。

报刊上发了报道我的消息，青年朋友们容易注意到我已经发的东西，很自然地忽略了我的挫折。

其实，当受到这些精神的和物质的压力时，我的心情是抑郁的，情绪是低落的、烦躁的。但在那种时候，我仍坚信，挫折不能迫使我停笔，我非要写下去不可。电影文学剧本《火娃》头稿，就是在这种情况下，用三天时间写出来的。

就在这样的生活里，不断地感受生活，不断地往格子里填字，伴随着我一天一天走过来了。我也一天一天地逐渐找到了表达的方式。

时间，不是空白的；空白的是稿纸。

看，这儿还是我插队落户时的土地，寨子仍然遮掩在绿荫丛中，微翘的屋脊在繁茂的枝叶间显出它的曲线，门前坝的青枫林子，仍是翠绿的一片。甚至寨前那条从水库引水来的沟渠，一点也没变样子。那座有一块石板晃动的小石桥，我的脚踩上去时，青岗石照样颠动了一下……

啊，几乎什么都没有变。

十二年后的今天，为了新写一本小说，我又来到当年插队落户时的地方，不由感慨万千地想着。

十二年过去了，难道当真什么变化也没有吗？

不，时间不是空白的。

当我走进寨子，遇见一个一个熟人，和他们在台阶上、大树下、小桌边坐下闲聊的时候，我才深切地感到，山寨上的变化有多么的大。

我插队的年月里，这儿干活兴拖大帮，你看我，我瞅你，出工不出力，谁也不卖劲儿。过了春节，大队干部去公社、去县里开会，就向上反映，要求拨救济粮、回销粮。

如今呢，寨子里搞起了联产计酬的责任制，早几年要一个多月才栽完的秧子，这会儿十来天就栽插完了。寨上不但没人喊"锅儿吊起"，家家户户到了新粮收进仓时，去年的陈粮还没吃完呢。

我插队的年月里，因为批"资本主义"，寨上有堰塘、山塘不喂鱼，坡上能栽果树、种花生不敢种，烧个砖瓦窑、经营个小煤洞，都要大队、生产队派上一拨人经管，结果干活的人少，管事的人多。

如今，寨子里的堰塘、山塘喂起了鱼，坡上栽了果树，沙土坡栽了花生，还发展了烤烟、编篓、漆树。砖瓦窑、小煤洞也搞了联产计酬，只要肯劳动、肯下力的社员，家家都增加了现金收入。

举个例子说，我插队时，全寨50多户人家、300多口人，只有一户人家里有只走走停停的闹钟，现在寨上戴手表的小青年、买收音机、缝纫机的家庭，就有20多户。

要写山寨的变化，得另外写一篇散文或是报告文学，我这儿不能由着兴致扯了。

看到这么多变化，我由衷地说：时间不是空白的，空白的是我的稿纸。

一走到生活中，纷繁复杂的生活现象，新形势下人与人之间的关系，种种复杂的矛盾和纠纷，全扑进了我的眼帘：有两兄弟，为争水抗旱，撕破脸皮吵了起来；过去一向冷落的农技站，现在门庭若市，应接不暇；曾经吹了的婚事，重新联了姻；计划生育意外地收到了良好效果……在办公室里，在斗室书房里，这些人和事物，哪怕有天外飞来的灵感，也是构思虚构不出来的。

啊，生活，一定要泡在生活中。

近些年来，由于前几年业余时间写了几本书稿，都在忙于伏案修改、出版，找一个冷静的角落住下来，总是关在屋里忙碌，总是为了书稿在城市里奔波，下生活的时间少了。在几本书稿定稿出版以后，我就明显地感觉到了文思的枯竭。

写什么呢？

脑子里一直在思索。翻翻新写的书，新出的杂志，我发现，不但是我，就是很多作者，都需要问问自己，写什么呢？怎么写呢？要比已写的东西深刻，又要有广度，无论是取材于新生活，还是取材于过去的生活，或是别的时期，都存在着这个问题。

我找了一个最简单的办法，到生活中去，到我原先熟悉的深山老沟里去，在那儿住下来，接触我周围普普通通的农民、工人和其他各种人物，看看他们怎样在新形势下生活，在想些什么，做些什么，遇到些什么难题和矛盾，是如何解决的，或者矛盾是怎么发展的……

初来乍到，会觉得啥变化也没有。还是那样春耕秋收，还是那么施肥下种，还是上班下班、出工入工。就像一首山歌里唱的："坡是主人人是客……"

山峰耸立在那儿，只要不遇到地震，千百年也很难变个样子；而人呢，在山坡面前，就如匆匆的过客。

但我们要写的，不仅是不变面貌的山峰，更主要的就是写那些山峰面前的过客——人，他们在怎样变化着，怎样改变着大自然，也改变着自己。

一天两天，一月两月，我到了深山老沟，又快一年了。我小窗外那座有一片白岩的山峰，一点样儿也没变；甚至晴空里的云朵，和去年我来的那天，也没啥大的区别。只是，我的心灵又充实了，我又成了个素材的富翁，在我的笔记本上，记下了那么多生动的细节和生活中的原始材料；在我的脑子里，又产生了一些新的构思，那本在我来之前想写的书，已经有了那么多的素材可供选择、提炼、概括……

啊，生活！我愿投在你的怀抱里，观察你的点滴变化，体验你现象的变幻，摸着你脉搏的跳动，充实我自己的心灵。

从这个意义上说，即使山峰没变样子，即使景物外貌没甚变化，但是，时间不是空白的，随着它的推移，生活中又有着多么丰富多彩的东西啊！

可是，我并不盲目乐观。我清醒地认识到自己的年轻、幼稚，我也更清醒地知道，正因为时间不是空白的，因此在我生活的这个山沟沟外面，世界也在起着变化，祖国这艘船的各级各部门各个舱位，仍在前进着。

为此，尽管我这儿电视收不到，报纸只能看隔开几天的。但我仍然争取了解山沟外面的情况，掌握整个时代的动态。北京、上海的来信，政治、时事杂志，隔开几天的报纸，新闻广播，能帮助我了解外界情况的，我都绝不放过。

可以说，这也算是我的一条粗浅的经验。我的任何一本书，都不是只靠着自己体验过的直接生活写成的，都是受了某个问题的启示，受到某个生活现象的触动而逐渐产生构思，酝酿起来的。因为我的经历毕竟有限，我眼睛能看到的东西，脑子能接受的东西，对这个世界来说，实在是微乎其微的。我必须像一块干枯的海绵一样，拼命吸水，吸足了、吸饱了，才能往外挤出一点新的东西。

关于这，茅盾讲过："青年作者，专业的或业余的，如果在'生活根据地'只注意钻得深，而不注意国家形势的全面发展，不了解'生活根据地'以外的纷纭复杂的社会生活，那么，他在这一角生活中得来者未必能保证一定具有巨大的现实意义，从而他根据当前事态的观察和分析，而写成的作品，也未必具有普遍性。"（《茅盾论创作》）

为了具有普遍性，又具有一定的现实意义，就需要了解生活基地以外的形势，就需要知道祖国的其他地方，同时在发生些什么事情。

这就是我酝酿、构思自己的作品的一个主要方法。

到生活中去，力争比较长期地泡在你所感兴趣的生活之中，同时不忘你生活的这一角以外的生活，时常了解祖国的形势和发展。经常把两者进行比较、分析、鉴别，捕捉老是萌动在你心头、时常激动着你的东西，使它发展、成形，化为形象。

我们有那么多古今中外的书籍，我们有那么多的电影和戏剧，我们有代表现代化水平的彩色电视机和盒式录音机，作为一个读者，他随时可以放下手中的书，去欣赏优美的音乐，去看感人的电影，去阅读已有定评的名著。作为一个作者，尤其是像我这样的一个年轻作者，用什么东西，去吸引读者，赢得读者的心呢？

这是我几乎天天想到的一个问题，也是我天天用以提醒自己的话。我希望在这种提醒下，自己以后写的东西，会逐渐地有所进步。

哦，时间不是空白的，空白的是我面前的稿纸。但愿我抓住这不是空白的时间，在空白的稿纸上写下新的东西。

当年知青的心声

——《风凛冽》的创作

乡居十年的插队落户岁月中，我有过三次回上海探亲的经历。那是探亲，又不是探亲。当过知青的，大都有过类似真切的体验。

所谓的探亲，往往从秋末冬初就开始了。山乡里收尽了庄稼，村寨上就没了多少农活，知识青年们在乡间难以排泄那份烦恼和苦闷。青春是那么美好，精力是那么旺盛，可是 20 来岁的男女青年们却整日无所事事，于是乎大多数知青便不畏路途的遥远，不畏车费的昂贵，回故乡去，回城市去。对于上海知青们来说，就是回大上海去！此时此刻，上海的诱惑竟是如此地强大。给城市父母亲属们带去的，除了农村出产的黄豆、糯米或是药材、土特产之外，无非就是一张疲惫的脸和一身陈旧过时的脏衣裳。

上海等待着他们的又是什么呢？

初回上海，亲人之间有一份亲切感不说，知青们自己仿佛也有点事儿可做。给那些一时没有回来探亲的伙伴们代行探望义务，送去他们捎带回来的东西，和久未相见的同学、朋友们团聚。忙忙碌碌的一星期、两星期过去以后，就觉得找不到事情做。一个懒觉睡醒过来，家里人都走空了，空空洞洞的一个家陪伴着你，眼看着亲人们上班的上班、读书的读书，都有事情做，唯独自己，身强力壮的，谁都不需要。尽管家人并不嫌弃你，尽管所有见了你的人都说趁这机会多休息休息吧，干了整整一年农活，够辛苦的了，但作为知青自身，心头总是有一种说不清道不明的感觉。这时候，就觉得只有同一种命运的知青之间，才会有共同语言，自然而然地，知青们就会自觉地待在一起，有的本是老同学，有的是老同学带来的同一知青点的伙伴，有的则是同一公社的插兄插妹，趣味相投的，一待在一起，就会有说不完的话，讲不完的事。

　　记得有一回，我去看望一位在吉林插队的初中里的好友，他正在家里请客，只见屋里挤满了来自黑龙江、吉林、江西、安徽插队的知青们，他用一只蒸馒头的特大号锅子，煮了满满一大锅从吉林带回来的黑木耳，就这一道菜，请大家就着几瓶五加皮酒吃，边吃边海阔天空地瞎聊，话题之广泛可说是今天的年轻人简直难以想象的：有的细叙自己插队乡间的风情俚俗，有的讲述自己在异域他乡的奇闻逸事，有的饱含深情地叙说自己没有结果的初恋，有的则大言不惭地说着自己在火车上逃票的经历和对付查票的方法，有的说某个知青在设法办理病退，找医生走门路，有的讲他们弄堂里的一个漂亮女知青，为了能回到上海，心甘情愿地嫁给了一个双腿被砸断的工人，有的说这有什么稀奇，有个女知青，为了户口能办回到离上海近一点的江浙农村，还嫁给了一个有三个孩子的老农呢……听来听去，几乎一句话就是一件伤心事，一句话就是一个故事。

在探亲的日子里，我有意识无意识地参加过多少次这种知青们自发的聚会和闲聊啊！每次参加完聚会回到家里，我总是把白天听到的那些事情，一件件一桩桩记下来，那个时候我已经在默默地学习创作，我知道在那个年头是不允许真实地反映知青们的这股情绪和这种真切的生活的，我也知道在创作上是不准这样反映知青们的心声的，但我还是相信，终有一天，这些故事是能够写出来的。

来自五湖四海的知识青年伙伴们尽兴地喝够了酒，不是拉直了喉咙乱吼乱叫地唱歌，就是借着酒兴大发牢骚，有的人甚至于借机发酒疯。酒瓶喝到了底，茶水喝得没了味，嗓门里由于大叫大嚷变得又苦又涩，时间也就快到黄昏了，上班上学的家长和兄弟姐妹们要回来了，于是剩下的就只有叹息。叹息自己生不逢时，叹息自己为什么偏偏摊上了插队落户的命，叹息广播里怎么又在宣讲要掀起什么运动的新高潮，还不断地重申要把"文化大革命"进行到底！

知青们几乎是凭着本能就晓得，只要"文化大革命"还在往下搞，只要还将继续进行什么运动，那么他们就没有希望很快地抽调，那么他们就还将无休止地在农村待下去！正是在无数次这样的聚会和闲聊中，我更多地了解了我的同时代人，更多地洞悉了他们的心灵，更多地知道了他们在想些什么，追求些什么，憧憬些什么……也正是在这样的日子里，我开始明白了，我们这一代人的命运，虽说是微不足道的，但也是和时代、和祖国的命运紧紧地联系在一起的。我们的命运要有所改观，那么首先就应该是祖国和人民的命运开始起变化……

可以说《风凛冽》最初的构思就是起源于那一段知青回沪探亲的生活。

另一个吸引着我写作《风凛冽》的原因是我在《蹉跎岁月》的后记中简略提到过的，那就是当知青题材的作品在文艺复苏的70年代末80年代初形成一股冲击波一般的浪潮时，所有写作知青生活的书讲述的都是他们在农村、在偏远乡间度过的日子，很少有人挖掘知青们在探亲期间的这段生活。难道他们在这段时间里就不是知青了吗？难道他们一探亲就失去了知青身份了吗？哦不，他们在这段时间里更强烈地意识到自己是一个不被人注意的知青，他们在这段时间里心灵上感觉到的冲击和震荡，决不亚于他们在乡间熬过的那些日子。

于是我写下了《风凛冽》这部长篇小说。在把它编进我的文集时，我衷心地希望今天的年轻读者们也会喜欢这本书。

初次尝试

还是在文学讲习所的时候，听过一次广播剧。

中篇小说《家教》由中央人民广播电台的王芝芙同志改编成了十集广播连续剧，并很快播放，是我认真接触广播剧的开始。播放的那些天，正巧出差，因为是根据自己作品改的，所以不但每一集我都细细地听了，还顺便通知了在沪的亲朋好友，让他们也抽暇坐下听一听。

出乎意料，在征询家人及朋友们意见时，大家几乎是异口同声地说："以往很少听广播剧，这回认认真真耐心一听，没想到广播剧还有如此大的艺术感染力。"

这可以说是改变我对广播剧敬而远之的开始。

但是，真正要提起笔来写作广播剧，我还有点儿不知所以，有点儿畏怯。

我是1982年早春从贵州的山沟沟里搬进省城贵阳的。当时，我家所在的那幢楼房，坐落在巍峨壮美的黔灵山旁的一个山坡上，每次从黔灵公园那头沿着北京路走过来，仰望我所居住的那幢耸立得高高的楼房，我都会情不自禁地感到，这幢楼房的外形多像一本巨大的书啊！

在省城里住久了，交友、会客、串门，走街串巷，拜访新、老朋友，开始熟悉贵阳的条条街道，熟悉居住在一幢幢高高低低、鳞次栉比的楼房里的人家，很自然的，就想写一写生活在这里的人。况且，我始终认为，不但我们时常写到的广袤大地和偏远乡村里的变化能够体现时代的风貌和历史的进程，市井里人际关系的微妙变化，伦理观、道德观、价值观念的演变，同样也在折射出我们这个时代和社会的风貌来。基于这样两个认识和体验，渐渐地，我酝酿构思了中篇小说《我们的楼房像一本书》，甚至把小说开头那一段还在笔记本上写了下来：

　　秋风起了，弯弯拐拐的窄巷子口口上，烤恋爱豆腐果的烟子，又袅袅地飘了起来，直要在巷子里弥散良久良久。巷子窄，两边的墙又高，烟子久久地飘悠着，缭绕在幽长的高低不平的巷子里，一缕缕丝带似地升腾起来，成了窄巷子里特有的景致。

　　茵茵看惯了这一幅景，看得有点儿麻木了。在这里仅仅住了几个月，茵茵就像过了几年、几十年似的漫长。有人说生活像流水，真像流水还好哩，流水还有淌得湍急的时候，欢腾的时候，流水还有不同的节奏。可她的生活中，啥色彩啥变化都没有。

　　梁宜浩见她每天眺着窄巷子出神，总会探头过来说："别看烤豆腐果小小的生意，也发大财呢！"

　　他总是这样，开口闭口离不了钱财。

　　……

读者一定看得出，用这样的叙述语言来写广播剧，显然是不成的。

在广播连续剧艺术感染力的影响下，在王芝芙同志的几次鼓励催促之下，我决心尝试着来写一个广播剧本。中篇小说的构思是现成的、人物关系和内容也是丰富的。关键在于要用广播剧的形式将它写出来，所有的那些矛盾冲突、气氛意境和我心中的东西，都得通过对话和音响来表达。当然，原来要用五六万字来写的小说内容，这里很多只能割爱，留下的，仅仅只是原来小说构思中的一组人物关系。于是乎，我把自己关在屋里，一段一段琢磨着、费神地用广播剧的形式往下写、往下写。开头已变成一组黄昏时各家各户繁忙起来的音响效果，很有音乐交响曲的味道。

这便是广播剧《我们的楼房像一本书》的剧本。

本子写完的时候，我有一点遗憾，原来该写成五六万字的中篇小说，现在只剩了这么一万六七千字；拿着这薄薄的一叠稿子，我又有一点惆怅，不知它会不会真的制成广播剧。直到要播出了，我还有一点疑惑，疑惑广大听众是不是愿意接受呢？

这毕竟是我的初次尝试啊。

丑媳妇难免要见公婆，就让这个丑媳妇，在广大听众面前接受检验吧。

我和《蹉跎岁月》

1983年4月末，一个普通得不能再普通的日子，我病了，抱病在家里写作长篇小说《三年五载》的中卷《拔河》。约9点40分，来了两位新华社记者，他们含笑告诉我，在有681个代表参加的省人大会上，刚刚宣布了选举结果，我以666票的得票数，被选为全国六届人大代表。闪光灯一亮，记者同志为我摄下了一张有纪念意义的照片。

当天夜里，我躺在床上，辗转难寝，我在想着，该怎样勤奋地工作，不断地努力，为祖国、为人民尽可能多地贡献我的一分微薄的力量。我在想着那些逝去了的岁月，想着蹉跎岁月中成长起来的一代人的命运……

我们这一代人，在当年也好，在今天也好，都有一个简单得不能再简单的称呼——老三届，由于我写了几本知识青年的书，写到了这一代人的命运，近五六年来，我经常收到各种各样的读者来信，累计起来，共有一千六七百封。这些信里，有的人和我谈及知识青年上山下乡这一段历史，有的人和我讲到书中一些人物的命运和遭际，还有的和我探讨一些书本以外的问题。大量的来信，都是当年的老三届、当年的知青们写来的，他们写了很多好话，温暖了我的心，使我深受感动。尤其是长篇小说《蹉跎岁月》改编成电视连续剧播出以后，更有好些热心的文学青年，好些念中文系的大学生，在信中问及，你是怎么走上文学之路的，你是怎么想到写《蹉跎岁月》这部书的，你是不是书中的某人，你本人当过知青吗？等等等等。

记得，那是 1978 年 10 月，我带着自己在深山峡谷里写成的长篇小说《我们这一代年轻人》坐火车回上海去。在车厢里，我遇到几个户口由云南迁回上海的知青，闲聊之中，他们对我说："十年前我们扛着红旗，唱着红卫兵战歌，怀着改造世界的雄心壮志，上山下乡去闹革命，去反帝反修、去屯垦戍边。十年之后我们又扛着背包回上海，还不知道回去以后干什么。生活真会开我们的玩笑。"是生活开我们这一代年轻人的玩笑吗？

夜深沉了。车厢里熄了灯，白天和我聊天的几个知青早已东倒西歪地睡着了，我却大睁着一双眼睛，久久地沉浸在对往事的追怀之中。

我想到了我待了十年的那个偏远的山乡，想到了山乡那一条又一条弯弯拐拐、崎岖不平的羊肠小道，在那里我挑过多少粪、担过多少灰啊。早春时节，跳下冰冷刺骨的秧田里去捧起一团又一团稀泥巴敷田埂，一敷就是整整一天，一天下来，脚冻得通红，沾满污泥的双手发僵，嘴唇发紫，回到屋里还不敢立刻坐到火塘边去暖一暖身子，怕贪图一时畅快而落下关节炎、怕生冻疮。栽秧打田的大忙时节，常常是天不亮就让牛角号吹醒，太阳还没出来就跑到田地里去干活，一直要干到月亮落坡，夜深人静才歇下来。人走进屋里，经常是累得脸不想洗一把、水不想喝一口就往床上倒。夏日里的农活不多，我们就去坡上挖煤，去砖瓦窑上打小工。酷暑天气，太阳火辣辣地晒得人头皮发麻，还要钻进歇窑不久的乡下土窑子，抱起烫手的破瓦，闷热的空气令人窒息不说，单是那满窑飞扬的煤灰，就呛得人不敢张一下嘴。一窑砖瓦出完了，我们这些打小工的知青，从头到脚满身都是黑灰，只好一家伙跳到水渠、堰塘里才能洗干净。挖煤不那么热，洞子里还挺凉爽的。可那一个又一个土煤窑，只有半人高，非得蹲下身子，小心翼翼地踩住一根根尺把长的脚窝杆子，才能往洞子深处走。近的走三四百个脚窝，远的要走千把个脚窝，到了煤层前，抢起煤镐，借着小油灯的火焰，把煤挖下来，装进拖船。进洞一次不容易，总想把船装满，满装一船乌金般的煤，最少有250斤，然后把拖绳勒上自己的肩头，拖着煤和船往洞外爬。那是双膝跪在地上，死死地踩稳一个个脚窝，往上使劲地爬啊。到了洞坡陡的地势，那一船煤在身后拼命地逮着你，你非得咬紧牙关，才能将船往前拖动一步。每次拖出一船煤来，我只觉得头晕目眩，天翻山摇，总要紧紧地闭上几分钟眼睛，才能逐渐缓过气来。要这样进出十次，计算一个劳动日。而一个劳动日多少钱呢？五角九分六。这是我们生产队的劳动日工值，也是远远近近最高的工值。初次下乡时，我们不在乎工分，我们不讲究什么报酬。我们是来接受再教育的，是到广阔天地里来炼红心的，是来参加三大革命运动的，是在改天换地改造客观世界的同时改造我们的主观世界的，我们怎么能讲劳动的报酬呢？可当我们付出了那么艰辛的劳动、流了那么多汗水之后，听到报酬仅仅是五角九分六的时候，我们不讲了。我们开始议论，我们开始思考了。

这是怎么回事呢？乡间为啥这么贫困呢？五荒六月间为啥还有农民上坡去挖蕨苔、挖野菜充饥呢？

现实生活是严峻的，随着在山寨上待的时间越来越长，我们想到的问题越多，思考得也愈来愈深入。

就在这个冬天，我听说了这么一件事情：有个干部子弟，由于父亲被打成"黑帮"，关进牛棚，插队落户到了一个偏僻闭塞、有山有水的村寨。在那里，他和一个出身不好的姑娘相识了。姑娘在生产队里放鸭子，他在河滩地上放羊。在那些受歧视的日子里，是同病相怜也好，是命运的安排也好，这一对知青恋爱了，爱得很深沉。随着漫长的插队落户岁月的流逝，两个人的感情越来越好。打倒了"四人帮"，痴情的姑娘满以为命运会给她露出微笑，却不料事实给了她狠狠一棒。受迫害的干部官复原职以后听说儿子找了个出身不好的姑娘做对象，大为光火。父母亲出面以高压手段干涉儿子的恋爱，儿子抵挡不住大城市和舒适的工作岗位的诱惑，抛弃了女友，酿成一个结局很惨的悲剧。

听完这件事，我脑子里受到很大震动，没有心思继续聊天，一个人悄悄地回到屋里，找出记事本，先三言两语把此事记下，并在下面写了两句话：

这件事可以写成一部长篇小说，不过我要把它的结局写好，决不能写成悲剧。

要是说写作《蹉跎岁月》直接的起因，就是这么一件事。

在记事本上写下了自己的决心和愿望之后，我躺倒在床，任凭泛滥的思绪跑着野马，往事一幕一幕浮现在我的眼前。

1966 年，一帮煽风点火的红卫兵来到我们学校，兴一套新规矩，每一个进出学校的师生员工，都得自报家庭出身。当我的一个同学，报出他的出身是"小业主"时，一个红卫兵抡起皮带骂道："资本家就是资本家，还什么小业主！"话到手到，手里的铜头皮带一下子抽到我那位同学的头上，把他的脑壳打破了，血流不止，他当即倒在地上。不是抢救及时，生命也危险。当时，我就站在旁边，气得浑身都在抽搐颤抖。

1975 年，有个工矿单位到我插队落户的公社来招工。两个招工的干部，用当时惯常的调包法，把一个出身不好的上海知青挤下来了。这位知青听说后去找他俩论理，那两个人气势汹汹，蛮不讲理，其中一个把桌子拍得"咚咚"响，吼道："我们宁愿牵去一条狗，也不愿招走你这个狗崽子！"

我恰好在现场，听得一清二楚。当然，年岁大了，人也成熟了，不至于像我同学那样拿起刀去和那两人拼命；更重要的，是这样的事见多了，我也不会像十七八岁时那样气得抽搐发抖了。但我的内心深处着实愤怒，着实震骇。把人糟蹋到这样一种程度啊！站在那里，我脑子里想，有朝一日，我要写本知识青年的书，一定要把这句话写进书里去。

1978 年，打倒"四人帮"已经两年了，某个单位搞选举，选举一个没有实际权力的名誉职位，差不多众口一词的意见，要让一位有威信有水平的同志当选。可群众怎么呼吁、怎么选也没用，理由是：此人出身不好。

那个夜晚，我几乎是一整夜都没合眼。类似的事情，在逝去了的岁月里，我见得太多、太多了。

红卫兵运动刚兴起时，上海的南京路上展开大辩论，每一个登台讲话者都要自报成分；在马路上、学校里，到处贴着两条风行一时的标语："老子英雄儿好汉，老子反动儿混蛋。"插队落户时无论走到哪儿，是赶场，是去县城看病，公社、区、县的有些干部遇到知青，开口第一句话就是："什么成分？"和我同一个公社，有一个表现非常好的知青，一天到黑除了干活，话也不多说一句，大队领导几次亲自上知青办替他说话，只因为他出身不好，连接四次推荐他出去，都被刷下来了。

"血统"在那几年里成了衡量一切的标准。

可以说，反动的"血统论"对我们整整一代中国人的戕害，那是太严重、太厉害了。这是我写作《蹉跎岁月》的一个主要原因。

写这本书一个更重要的原因，是我想写一写我们这一代年轻人的命运，我们这一代人在十几年里走过的路。

我们这代年轻人，走过了一条"之"字形的人生道路，都经历了这样三个阶段，三个思想层次。

第一个阶段，是 1966 年到 1969 年，这一阶段我们思想上的特征是盲目、虔诚和狂热。我们一拥而上地横扫一切"牛鬼蛇神"，"破四旧、立四新"，我们为一次又一次最高指示的下达和《红旗》杂志社论的发表而欢呼，我们坚信，一个红彤彤的世界一定会在我们这一代人的手里实现。当号召我们上山下乡接受再教育的时候，我们千百万人一起涌进了广阔天地，要去那儿炼一颗红心，滚一身泥巴，要去那儿开展轰轰烈烈的三大革命运动，大干一番事业，要把农村建设成为祖国的大花园，真可谓豪情满怀走天下。

第二阶段，是1969年至1972年，即"九一三"事件的真相向全国人民公布以后。这一阶段我们的特征是由盲目、虔诚、狂热而一下跌入失望颓丧而彷徨迷茫，徘徊一段时间，逐渐地走向更深层次的思考。到达乡村之后，严峻的生活现实本身给我们上了最好的一课。繁重的体力劳动，当日复一日枯燥乏味地打发日子成了我们生活的内容，当乡村的贫穷使得我们触目惊心、不能理解时，我们是多么地失望啊！有的人自暴自弃，得过且过，有的人牢骚满腹，怨天尤人；有的人抽烟喝酒，打牌赌博；有的人忧郁颓废，苦闷至极；更有甚者，也有些人走向歧途，就此堕落……想大干一番的美好理想被铁一样的事实击碎而破灭。就在这时，震惊中外的"九一三"事件发生了。消息传到偏远的山寨，知识青年们震惊之余，都在议论，都在思考，他们中有的人为自己以往的所作所为脸红心跳，有的人深叹自己在"文革"初期的"革命行动"是头脑发热，有的人在思考着，为什么我偏偏看不出历史发展的轨迹。思考于人有益，思考能促使人振作，我们这一代人中的好些代表，都是在60年代末和70年代初的思考中觉醒的。

拿我自己来讲，就是通过那一段时间的思考和探索，逐渐意识到，靠豪言壮语、靠谁的恩赐来走未来的路靠不住了，必须得靠自己，脚踏实地地从偏僻山乡的崎岖小路上，一步一个脚印地往前走。也是在那个时候，我开始提起笔来学习着写一点东西，试着把自己经历过的、感受到的、经过一番思考的生活写到稿子上去。可是……

学习创作，谈何容易啊。

我们插队时的知青屋里，放下四张床，就找不到放桌子的地方了。到了晚上，没有电灯。再说，白天还得虚心接受再教育呀，劳动有多累人哪，挑粪、耙田、铲田埂、钻进煤洞挖煤拖煤，在土砖窑上当小工，背灰、打煤巴、栽秧、薅秧、收割……一天干下来，那张床有多大的吸引力啊。

这些还在其次，可以想办法克服。没有桌子，我掀起铺盖，以铺板当桌子，坐在小板凳上写。没有电灯，用墨水瓶改制个小油灯，点起来照样写。劳动累人吗，我挤一切空余时间练笔。清晨，搬条板凳，带块搓衣板，坐在后屋檐下，把搓衣板搁在膝盖上写；夜里，伙伴们睡了，我以床铺当桌子，点起小油灯写。油灯摇曳的火焰，把我的帐子熏得漆黑。我妹妹曾给我洗过一次，后来，她不愿洗了，我更顾不上了。下雨天不出工，我找一个安静处去写。赶场天，我躲在屋里写。到了农闲时节，我就起大早，到山寨外岭巅上的古庙里去写。那儿非常安静。我可以写到妹妹在山下招呼我，该吃饭了才搁笔。

我在羊肠小道上跋涉着，艰难地跋涉着。为我的这些努力和追求，我开始付出代价，牙齿在连年剧痛后一颗一颗地脱落，遇到天阴雨落，膝关节就隐隐作痛。那当然都是这段生活给我留下的纪念和烙印。但我仍在往前走、走……

第三个阶段，是1976年至1978年。这一阶段我们这代人的思想特征是急于要求兑现，要求有个归宿，是振作起来奋进。打倒"四人帮"，解放思想，拨乱反正，给我们带来了希望。落实多年老知青的政策，大学恢复高考，给我们带来了欢欣。大家在这一时期的共同想法，是把逝去了的青春追回来，是要重新从自己的脚下，迈开步子，踏出一条新的人生之路，新的追求之路。

我自然而然地想起了唐朝诗人李颀的诗句："莫见长安行乐处，空令岁月易蹉跎。"

哦，这十多年来，我们就是在蹉跎中度过的。

写一写"血统论"对我们这一代人的戕害，写一写我们这一代人走过的路，同时更希望写出我们当年那些知青各不相同的形象。可以说，这是我要写作《蹉跎岁月》的第三个原因。

呵，知识青年。

在那些年里，差不多每家每户都有知青，都受到这场运动的波及。不论走到哪儿，都能听到关于知识青年的议论。

起先说他们如何地有志气、风华正茂，开创了一代新风；跟着说他们如何的光荣，如何在乡村里大有作为，有的当了赤脚医生，有的当了记工员、会计，有的当了山乡的教师，有的当上了农技员，有的还提拔起来当了干部；接着说他们在乡村里待久了，开始变了，变得调皮捣蛋，偷鸡摸狗，坐车不掏钱，问题严重，得好好地管教。只要一提知青，人们不是唉声叹气，便是连连摇头，将他们说得一无是处，一团糟。

实实在在地说，知识青年们在乡村的生活，是复杂而又丰富、艰苦而又充满了向往色彩的。"知识青年"，这个普通得不能再普通的字眼，在 60 年代末到 70 年代的蹉跎岁月里，是我们用汗水和眼泪、期待和希冀、探索和追求充实起来的。看到这个字眼，不该只让人仅仅想起艰辛的生活，不该只让人想到留在城里的待业青年，它应该让人想到更多的一点东西。就是我们这一代知识青年，也不是完全相同的。和任何一代年轻人一样，我们中间有奋进者，有为祖国做出了杰出贡献的人，有普普通通的劳动者，有退伍者……一句话，这是整整一代人的青春，有各种各样不同的命运和遭遇。我应该把这一点写出来，告诉所有关心我们这一代知青的人。我的青春，我的追求和事业，甚而至于我的爱情，都是从那儿开始的，我有责任写。

由于这样三个主要原因，促使我要写《蹉跎岁月》这本书。长篇小说的人物、故事、情节，整本书的结构、层次、段落，我都是基于这么一个认识来酝酿的。当然啰，写作一部书，是由于多种多样的因素促成的。要在一篇短文中，把诸多因素逐一讲明白，几乎是不可能的。但正是有了这三方面的认识和理解，有了我本人近十年的知识青年生活积累，写作这么一本书的愿望才一天一天地明确起来，并且不断地像浪花般激起我的创作冲动，逼着我去思索、去实现自己的创作计划。

于是乎，我找出了一个本子，把以上的认识和想法一点一滴写下来。同时，开始我写作之前的另一准备工作，写作人物分析，给每一个主要人物作传……这已经是另一篇文章的内容了，不在此啰唆。唯一可以讲的，是写作《蹉跎岁月》的时候，我还没有工作，既没有工资，也没有人给我发粮票。那是1979年夏天，十年岁月蹉跎过去了，我个人可以说是一无所得，但是得到的似乎又比任何人都多。我手中那支笔的笔端上凝聚着写作最需要的感受和情绪，于是我写、写、写……一直写到今天，并将写一辈子。

说说《孽债》

情债难偿

还是在《孽债》出版的第二年，澳大利亚红公鸡出版社的休·安德森先生来到上海。他是个粗通汉语，能简单会话的澳洲人，见了我的书，他便问及我"孽债"这两个字，是什么意思。那时候《孽债》还没有改成电视连续剧播放，一同参加座谈的老翻译家任溶溶先生思忖片刻，用英语给他作了回答，并且对我道："这是不大好翻的。汉语丰富的含义，靠直译是很难达到那种准确性的，更别说意境了。只能解释成'难以还清的债'。"

我补充说："感情债。"

他点头，又对安德森先生用中文和英语分别说了一遍："难以还清的感情债。"

安德森先生沉吟着点头，似乎是明白了。

没几天丹麦研究中国的盖·玛雅女士来访，也曾提过这一话题。幸好已是答过一遍的老问题，我就用"难以还清的感情债"作了回答。她的汉语水平比粗通问候语的安德森先生好，能用流利的普通话和我们交谈，理解得也更快些。

在字典或辞海上，"孽债"这两个字的解释还要复杂一点。不过，"难以还清的感情债"却是比较清楚地解释了我的书名。

电视连续剧改编前以及改编定稿过程中，拍摄以及拍完播放以后，这个题目仍然被一次一次地提出来讨论，情形和当年我的长篇小说《蹉跎岁月》改编成电视剧时几乎一样。我已经有过一次经验了，于是便表了一个态：你们要怎么改都可以，但改出的题目一定要比我这个好，我才能同意。记得当年嚷嚷着要给《蹉跎岁月》改名字时，我也是用这句话回答的。

后来好像还是没有想出更好的名字。《孽债》也便用原名播出了。

正如同当年我敢于坚持用《蹉跎岁月》这个题目一样，我之所以敢于坚持用《孽债》，只因为这本书的创作，源始于我那漫长的十年半的知青生涯，源始于那段生活本身。

记得二十一年前，我接到调令，由乡间调到贵州省作家协会去当专业作家。经过十年又七个月的插队生活，山寨上已没有什么东西再值得带往省城去。况且进了省城，我没有住房，只能暂时在小招待所里栖身。故而我只将两箱书整理出来，用马车拖着去托运。十年当知青的日子，是这两箱子书陪伴着我，度过了无数个夜晚和雨天。书页都发黄了，我还舍不得丢掉。马车拖进街子，那一天正逢山乡里赶场，人很多。一个女生叫了我一声，我看着她从人堆里挤出来，一手拉着一个娃娃，另一只手挽着提篮，显然也是来赶场的，在人群中一挤，她的脸通红，因为怀着身孕，肚皮膨得高高的，她还喘吁吁的。她曾是我同一大队另一个寨子上的女知青，后来和一个相貌英俊的山寨小伙子恋爱结婚，插队期间就出嫁了。我离开寨子以后，她就是这个公社留下的最后一名上海知青。我告诉她，我要去省城里报到了。她说，已经听说了。望着她略显黯然的神情，我不由问她：你怎么办呢？她愣了一下，说：我也要走的。我点了一下头，想说愿你走成功，又想说几句安慰的话，但最终一句也没说出来。想想一起从上海来到这块土地，一共六十个人，现在走得只剩下她一个人了，说什么也是多余的。马车拐出乡场，我回过头去，望着消失在人潮中的她和孩子，不由自主地思忖着：她要走，走得了吗？眼看着她又要生第二个娃娃了，她走了，这两个孩子怎么办？如果她真走成了，两个孩子长大以后，问及自己的母亲在哪儿？又会是一个怎样的情形？

可以说长篇小说《孽债》的最初构思，该是起源于那一段生活本身。

在知识青年大返城的潮流中，在一列一列回归的火车上，我听说过几个类似这样的故事。只是，那年头城市的诱惑力是那么地强大，谁也没往深处去思考这一问题。

就是我自己，也不可能想象这些孩子将来和生身父母之间会演出什么样的悲剧和喜剧来。

但是，创作的构思往往是这样，一旦你生了心，留了神，生活本身就会不断地提醒你，催促你，撞击你。

那是 80 年代的一个夏天，我在回上海探亲时，又听说了附近弄堂里的这么一件事：一个宁波农村的中年汉子带了两个孩子，到上海来找当年的妻子。而他的妻子在回归上海分配到工作之后，早已重新嫁了人，并有了新的孩子。于是乎，一个女人、两个男人、三个孩子的故事，顿时成了弄堂新闻：有人说女人离开农村时根本没办妥正式离婚手续，谎骗男人回归上海之后还将把他和孩子接去；有人说第二个男人根本不晓得女人原先的婚史；有人说你们知道什么呀，这件事从一开头就是个骗局，说好的是假离婚，后来弄假成真了；有人说两个男人打起架来了，这个家庭热闹非凡有戏文可看……

我没去穷尽这个故事的结局。但是这件事情那么有力地撞击着我。我觉得这会是一部长篇小说的素材，我把它记了下来。连续好几天，我冲动得都想赶紧伏案写作。

但是我没有写，往往到了真想写的时候，又觉得无从落笔。几个月以后，我读到了一个短篇小说，五六千字，名字也记不得了，能记得的只是这篇小说的内容，几乎同我听到的弄堂新闻相差无几。我还特意留神了小说的结尾，作者仍没交代出这一家人究竟怎么处理了那个难缠的矛盾，只说那一家人闹得不可开交……

乍听这个故事时的震惊、生动和由此产生的联想，全没有了。读过这个小说以后，一切竟变得淡淡的了。这件事也给了我一个启示，即使是一个好的素材，贸然去写，仍然是写不好的，艺术的感染力也是出不来的。

我暂时放下了这个题材，当真正提笔写《孽债》，是几年以后的事了。

（2001 年 1 月）

神奇的西双版纳

上山下乡知识青年返城大潮中发生的一些故事，我身边的一些人和事，虽然是可以构思小说的素材，但是离《孽债》的具体酝酿，还早着哪。

几年过去了，知识青年这个字眼，在飞速发展的现实生活中，已经让人感到陈旧和麻木。

记得是80年代的中后期了，我正在读长篇小说《爱的变奏》的校样，这是我的第五本和知青有关的长篇小说。一位相熟的朋友来访，听说又是一本和知青有关的书，他忍不住说：你就不能写写别的吗？

我说是啊，我在乡下整整待了十年，现在写出了五本长篇小说，我也对得起那段生活了。这本书出版以后，我想考虑写一点别的了。

但是，当年知识青年的命运，总是牵扯着我的心。也可能正是因为我一本一本地写了些和知青有关的书，有些人也总是愿意来找我，把他们生活中真实的经历告诉我。

那是1985年夏天，有两个山乡里的中年妇女找到省城贵阳来。她们简朴得几近寒伧的衣着、她们拘谨的神态、她们的言谈举止，几乎完全是一副世代居住在山寨中的农妇模样了。不是她们开口讲上海话，很难相信她们曾经是上海知青。她们到省城来是为求一个工作，是来诉苦的。知识青年由城市到达乡村时，从来都是听农民们忆苦思甜、讲述旧社会的苦难、虔诚地接受那份再教育的。曾几何时，她们自己却向人们诉起苦来。日子，对她们来说实在是过得太艰难了。是生活，逼着她们走到今天这一步来的呀：她们全是当年嫁给村寨农民的知识青年，其中一位还是优秀知青，她当年开创一代新风，同山乡农民结婚连同接受再教育的事迹，曾经在《下乡上山》刊物上登载过。这本刊物是免费发放的，我清楚地记得，这本刊物传到我们集体户时，大家对她的事迹还足足议论了半天。现在这两个当年与山乡农民相结合的典型，一个死了丈夫，拖着三个娃崽；一个丈夫虽还健在，但拖拉着两个娃娃，身处穷乡僻壤，日子也难过。她们来到省城，只是希图通过一定的渠道，为她们呼吁一下，在当地求得一个工作。

由于省里领导同志的关注和干预，这两位上海女知青在几个月以后，终于在偏远小县城的一家工厂里落实了工作，算是得到了归宿。但是她们的形象和经历，久久地留在我的记忆中。我时常想，其他知识青年呢，有没有落到生活的底层而无人问津的呢？

回上海探亲时，有人指着某个女子的背影告诉我，她也曾是知青，当年下嫁了当地人，挣扎着回到上海老家，栖居在住房紧张的娘家，没一份像样的工作，而她的丈夫和孩子，户口进不了上海。她在上海呢，生活不检点。

在我插队的那个县里，还流传着这么一个故事：两个知青在山乡里萌生感情，生下了一个小孩，考虑到未婚生孩子，以后永远也不能抽调；再说，孩子一生下来，就面临着营养及生计，根本养不活。有好心人出面，介绍了省城里一对结婚多年不曾生育的夫妇，收养了这个孩子。而这一对知青，回到上海以后，却又各奔东西，并没结成夫妻。

一次去昆明出差，我又听说了这么一件事：在西双版纳的一条街子上，有位从北京来旅游的中年女子，始终在屋檐下徘徊，嘴里喃喃自语着失悔和懊恼一类的话语。原来这女子是当初来版纳的北京知青，回城时离了婚，遗下一个孩子给自己的前夫抚养。她走得很轻松，回归北京之后落实了工作且很快有了新家。世间的事情有时经常阴差阳错，二度婚姻之后她再没生育。随着时间的流逝她越来越思念遗留在西双版纳和前夫生的儿子。终于她征得现在丈夫的同意，赶到版纳找儿子。她记得版纳的山，版纳的水，版纳的道路，她恰恰忘记了这里的农民世代都有迁居的习俗，她照着知青岁月记忆中的地址寻去，再没找到她渴念的儿子。于是乎她便有些失态地踟蹰在赶场的街子上，逢到人询问，便讲她那失悔的心情和颇为曲折的经历……

这件事传到我耳里已经多人转述，但听来仍让人悲伤，吸引我的不仅仅只是这个故事，而是这个故事提供的地域：西双版纳。哦，这是一块多么美妙无比的土地！那里的风情习俗和上海相比，简直判若两个世界。

上海是海洋性气候，西双版纳是旱湿两季的山地气候；上海众多的人口和拥挤的住房是世界上出了名的，而西双版纳的家家户户都有一幢宽敞的庭院围抱的干栏式竹楼；上海有那么多的高楼和狭窄的弄堂，而西双版纳满目看到的是青的山、绿的水；上海号称东方的大都市，而西双版纳系沙漠带上的绿洲，是一块没有冬天的乐土，既被称为"山国"里的平原，又被形容为孔雀之乡、大象之国，它有那么多的神秘莫测的自然保护区和独特珍贵的热带雨林；上海开埠一百五十年的历史，孕育了海纳百川的上海人，而西双版纳由偏远蛮荒、瘴疬之区演变为世界闻名的旅游胜地的百年史，更富传奇色彩；上海人被人议论成精明而不高明、聪明而不豁达，而西双版纳的傣族兄弟姐妹，谦和、热情、纤柔、美丽，无论是在电影里和生活中，他们的形象都给人遐思无尽……对比太强烈了，反差太大了。而恰巧傣族婚俗中的结婚、离婚手续比较简单，恰巧当年的知青和傣族女子由于差别的巨大而更为相互吸引，在插队岁月中有过恋情、爱情和婚姻的双方，到了大返城时知青的离异也就更多一些。

在昆明的那个夜晚我失眠了，我想了很多很多，这些年里听说的知青情变故事，一一浮上心头。最初的构思逐渐在我心头萌动着，一些人物开始浮出水面，一些矛盾慢慢成型，这全都是西双版纳这块神奇的土地带给我的。直到今天我还和西双版纳保持着联系，2000 年的夏秋之交，版纳州人民政府授予我"西双版纳傣族自治州荣誉村民"，说我的创作对西双版纳州经济社会的发展做出了贡献。殊不知，《孽债》的创作本身，也从西双版纳这块土地上汲取了很多的养料。说着说着似乎离题了，至于《孽债》具体的艺术构思，我想在下一篇文字中接着谈。

（2001 年 2 月）

《孽债》最初的"单线条"

这是一个取单线发展的故事。

从一开始，我只想将这一题材写成线型结构的长篇小说，并且可以写得一点儿也不拖泥带水。

可能是因为我长期生活在贵州，接触过包括苗族、布依族、水族、侗族、彝族在内的众多少数民族；尤其是在民族节日期间，少数民族的姑娘们穿上精心缝制的服装，戴上头饰，去街子、花场上跳芦笙、赶街的时候，我常常会突发奇想，要是这么一个纯情朴素的姑娘，走进上海市民拥塞的弄堂，走进一个平静的三口之家，会是怎么一个情景？

也许是多次这么想过，到构思《孽债》的时候，我首先想到的是像美霞这样俏丽的一个小姑娘，到上海来寻找她的生身父亲的情节。

这是长篇小说的"核"。

所有的亮点都随着这一个"核"在闪烁，在跃动。

以后所有的故事和情节的展开，都随着这一个"核"在转动。

有了这一点想象，其余的人物和故事都像插上了翅膀，能够腾跃起来，能够飞起来。

小姑娘到上海，寻找的是一个什么样的父亲呢？

是沈若尘这样的父亲。他曾经在版纳待过，和美霞的妈妈有过恋情，有过婚姻，有过一段难以忘怀的过去。也正因为此，才有了美霞。他现在是一个中年知识分子，是一位杂志社能干的编辑。为什么恰恰是编辑职业而不是其他职业呢？原因只有一个，我对这个职业的工作很熟悉。当作家之前，当了作家之后，我一直在与各个年龄层次的编辑打交道。整个80年代的后半期，我也一直在《山花》文学杂志社出任主编，和各式各样的编辑们共事。只是我安排沈若尘当的是一本社会型杂志的编辑，这样便于"他"更多地和社会各方面的人士接触和打交道，为的是在行文时更加自如一些。长篇小说的写作总是这样，不可能构思得面面俱到，写着、写着，会有很多原先想象不到的东西冒出来，把自己笔下的人物框得太死，限制得太紧，反而会束缚了手脚。《孽债》已经是我的第 21 本长篇小说了，不敢说有多少经验，失败的教训我是有一些的。有了美霞，有了父亲沈若尘，必须还得给沈若尘像所有的正常中年男子一样，安排一个家。也就是说，他回上海以后，又结了婚，有了一个儿子，宝贝儿子。于是就有了梅云清和儿子焰焰（电视剧中为叫起来爽口改成了"扬扬"）。

在产生最初构思的同时，我就想过，我要把故事各方的人物，都写成是社会上的好人，或者说是正常人。决不把一些不好的习性和脾气安在某个我不喜欢的人物身上。"好人"和"坏人"是我们这一代人从小看电影时就养成的欣赏习惯。社会上确实是有好人和坏人，那些罪犯甚至是很坏的坏人。但在文学作品中，读者更希望读到的是具体的人，活生生的人。简单地说，即使是写好人和坏人，也得写出他为何好，或是为何坏。

设想梅云清的时候，我就想象她是上海滩上聪明能干的、勤俭持家的、美丽善良的但又是有着自己喜怒哀乐的现代女性。她不是十全十美的，小说的第五章我写到她失身于始终痴痴地爱着她的李爽，这是我产生构思的时候就预见到会发生的事（电视剧中为了人物的完美和观众的认同没让她和李爽走到这一步）。即使这样，她还是一个好妻子。焰焰就是我们最常见到的独生子女。

来自远方的、自小在西双版纳长大的美霞，要走进的就是这样一个三口之家。她要和他们朝夕相处，一起吃饭，一起入睡，一起打发长长的一段日子。她的出现是一个引子，也是故事的全部。她是一个导火索，更是一颗炸弹。

就是炸弹。在想象美霞走进生身父亲的家时，我脑子里最清晰的一个概念，就是要让美霞的出现，像在家中扔了一颗炸弹。这颗炸弹在冒烟，在咝咝发响，随时都要爆炸。可它就是不炸。

人在这样的尴尬面前，自己的本性就会展露无遗。焰焰的反应当然是最直接、最不会掩饰的。他也不需要掩饰，但他本能地意识到，美霞是他厌恶的对象，他恨美霞，美霞的出现会夺去他的父爱，这就是人，尽管他还是个孩子，梅云清比儿子复杂得多，但她还是接受不了这样的事实。问题是接受不了她也得接受，除非她不要这个家。这样的矛盾放在一个人物面前，这个人物必然会引起读者的兴趣，像很多自视甚高一帆风顺的女性一样，梅云清同样追求她的那一份完美。很多日子以来，她认为自己是追求到了，结果不是这样！她怎能不伤心，怎能不失望！她只有更进一步地认识世界，认识"人"本身，她才能越过人生的这一沟坎。而沈若尘面对一个叫他"阿爸"的美丽女孩，面对一个他过去爱情的结晶，能做些什么呢？他只能无奈地、疲于奔命地、顾此失彼地尽可能地维持他不能放弃的亲情，他爱妻子，爱儿子，他也爱女儿，但要把这几种爱融合在一起是有冲突的……小说和电视剧问世之后，有人说，只有上海男人会这样处理。我倒要反问一声，豪气十足的男人该怎么面对这一切？你请指教。

有人问，怎么让你想出美霞这么个小女孩来的？你怎么把握这么个孩子的心理？原因又得讲到我插队那段生活。在山寨，我教过很多山乡里的男孩、女孩，天天和他们生活在一起。许多孩子，汉族的或是少数民族的孩子，从小生活在大山的怀抱里，使得他们非常渴望了解大山外面的世界。高兴的时候，他们会睁大一对喜悦的眼睛；痛苦的时候，他们会睁大一对噙着热泪的眼睛；震惊的时候，疑讶的时候，恐惧的时候……他们最常有的表现，就是睁大着一对眼睛望着你。美霞是我想象出来的傣族姑娘，美霞又是我心目中许许多多山乡孩子的综合。另一个原因是，当我写作《孽债》的时候，我本人正调动回上海。我的孩子那年才十岁，我时常观察自小随我在山乡里长大的叶田，对上海这个大都市的反应。那些日子我常常和他交谈，希望他能较快地融入上海这座城市的节奏。我发现他对上海有着很多误解，他对山乡有着自己的一份怀念，他要在身心上进入上海得有一个过程。我和他妈妈都是上海人，我们自小在上海长大，孩子也能讲一口流利的上海话，但都需要时间慢慢融进上海，别说像美霞这样的少数民族孩子了。

对了，小说就得从美霞进入上海写起，她为什么要来上海，她到了上海之后各式人等的反应，她自己是如何面对着种种压力生存下来的，我要她的到来搅得所有的人为之心动，我要她生病，要她失踪，要她在上海出一点事故……想象使得我时时处于亢奋状态，恨不得拿起笔来直接进入写作。但是，再进一步想象下去，我发现了取单线条发展的不足，有许多我想表现的东西无法表现，作为一部长篇小说，人物关系也会稍嫌单调。特别是一部长篇小说，反映当代题材的长篇小说，社会面过于狭窄，也会给人以"杯水风波"之感。我该怎么办呢？

《孽债》的构思进入了停顿阶段。

（2001 年 3 月）

《孽债》出炉前

但是《孽债》的构思并没停顿很久。

天天想着这部作品，我很快找到了构思上的突破点。

在《孽债》之前，我写下了五部知识青年题材的长篇小说。在每一部书里，我都有一组对应性的人物。由这一组对应性的人物，把其他所有的人物带动起来。

《我们这一代年轻人》中的程旭和慕蓉支是这样的人物。

《风凛冽》中的叶铭和高艳茹，同样起着作品骨架的作用。

《蹉跎岁月》中的柯碧舟和杜见春，也是贯穿全书的男女主人翁。

隔开几年后写下的《爱的变奏》中，我干脆以矫楠和宗玉苏一对男女主角的不同视野，来展开叙述。

《在醒来的土地上》里的严欣和郑璇，也是这么一组相互对应的人物。

《孽债》如果仅仅只把沈若尘和美霞父女对应着来写，显然过于单薄了。

知识青年们已经回归到都市，他们作为一个群体，已经不复存在。他们已不像在乡间和农场一样，共同在集体户、知青点和农场宿舍里居住。回到大中城市之后，他们已经融入社会的各个层面，在70年代末、80年代初的大返城后，他们重新在都市社会的起跑线上，开始新的人生和追求。

可能正是因为我写下了前面所说的五部知识青年题材的长篇小说，我经常收到来自全国各地的知识青年们的来信。这些信多得我不可能一一作答，他们在书信中对我的作品或是作品中的人物评头论足，他们给我讲述天南海北的插队知青们的故事，特别是悲剧；他们时常在书信中宣称要将自己经历过的真实的人生故事和体验告诉后代，他们认为这是 20 世纪即将进入 21 世纪最好的馈赠；他们说我们命中注定要遭遇这样的时代，我们有责任把这一时代的真实记录下来；他们觉得在这一过程中寻找人性，寻找良知，就是寻找我们这一代人自己。不论他们在书信中说什么，最后他们都会向我提出要求，希望我写一写知识青年们回归都市之后的生活。说回城之后的生活同样精彩，同样有感人肺腑、催人泪下的篇章，同样有着这个时代的生活原生相。

　　读着这些来信，我时常为之感动，为之陷入沉思。当了作家之后，走南到北，出差开会时，也会时常遇见当过知识青年的新朋友。甚至在某个外事场合，某个专业性甚强的学术会议上，也会有人悄悄告诉我，他曾经下过乡，他也是在内蒙古大草原放过羊的。会后余暇，往往就会有人找到客房来，讲一讲对于那段生活的感悟及与今天生活的关系。

　　不断地感受来自这些同时代人的信息，我心底深处时时涌动着表现他们今天生活的愿望。构思《孽债》的时候，我逐渐明白，仅仅写好沈若尘与美霞的关系，不能充分展示知识青年们回归上海后的生活，也不能充分地展示今天的上海。

　　要想充分地表达我对上海这个城市的感受，要想写一写不同个性、不同命运的知识青年回到上海以后的遭遇，最简单的办法就是增加人物，增加我要描绘的家庭。想明白了这一点，我起先只想增加两个和沈若尘有关系、有联系的知青家庭。但是构想下来，仍觉得意犹未尽，觉得不过瘾。

80年代末、90年代初中国的城市生活，比起十年二十年之前的生活，已经大不相同。而且城市的生活形态，正在并且即将发生更大的变化。这种变化影响着当代人的价值观、伦理观和人生观。社会生活的氛围变了，粮票、肉票、蛋票、油票从我们的生活中正在消失，而新的东西包括感情领域，正在产生更多的令人惊讶也令人困惑的东西。

沧海桑田，文思更应神远。于是我下了决心，来写作五个上海八九十年代不同层次的家庭。这些家庭的主人，都曾经当过知青，都有过一段难以忘怀的往事。而今天，他们却又在上海，代表着不同的生活层次和阶层。无情的岁月和时间已把当年还是互为平等的知识青年们拉开了距离。由于所处社会地位的不同，对于找上门来的孩子，自己亲生的骨肉，他们的态度也必然是不同的。这么一想，创作的视野顿时豁然开朗，很多人物和故事涌上心头。他们联系着西双版纳的昨天和今天，他们也联系着上海这座城市的昨天和今天。而在昨天与今天之间，展示的是一代知青的感情经历。对于我这个作家而言，格外有利的也许正是这一点，我曾在西南山乡生活了二十一年，除了自己的生活体验，我还因写作的关系潜心入神地研究过西南各少数民族的历史、变迁、差别和他们独特的风俗。同时我毕竟出生在上海，在这个城市整整生活了十九年，以后又因出差、开会、改稿不时地回归故里，兴味浓郁地以一个游子的目光和作家的目光，见到了上海那些年里的变化。于是乎新的构思形成了，新的人物呼之欲出，而当把这些人物放在西双版纳和上海的各个层次上展现时，多少艺术的亮点闪烁起来。

前面我提到"下了决心"四个字。在形成构思的时候，我为什么要下决心呢？

原因是极为简单的。那就是在没写之前，我已经看出了这一构思的缺陷，尽管成千上万上山下乡的知识青年中有过类似的故事，尽管有的故事本身还要悲惨，但是五个来自云南西双版纳的孩子，约好了一同到上海来寻找他们的生身父母，这样的故事是不存在的，这样的巧合在现实生活中也是不可能有的。她只能产生在我的构思之中，只能发生在我的小说里。

这只是虚构。

既然知道这一点，我为什么还要下决心这样构思呢？

原因只有一个，那就是这样的构思来自于生活的真实，尽管生活中不可能会发生相同的事，但是这样写出来，读者是会认同的，这恐怕也在间接地回答了艺术真实和生活的真实之间的关系吧。

构思已经形成，我按捺不住创作的激情，开始写作这一部新的长篇小说。

（2001 年 4 月）

《孽债》和老谢

提笔写作《孽债》这一本书的时候，正逢我面临着奉调回上海作协工作。谁都知道，调动和搬迁带来的是多少烦琐不尽的具体事儿，我整个人都处在生活、工作、环境、人际关系的变动和适应之中。但我还是分两次将这本书写出来了。写作这本书的时候，我的孩子10岁了。他是在山乡里出生、在省城里长大的。那里有山有水有河流，有他的小伙伴和习以为常了的一切。他对我们执意要回归是不理解的，当然我们在省城的生活条件比较优越，他曾经几次闹过情绪。他不止一次地问过我：为什么非要回到上海去？我为了说服他还真伤了不少脑筋。但是伤这些脑筋是值得的，在写作《孽债》时我也面临着那些到上海寻找生身父母的孩子要问出的同样的问题。这个问题答不好，小说就无法感人。幸好我有了一些深切的体验，在写到这样的感情领域时，我把握住了小说。另一个题目是当年那些知识青年们今天怎么样了？他们回归了城市之后，今天已散布在社会的各个阶层，而今天的社会各个阶层，已经令人眼花缭乱地推出了一系列新的人物、新的价值伦理观念、新的交际领域、新的感情生活。无情的岁月和时间本身已把当年互为平等的知识青年们拉开了距离。我在写作他们的今天时，必须把这个题目做好。做不好这个题目，那么很可能将把这部小说写成个陈旧的伦理故事：没有历史的纵深感、没有宽广的社会面、没有时代气息。

我做到了吗？

小说上半部分刚刚在上海的《小说界》杂志上发表一两个月时间，亲朋好友们都关切地询问那几个跑来上海找父母的娃娃的遭遇怎么样了。在为赈灾签名售书的那天，人头攒动的读者中冒出一张脸来郑重其事地询问我书中的一个孩子到底有没有人收养。甚至一些同样在搞创作的同行也问"那些孩子后来将怎么生活？"仿佛我构思的这些娃娃真存在似的。最为令人惊奇的是1991年9月17日的《新民晚报》上刊出了一篇真实的通讯报道

《孩儿找妈泪花流》，写的是一个北方少数民族的男孩到上海寻找父母的真实事件。我的一位同学给我打来电话说："真稀奇……"

那么，《孽债》这一部书，为什么上、下两部分，会隔开一年多的时间，才在《小说界》杂志发表的呢？只因为这部书的上半部分，我是在贵州写成的。而下半部分，则是我在调回上海一年半之后，才写出来的。

那是1990年的春天，在我获知贵州方面已同意调动，手续正在办理之中时，我趁着贵州的工作已经交代出去，而人还没回到上海的这一段空隙时间，起笔写作《孽债》。稿子带到上海，怎么会在下半部分还没写出的情况下，先发表出来了呢？这就不能不提到老谢了。

我重又回到上海，在作家协会工作。上班没几天，老谢就来看我，问我写了什么新作没有？

我告诉他，刚上班，事情多，对上海作协很不熟悉，况且生活还没安定下来，妻儿在岳母家住，我住在自己母亲身边，没时间写东西。他又问我，回来之前写了一些什么？他是我的老师，我就据实相告，我写了一部叫《孽债》的长篇小说，但是只写到一半，拿不出手的。

他说："我看看。"

稿子就放在我办公室的抽屉里。我取出来交给他。

三天以后，他打来电话说："稿子可以用。先以中篇小说的样式发表。后面的写出来，再注明是长篇。"

过程就是这么简单。《孽债》在没写完全篇的情况下发表出来，第一功是老谢的。也正因为发表了上半部分，有了一定的社会影响，才督促着我，尽快地把下半部分写出来。

（2001 年 5 月）

《孽债》和另一位责编

1992 年早春，我赴京参加七届四次全国人代会。会议期间，《人民文学》的老编辑王扶来看我，并向我约稿。我告诉她，近期没有写出中、短篇小说。她即问我，那么你在写什么长篇小说。我心想她是杂志编辑（后任《人民文学》副主编），不会要长篇，于是便坦然相告，我在写作一部叫《孽债》的长篇小说。刚完成上半部分，正在考虑下半部分的创作。

这本书写些什么？她完全是用聊天的口吻问我。

我三言两语把《孽债》的故事讲了。

不料她郑重其事地向我约这部书稿，同时说明，她是受江苏文艺出版社委托，代他们约的，希望我不要推诿。

我和王扶是老朋友了，早在新时期文学蓬蓬勃勃发展的 1978—1979 年，就在北京相识。在贵州工作时，只要她从北京到贵州来组稿，她总还专程来我家或我工作的编辑部坐一坐。她如此认真为他人作嫁衣，使我感动。回上海以后，我就把先在《小说界》杂志发表的《孽债》上半部分寄了过去，大约一个月以后，我接到过她的一个电话。她说这本书是一定要出的，她已把杂志给江苏文艺出版社寄去，希望我把写完的《孽债》下半部分，尽快复印出来。

没多久，我上班的作协办公室走进一位年长我几岁的中年人。他说他姓周，叫周鸿铸，是江苏文艺出版社的编辑，专程出差来上海，取《孽债》下半部分的书稿。

初次相识，我对他说，上半部分我是寄给北京的王扶的，她也催过我，但她没说要把稿子直接交你。

他说读完上半部分，社里已决定尽快出书，故而特派他前来上海，不要把稿子再寄来寄去了。

我想这也很有道理，但作为朋友，我总得给王扶打个招呼。

于是就在办公室给北京打电话。中午时分，第三个电话打过去，总算在家里把王扶找到了。她很爽快，一口答应让我把稿子交给老周。

周鸿铸拿了书稿，一点也没耽搁，匆匆就赶回南京去了。

一个多星期之后，他给我来了信，说书稿他已全部读完，这是一部好稿子，相信社里的领导也都会这么认为，待他们看完，他就会把出书合同什么的，一起给我寄来。让我吃惊的是，他以十分肯定的语气写道：这本书出版以后，一定会有影响，并且不是在这里，就是在那里会获奖。

我想这话我自己是不敢说的。但我仍十分高兴他能对我的书稿说这样的话。

从这以后，我就和《孽债》单行本的责任编辑开始了正式的交往。

屈指算来，《孽债》是我正式出版的第三十本书了。每本书有一个责任编辑，我和老老少少、男男女女的各种性格的责任编辑，都打过不少交道了。

以后的一段时间里，《孽债》在编辑、发排、设计封面、校对的过程中，我不断地收到老周来信或是来电。每次有信息传来，他都是极为细微地告知我这本书在出版过程中的进度。进而就针对我书稿中写到的西南风情，生僻的字眼，以及口语作进一步的探讨。让我深为感动的是，有时候为了一字或字眼，他会翻查几种字典和辞典，然后在电话里一一把几种解释讲给我听，最后和我商量着，确定该用哪一个词。当书稿制版印刷时，他对我说，他敢保证这本书是不会有一丁点差错的。我想如果他没有为书稿付出大量的心血，是决不会这么说的。几年以后，《孽债》出现了大量的盗版本，里面错别字连篇，标点符号乱点，老周气得话都讲不出来，一再地说，抓到了盗版者一定要绳之以法，绳之以法。那年南京判决了一个盗版者，他高兴地把刊有审判盗版者的报纸给我寄了来。

《孽债》要正式印刷了，初版印数是二万册。在1992年长篇小说印数处于低迷时期，有这样的征订数已经不错了。他却在电话里给我说，远远不够，不够。过了半年，果然又印了一万册……

读者诸君可以看出，在频繁的书信往来和电话交谈中，我们已经逐渐地熟悉起来。1994年秋天，当他得知我在写作一部新的长篇小说《眩目的云彩》时，几次打来电话，让我继续把书稿交给他，而且他说，在出版之际，他们会为之宣传，第二年秋，《眩目的云彩》在"十一"前夕推出了，第一次就印了五万册。

由于整整地当了十年知青，根据知青生涯的深切体验和亲历，我写下了六部和知识青年有关的长篇小说。我很想把这六部书集中起来，统一格式、统一装帧设计推出。当我把这一想法和几个出版社商谈时，几家出版社都怕旧作重印，销路不佳，造成谁都不愿看到的亏损。而当我把这一想法给老周说时，他从一开始就表示积极支持，但他又说也得从实际出发，了解一下市场的情况。经他和社里同志商量，并作了预测以后，修订了我的想法，先出版三部改编为电视剧并有广泛影响的代表作。于是乎，《蹉跎岁月》《家教》《孽债》三部书，作为"叶辛代表作系列"推出。1994年秋天书稿发排，1995年春季书印出来时，恰逢《孽债》电视连续剧在全国各地播出并引起轰动，代表作系列三卷本一印再印，共印出六万套，仍供不应求。这一次，老周又不失时机地代表出版社主动给我打来电话，说由于《孽债》的轰动效应，书印出20多万册，三卷本又取得成功，经他和社里领导商定，决定给我出版10卷本的《叶辛文集》。

这消息于我无疑是天大的喜讯。一个作家，还有比出版10卷本的文集更高兴的事吗？

于是我专程去了一趟南京，和出版社签订了出版《叶辛文集》的合同，和老周一卷一卷地拟订了文集的具体内容。回上海以后的那些天里，我天天夜里重读和修订近二十年来陆陆续续出版的那些作品，从近30本书稿中编选出一套文集来。白天要上班，晚上常常工作到下半夜，连续几个月时间，我自己都奇怪身体竟然也挺过来了。

一年之后，10卷本的《叶辛文集》印了1.3万套，正式出版了。除了大众化的平装本，还印了精装本，红、白两色的豪华珍藏本。凡是看到书的人，都说这书出得精美漂亮。老周告诉我，为了保证书的质量，他除了自己埋头校改、跑印刷厂、叮嘱美编之外，还发动自己的老伴老杨同志（也是一位编辑），和他一道来看校样。两双眼睛校改，总比一双眼睛更为细致罢。

老周不但是一位认真负责、充满责任感的编辑，还是一位热心于学习，孜孜不倦的知识分子。他年纪比我大，但却比我早学会了电脑。还把他初识电脑以后打印得十分漂亮的书信、合同文本及他业余写作的小说，寄给我看。鼓励我也尽快地掌握这一新的表达方式。

由于《孽债》的轰动效应，出版社发行科应各地新华书店的邀请，安排我去往全国各地大中城市与读者见面并签名售书有十几次。几乎每次都是通过老周和我商量，并作出安排。只要他工作上安排得开，他也总是陪同我前往。事前和书店的同志一起布置店堂，叮嘱他们该注意的事项和安全措施。签书过程中他则不时充当摄影师拍照，接受记者的采访，帮助维持秩序，征求读者对书籍的意见。同时他也做一个有心人，记下很多感人的瞬间。回南京以后，写下一篇又一篇见闻和随想，受到读者的欢迎。

对于我来说，1995年春天的北京、徐州、无锡之旅，盛夏时节的大连、沈阳、常州之旅，都是难以忘怀的美好的回忆。一晃，我们之间交往已有整整十年，1998年早春，他又编出了我的两部书《烦恼婚姻》和《风云际会宋耀如》。不知不觉间，老周成了90年代和我关系最为密切的一个责任编辑。随着年龄的增长，老周也会像很多老同志一样，离开他热爱的编辑岗位，退休养老。就让我这篇短文，作为对我们之间交往和友谊的一个见证和纪念罢。

愿天下的作家们都能像我一样遇到周鸿铸这样的好编辑。

（2001年6月）

《孽债》的电视剧本改编

还是我在贵阳刚提笔写作《孽债》时，云南电视台派了一位叫杨凯的编导专程出差来贵州，找到我，询问我正在写什么东西。

杨凯到我家时，已近中午，我们聊了一会儿，我招呼他就在家里吃饭。他见我妻子饭桌上准备了好几个菜肴，却执意再三推托，不愿坐下来吃。在我们的一再招呼之下，他才不好意思地道出了实情，说他正在拉肚子，一点也吃不下。希望我们给他下一碗光面条，不要有油水，有一点葱花和菜叶子就行了。

正是这一细节，深深打动了我。我想他生着病，还坐夜车到贵阳来组稿，很不容易。于是我便表示，一旦小说发表出来，一定首先给云南电视台选择。

杨凯回到昆明，不久就写了信来，说把我正在写的《孽债》向孙副台长作了汇报，孙副台长表示，这个小说发表出来，我们就请叶辛改成本子拍摄。

我进入剧本的改编。

他还没读过小说，就对我寄予这么大的信任，也感动了我。

所以，在小说全文发表以后，我首先把作品寄给了他们。在得到他们的确切答复之后，我就一头进入了剧本的改编。

在决定改编剧本时，我已回到了上海。为了使得改编更有把握，我去了一趟西双版纳。在澜沧江畔的傣族寨子里，逗留了半个月时间，捕捉当年知识青年们生活的足迹，感受今天西南边陲的风貌，和至今还留在这块土地上的北京、上海、昆明、成都知青们聊天。这些老知青中，就有已在大返城时回到出生的城市，后来又因牵挂尚留在版纳的妻儿，重又二度来到这里的。通过这次旅行，对于展现连接昨天和今天的这块风光如画的土地，以及在这块土地上发生的故事，我心中更有底了，笔下也更有把握了。把握度还不十分大的，恰恰是目前生活于其中的变化中的大上海。上海太大了，那么多的文学作品和影视作品天天在展现她、挖掘她的方方面面，稍有点新鲜的东西或是新玩意儿，很快就被人写出来了。似乎很难找到更新的东西。

作为我这个从西南山乡刚刚回归不久的上海人，又该怎么准确地表现当代上海的蓬勃生机和实实在在的当代上海人呢？

改编之前，我细细地把小说回味了又回味。

严格地说来，长篇小说和电视连续剧是完全不同的两种艺术样式。小说是语言的艺术，而电视剧则是视听艺术。小说是提供给人阅读和想象的，而电视剧则是直接把画面和声音推到观众的面前。两者的表现形式不同，但有一点是共同的，都需要真挚的感情。

真挚的感情不需要煽情。煽情这个字眼是港台传过来的，一下子就在我们的报刊上泛滥成灾了。火不旺，才需要煽；感情不真，才需要煽。导演、演员们拼命煽出来的情，那只能是嘻嘻哈哈、叽叽喳喳、哭哭啼啼、嘶声拉气，因此也注定了大多数港台片只能停留在那么个档次上。

《孽债》不是我本身的生活体验，我当过长达十年又七个月的知青，我在西南山乡整整生活了二十一年，但我没有《孽债》这本书里写到的那些感情经历。当艺术的构思初步形成的时候，所有的故事都是凭借着我往常的生活积累而想象出来的。想象在创作中具有其难以言说的魔力。这一想象的魔力全部基于一点：如果我处于故事中人物这样的境地，如果我遇到了这样的事，我本能的反应将是怎么样的，我理智的反应会是怎么样的，我周围那些好友、同事、邻居们会怎么看待和议论这件事？在写小说的时候，我心里就是清楚的，要通过五个外来孩子的目光，展现今日上海各个社会阶层的形形色色，各个不同生活背景的今天的上海人形象。但小说的上半部分，是我在贵州写成的。那时我主要依靠的是往日的记忆和合理的联想。属于艺术的想象部分占大多数。在改编剧本时，我对天天置身于其中的大上海，倍添了许许多多的感性认识。如果仅仅只是一般化肤浅地描绘当代上海人公共汽车的窘迫，自行车汇成的洪流的壮观，楼群的耸立，霓虹灯的多彩，或者说是住房的逼仄——那仿佛也是现实，但绝对打动不了人。这样的镜头我们在各种各样的影视片中看得太多太多了。

要挖掘当代上海人真实的心灵世界，要展现真正的当代上海人的风采，除了纵情讴歌，除了大开大合的方式之外，还应该有一种曲径通幽的方式，那就是从良知、从亲情这么一种人类所共有的细缕但又强烈的感情关系中去展示。当五个寻亲的外来孩子走进一个个陌生的又是有着血缘关系的家庭里时，情与理、情与法、情与爱、情与恨、情与忌等一系列令人怦然心动的场面就在父与女、母与子、过去的夫妇和今日的夫妻之间展开了。这是多么动人的一幕幕戏啊！于是乎，所有那些艺术的光点就这样闪亮起来，连缀成篇，成了一本书。在进入改编的时候，我还得盯住这么一个找准了的角度，往深处开掘。同时我应根据电视艺术有世俗一面的特点，尽可能为广大的观众着想，为那些老太太或者说是小孩子也能一看就懂着想，删去横生出去的枝蔓，然后把小说语言描绘感情的部分，相对地集中到上海人大都熟悉的家庭场景和画面上，提供给导演、演员们，让他们在二度创作的时候有充分的施展余地。

在我们人人都在打发的那一份日子里，在我们人人都在经历的平平常常的生活中，父与子，母与女以及夫妻之间，天天都有着浓浓的，或是淡淡的感情的抒发。那是很实在的关系，那也是很实在的几乎是可以触摸的感情。当在这样简单明了的亲族关系中突然掺进了个活生生的原先你不知道的前夫或是前妻生的孩子，你会怎么样呢？你的心灵里，你的感情中，会有些什么反应，会产生些什么样的波动，会做出些什么反常的行为呢？人的高尚和卑下，人的坦然磊落和自私忌恨，人的委曲求全和自暴自弃，都会是瞬间或是压抑得过久而爆发出来——这一切的一切，就都是真挚的感情的基础。

从真挚的感情出发，描绘了人性的深度。那么，这感情里自会蕴藏有深厚的社会和历史的内涵。我想这一点就不用我来多啰唆了。

我就是以这么一条主线来改编电视剧本的。

该补充一句的是，尽管电视剧本最早是给云南电视台的，但阴差阳错，后来由于这样那样的原因，云南电视台并没接拍，我只得把剧本交给了上海电视台拍摄。

（2001 年 7 月）

《孽债》播出前后

20集的电视连续剧《孽债》，是在1994年的初冬拍摄完成的。我改编完成的文学剧本，是23集。而黄蜀芹导演的电视连续剧，则拍成了20集。她压缩的三集戏，主要是我的回叙性文字。在我，这是顺理成章的事。我必须要交代今天的这些孩子究竟是怎么来的。在长篇小说中，这些描绘占去了约五分之一的篇幅。在改编本子时，我适当地保留了这些内容，诸如沈美霞和梁思凡是沈若尘、梁曼诚与傣族女子爱情的结晶，而盛天华则是俞乐吟苦涩婚姻的结果等等。黄导则觉得，一进戏以后，观众更加关心的，是这五个孩子今天的命运。不断地回忆，会分散戏路。再说拍摄的经费也不允许整个剧组的大队人马在西双版纳滞留，那样开支太大。在这一点上，黄导的取舍显然是对的。电视剧播出以后，在众多的议论中，谁也不曾问及，这些孩子当时是怎么来的。看来我是过虑了。

记得样片是在1994年的12月里看的，与会的记者们在挨近肇嘉浜路的一家餐馆里整整待了两天，他们把原定三天的看片会缩短成了两天，一口气把20集戏完整地看完。我去听意见的时候，记者们纷纷说，很久没见上海有这么好的电视剧了，他们很感动，不少人掉下了眼泪，报纸上说他们哭湿了手绢。

1995年的元月，《孽债》开始播出，从那以后，整整半年时间里，全国各地的报刊上，刊登了数百篇报道和评价《孽债》的文章。强烈的反响波及全国，仅我自己搜集到的评论，有200余篇。现在读一下当时来自各地的反映，也是颇有意味的。

黑龙江人在报纸上开辟了专栏"从《孽债》看到了什么?"是这么说的:

我想不到《孽债》竟如此动人! 作为一个老知青,《孽债》里所反映的生活是再熟悉不过的,经历了返城大潮的知青,他们回城后的生活状况怎样? 这已有不少作品来反映了,不外是富起来的贵起来的,沉沦的挣扎的,成就赫然的和平平淡淡的,偶尔也有"超凡脱俗"的,可是没有一部作品像《孽债》那样,从一个独特而又最为真实的最为具象的视角,淋漓尽致地反映了现今知青们的真实状况,而且它把 20 多年前的知青生涯和当下的现实,浑然天成地扭结在一起,并且揭示出当下的状况是怎样地由过去发展而来的! 我觉得这一点是特别有意义的,别的作家都没做到,可是叶辛的《孽债》做到了! 这无疑是创作深化的一个标志。

这部作品一扫过去伤痕文学的矫饰、自艾自怜等弊病,它不张扬不呻吟,它以五个被遗弃的知青孩子进城找爸爸妈妈为出发点和切入点,显得别开生面,也把知青题材的创作引向了一个新的层面。《孽债》在手法上是从一个侧面来写的,既机巧,又新颖,还比许多正面写回城知青的作品要深入得多。

当年的知青,不论他们现在的社会地位如何,他们无一例外地人到中年,他们上要承担老的,下要抚养小的,而且被时代耽误了整整 10 年。一句话,他们比别人更艰难!《孽债》匠心独具地让你去咀嚼这份苦与难。

《深圳作家报》以"从广阔天地到现代都市"为题,评价道:
近来,因为一部电视连续剧,一股后知青文艺热迅即挑起一个遥远的话题。知青，作为特定历史时期一个特殊的社会群体，已经在 20 世纪的中国历史上镌刻了太多的荒谬和悲怆。虽然昔日热血融化着幼稚的知识青年如今已人到中年，但关于他们的话题，以他们为主人公的文艺作品正越来越多地出现在我们身边。

电视剧《孽债》引起的热烈反响，以及以老三届为主题的音乐会、专题片、回忆录等文艺作品的不断涌现，我们发现又一次的"知青热潮"正在悄然涌动。当然，90 年代的"知青热潮"有许多不同于以往的内容和品质。从内容上讲，上一次"知青热潮"是以文学为传播媒体的，《蹉跎岁月》《今夜有暴风雪》等小说风靡一时，然后才有人琢磨着把它们改编为电视剧。十几年过后，再度的"知青热潮"却要靠电视这种现代化的传播媒体才能完成轰动效应的制造。还是那个写《蹉跎岁月》的叶辛，写出了《孽债》，小说出版并依此拍成电视剧，引起广泛关注，文学作品也由此变成印数几十万的畅销书。

一代知识青年在《孽债》中面对的是新的难题，他们如何处理事业与家庭的矛盾？ 90 年代的受众对这些问题更感兴趣，于是这类文艺作品就蔚为一种文艺热潮。

七八十年代的"知青文学"是一种向后看的文学，无论是描述狂热的还是展示伤痕的，都是带着一种"怀旧"或者说是"伤旧"的情结去做过去时的描写。还是那一代知识青年，但他们的背景已经从"广阔天地"变成了现代都市，他们为自己营造"后知青时代"的家庭氛围和社会群体。知青们的人生轨迹在延伸，"后知青文艺"好戏正在后头。

而《孽债》在北京，亦成了热门话题：

北京电视台播出《孽债》沪语版，中央电视台第三套播出它的普通话版，已在北京城形成了收视热，成为人们茶余饭后的新话题。

北京人所以欢迎《孽债》，是喜爱这部片子有"不侃、不长、不假"的艺术特点。这"三不"反映出当今人们收看电视剧的心理状态。"不侃"者，当然不是一概反对"侃大山"，而是在厌倦了"海侃神聊"之后，对平实朴素、贴近生活的艺术风格的呼唤；"不长"是对量体裁衣、篇幅适当的好评，尽管《孽债》中间部分仍有稍嫌拖沓之感；"不假"则是对其生活质感的肯定，也是对生编硬造、刀痕斧迹的作品施以白眼。《孽债》并非完美之作，但它基本上符合于这"三不"，而能进入北方，走向全国，其中经验，颇堪品味。

天津的《今晚报》则以"浑厚、悲壮，知青题材的魅力"为题说道：

曾经深爱过／曾经无奈过／曾经流着泪／舍不得……李春波一曲撼人心魄的片头曲与被遗弃的人撕心裂肺的哭喊声把电视机前的亿万观众带进了《孽债》的氛围中。

知青题材电视剧以其独特的历史背景与强烈的平民意识，巨大的社会涵盖面受到群众的偏爱，显示了知青题材特有的魅力。

知青题材为什么受到观众如此厚爱？当年知识青年上山下乡覆盖了整个中国的城乡。每个城镇家庭几乎都能摊上一个至几个下乡知青。从那时起，知青的命运就和人民的命运紧密联在了一起。在这一人生逆旅中，产生了亢奋与痛苦、迷惘与彷徨、孤独与欢乐，演绎出无以计数的故事。如今几十年过去了，喧嚣归于沉寂，记忆渐渐变得朦胧与淡忘了。然而对那些家庭与那一部分人的那些记忆永远是说不完也写不尽的故事，永远是与人类命运息息相通的社会热点。前不久首都体育馆以及全国各地的知青聚会告诉人们，他们没有忘掉那段刻骨铭心的历史。这是一种怀旧心理，而且随着社会的变革，这种心理会越发变得强烈起来。

这就是反映知青题材的影视剧与小说一问世极易引起社会各界关注的原因。这不由我想到海明威的《丧钟为谁而鸣》、描写买卖奴隶的黑人迁徙小说《根》，以及《辛德勒的名单》《南京大屠杀》。尽管时间已过去几十年或一个世纪，人类依然能够从中获得启示与警醒，得到理解与接受。历史不会衰老，可怕的是人们自己变得衰老与健忘。

在出版"叶辛代表作系列三卷本"和《叶辛文集》十卷本的江苏南京，报上几乎天天在刊登和《孽债》有关的文字，其中一篇颇有意思地以"遗弃与重逢"为题谈及：

《孽债》不期而至的成功和轰动，很大程度取决于作品本身。遗弃与重逢，是文学艺术创作中恒久不衰的世界性题材，是借此展示人性变异的富矿和良港。已经成功地操练出诸如《蹉跎岁月》等知青题材作品的叶辛，既不想重复自己，也不愿重复别人。他以一种曲径通幽的方式，从良知、从亲情这么一种细缕而又强烈的感情关系中去展示人物的内心世界，而且通过他们，营造了一种自然熨帖的生态心绪及氛围，折射出当今大上海的世态人心。

把感情扭曲了给人看，是叶辛在把握遗弃与重逢这个大命运时最成功的操作，也是《孽债》打动人的主要原因。"孽债"本来只属于沈若尘、梁曼诚、吴观潮他们，而不属于孩子。五个寻亲的外来孩子千里迢迢走进一个个陌生而又有着血缘关系的上海家庭，他们并不是来寻讨或索取，只是为了亲情，为了想念，为了那一丝触摸不着的血脉的相连。这本是纯洁而又真诚的情感，然而，他们却像做错了什么，整日惴惴不安，懂事地注视着"亲人们"的反应和脸色。当情与理、情与爱、情与恨、情与嫉一系列令人怦然心动的场面不合时宜地展露在他们本应单纯的生活空间时，他们只能抱着爱心而来，受着伤害而去，这怎能不叫人心酸难禁？这样的情感扭曲叫人怎能无动于衷？孩子们代大人们，代他们尚不知晓的那个年代承担"孽债"，这对一切有良知人的心灵世界的撞击无疑是巨大的。

以上只是众多报刊评论中的零星几篇文字，说的都是好话。我想，在下面的一篇文章中，我也应该客观地写一写当时好评如潮中的一些批评意见。想必这也是今天的读者所关心的吧。

（2001年8月）

对于《孽债》的批评

在一片叫好声中，随着《孽债》电视连续剧的热播，也出现了一些感觉不足的议论和批评。

最先提出不满足的，还是上海的观众。他们认为：编导在这个剧中写了五种类型的家庭，笔墨用得较为平均。有时某一个家庭的戏刚刚看出一点味儿来，又跳到另一个家庭上去了。如果在某几个点上能写得更集中、更深一点，也许会更有看头。

还有观众认为，在某些段落和语言节奏的把握上，可以更紧凑一些。

读到这样的批评意见，我本人觉得是很善意，很到位的。

有北京的观众则比较直率地指出：我看《孽债》，透着假的模式。那拨找爹娘的孩子，也忒小了点吧。那时的孩子怎么说也该十八九岁了吧。还有，一边看演员表演，一边还要死盯着字幕，两集看下来真让人累得慌。我不喜欢他们说上海话。

不喜欢在荧屏上听上海话，是来自外地观众很集中的一条意见，而且相当的普遍。我想在"《孽债》沪语版引发的争论"这篇文章中，再来细说。

专业人士也在《孽债》热潮中发表了观感。一位导演说：这部戏开头几集抓人，叙事节奏和情绪节奏恰到好处。但是戏到中期有些拖沓，尤其是片头太长，让人有些坐不住。

在大连，两个台争相播出《孽债》，在众多赞扬声里，也有不同的意见和批评。一位女士很不理解地说：看完《孽债》之后，简直让人目瞪口呆。我本人就曾是黑龙江兵团的下乡知青，我们老三届一直接受良好的教育，为人朴实、正直、正统，有事业心、责任感。下乡时正值16到22岁，别说弃子，就是处对象也不多见，哪有这么多弃子铺天盖地而来。如果说在什么地方确有其事，也绝属偶然。这些人不计苦累，不计个人得失，看在他们几经波折、坎坷的伤痕上，请不要再抹盐了吧。

这条意见在《大连晚报》上引发同感，有人说：这种事存在，是真实的，但不典型。反映知青题材中的这个侧面，消极多了点。更有人直截了当地说：《孽债》不能代表知青生活。我们也是那个时代走过来的人，老三届知青中没有不负责任的人。即使有，也不典型，不是知青生活的全部。把这种事集中在知青身上，根本没有代表性。如果有这种事儿，不是知青也可能有。为什么要集中在知青身上呢？这不公平！如果为了猎取观众的好奇心而创意的，这不能不说创作者不理解我们这一代人！看这种电视剧有一种压抑感，一种沉重感，那个年代已经把人们折腾得可以了，这部电视剧名叫《孽债》，难道是知青当年作的孽而留下的债？这种表达是同情知青命运还是谴责知青行为？我不理解。

在一篇《说不完的"孽债"》中，除了好话，意见还有：

"这就是大上海人的心胸吗？看了不舒服。"

"这个片名我觉得不太合适，这不是哪个人作的'孽'，留下的一笔债。而是那个时代、那个特殊的环境造成的。"

"这样的电视剧少拍点，软绵绵的上海话听起来特难受。片子看完后感觉特累。"

"过于写实，动人却不动情。"

"平均着力，人物形象模糊。"

"《孽债》不是完美的，有一些或大或小的缺憾。"

"结构形式略显呆板，没有一点变化，更不用说蒙太奇式的跳跃、符合生活逻辑的变异和诗意的幻化了，显得有些刻板。"

由于《孽债》最早是在上海以沪语首播的，上海播出之后，逐渐逐渐在各省的电视台播出。到中央台三套在白天安排播出《孽债》时，已经是1995年的4月份，离开上海首播整整三个多月了。在全国各地播出之后刊登的评论文章中，凡是批评性的意见，我都尽可能地保存和搜集起来了。以上摘录下来的，就是几乎全部有代表性的批评了。我得实事求是地说，这些批评意见，绝大多数是以观众观后感的方式登在报刊上的。没有一篇超过

1000字。有不少就像我前面摘下的，只有一两句话。但唯一的一篇超过1000字的批评文字，是在上海的《新民晚报》上发表的。标题做得很大的黑体字写着："上海女性，你在《孽债》里怎么啦？"这篇批评文字分成四个部分。第一部分："亭子间"你到底反映了什么。在列举了几位居住在亭子间里的女性助人为乐的事迹之后，文章说：……有多少女性在那些动人的故事中唱了主角。可是这几个找到自己的爸妈，却又被拒之门外的孩子，使人对上海女性油然而生一种憎恶感，上海的女人怎么都那么自私那么冷漠。第二部分：那个时代的女性。同样在举例子说明了那个时代的女性富于同情心、善解人意、有责任感以后，批评说：别说今天这些孩子找上门来认亲人，就说这些做父母的，生活相对稳定以后，难道不会想念当年的亲生骨肉吗？这实在是将这一代女性写浅了。是有一些女性心胸狭小、眼光短浅，但是更多的女性、母亲是最富同情心，具有博大胸怀、无限爱心的。第三部分：《渴望》与《孽债》。在盛赞了《渴望》中的刘慧芳以后，批评《孽债》里的母亲们说：国际大都市里的女性，应该如同这座城市一样，是开放的，是一座包容性的城市。上海接纳了几百万的外来民工，上海的千家万户住进了20多万知青子女，上海人抱养孤儿、收养孤儿，温暖了多少孩子的心。《孽债》让我们女性感到心中有一块铅堵着，将上海女性丑化了。最后一个部分：假如。在记录了《孽债》播出以后普遍流传的那个笑话"你有孽债吗？"以后，文章提供了一系列的信息。其一，现在观念开放了，就是丈夫有这样的事情，也已过去10多年了，夫妻间的共同生活，应该可以理解对方在那种特定环境下所发生的事情。其二，如果是一个像电视剧中那么乖的孩子来到我们家，太开心了，独生子女，正缺哥哥姐姐，一定留下他。其三，我婆婆说，隔壁邻里都能互相帮助，自己家里来一个人，怎么能不接受呢？其四，一部《孽债》，使人感到那一批人，怎么男的都是无奈于负责任的，女的又都是以自己利益为重，缺乏母爱的。文章的最后一句又重复道：上海的女性，你在《孽债》里到底怎么啦？！

作为长篇小说的原作者和电视剧的编剧，我感谢这些批评意见。一部作品，在有赞扬的时候，总会伴随着批评意见。这才是正常的。

（2001 年 9 月）

写作三部长篇小说的前前后后

　　1979年的秋天，我在贵州山区猫跳河畔的一个偏僻的峡谷里写作长篇小说《风凛冽》。那儿山高水深，多雾多雨。每隔两天，才从省城贵阳开来一班长途客车，送来隔了好几天的报纸，送来脱了期的杂志。恰好我的半导体收音机坏了，外界的一切，似乎也都给重重的山岭、重重的云雾隔断了。每天，除了远处的山岭上隐隐地传来开山的炮声之外，峡谷里静极了。我正在给《风凛冽》结尾，因为没有把握，我把已经写成的稿子请周围的老同志提意见。虽然不知道这部稿子的命运怎么样，可我仍然决定，写完《风凛冽》，立即着手写作一部新的长篇《蹉跎岁月》。这本即将动笔的书中人物不断浮现在我的脑子里，我早就想写它了，只是因为找不到一个准确的开头，而在苦苦地思索着、等待着……

　　当时，我这么急于写作，还有一个生活上的原因，那就是我插队已经十年，快30岁了，还没有一个固定的工作。我落户的山寨说，我的户口迁出去了；县属的工厂说，户口在我们这儿，你要来还是学徒工待遇；上海街道的知青办说，你的户口不在农村，我们不能把你作为知青调回。这就是说，我还要继续过第十一年没有工资的生活，也不能再在山寨挣工分了。我必须想法养活自己。

就在这个时候，在一个难得的晴天里，我收到《收获》编辑部的一封短信，信上告诉我，长篇小说《我们这一代年轻人》（以下简称《年轻人》）将在刊物上发表。这对当时的我来说，无疑是打了一剂强心针，我的高兴是无法形容的，我的劲头一下子提高了十倍。《风凛冽》以出奇快的速度结了尾。《蹉跎岁月》的开头，也在一个乘凉的夜晚从老医生的话头里得到启发。两个月以后，《年轻人》在《收获》第 5 期上刊登，《蹉跎岁月》也写完了。1980 年，《风凛冽》和《蹉跎岁月》相继发表。

从《年轻人》上半部分发表以后，直到现在，我不断地收到刊物编辑部、出版社和本省作家协会转给我的读者来信，计有一千多封。除了一封是一位 42 岁的同志写来的之外，其余全是青年们写来的。热情的青年们写了许多好听的话，差不多每封来信都要问及，这几部小说是怎么写成的。一些爱好文学的青年，有的称呼我叶辛老伯伯，有的称呼我叶辛阿姨，有的称呼我叔叔或老同志，还要我谈谈创作经验。

他们不知道，我也是一个年轻人，根本没啥经验可谈。问起这些小说是怎么写成的，我倒有一段坎坷的经历可以讲。

追溯起来，就得从小说发表前的十年，1969 年那个难忘的早春谈起了。

那时候，风起浪涌般的上山下乡运动正在兴起。我正逢中学毕业，像许多同学一样，是厌烦了大上海的喧嚣和马路上的人流，怀着满腔豪情踏上插队落户征途的。当列车南下的时候，我们对未来将要生活的农村，充满了五光十色的幻想。

到了偏僻的山寨生活了一段日子，我才知道，我们插队的寨子很穷。根据工值，我们计算了一下，发现一个知识青年就是出满勤，天天劳动，也仅够偿付口粮款。至于今后的添衣置被，日常生活的开支，是要向家庭伸手的。面对这一现实，五光十色的理想像肥皂泡一样破灭了，怎么办呢？我是像一部分知青那样，抽烟、喝酒、打牌、游山玩水、谈情说爱，混一天是一天呢，还是像更多的知青那样，先从适应体力劳动做起，争取留下个好印象呢？

面临着这一抉择，我必须从现实环境中踩出一条路来。贵州山区的村寨特点，少数民族地区的异域风光，和我自小生长的大上海绝然不同的生活环境，世代居住在山区村寨上的那些各种各样的人物，已在逐渐地吸引着我，萌发着我表现他们的激情，我决心拿起笔来，学习写作。于是，在每天的体力劳动之后，在集体户的茅屋里，点一支蜡烛，或是点一盏油灯，把床铺当桌子，开始了最初的学习写作生活。说起来真的很可怜，我们四个男知青住宿的茅屋里没有桌子；即使有桌子，也没地方放，四张床已经把屋子挤满了，平时大家写信，都是在床上写。贵州雨多，茅屋常常滴漏，每个知青的帐顶上都铺了一大张塑料布，雨珠滴下来，落在塑料布上，像在敲小鼓，我就在"小鼓"声中，学习着把感受到的生活写到纸上去。为了够着当桌子使的床铺，我必须坐在低矮的小板凳上。一天的劳动过后，我多么想舒展四肢在竹笆床上美美地躺下休息啊！但我克制着这种强烈的欲望，还是坐下来写作。

经常写，好像爱抽烟的人有了瘾一样，得空就想提起笔来。没多久，信纸写光了。那年头，贵州正在武斗，商店里不但没稿纸，连小学生的练习簿也没有，墨水也买不到。感谢我在上海的同学，他们分配在工厂，一开始过领学徒工资的生活，就念着中学里的友情，凑钱买了几千张稿纸寄给我。我们集体户里年龄最小的小冯，从家里带来了满满一大瓶墨水，这瓶墨水有一大半是给我写光的。住在四人一间的屋里，埋头写东西，不但别人影响我，我也影响别人。后来我就躲到后屋檐下，膝盖上放一块搓衣板，起早贪黑地写。这么写了几个月，寨上的社员告诉我，在村寨外的山顶古庙里，有几张缺胳膊短腿的桌椅，可以到那里去写。从那以后，寨外的山顶古庙，就成了我每天清晨必然光顾的地方，趁出工前的时间，我总是能写上二三千字。后来上了湘黔铁路工地，生活在苗族聚居的清水江两岸，接触了许多少数民族，在和他们的摆谈、交往、共同生活、劳动中，了解到他们苦难的过去和今天的生活，熟悉了他们的风俗习惯，整天处在颇具特色的山光水色中，我充满了新奇感，更加激发起学习创作的愿望。修湘黔铁路，搞的是大会战，千军万马一齐涌到苗岭腹地，不讲其他的事，就是住宿，也无法办。女同志还可以到偏梢小屋，牛圈马栏上头搭个铺位。男同志就一人发一根木棍，一张芦席。到了晚上，木棍撑起芦席，人就钻在芦席下睡。在那样的环境里，我也从没间断学习写作。我在1977年、1978年出版的三本书的草稿，就是在这样的条件下咬紧牙关写出来的。那时候，我只有一个信念，就是写、写，继续不断地写。

这么写，自然引起很多非议和流言，什么"走白专道路"

"极端个人主义""资产阶级名利思想""想成名成家"等等。凭心而论，我提起笔写东西的时候，与其说是为了发表，不如说是为了寄托一种感情，为了使自己极枯燥乏味的体力劳动生活有一种依托。在我坚持学习写作的时候，"文化大革命"初期被砸烂的出版社牌牌，还没挂起来；那些被赶到"五七"干校去的编辑们，也还没回去呢。就是我的第一部稿子，也是我的两个同学看着有趣，以他们的名义送到出版社去的。不过，我没有反驳种种流言蜚语，谈这些往事这也是第一次。我当时抱定了一条宗旨，随他们说去，愿怎么说就怎么说，我写我的。我是一棵黄豆苗，决不指望结成大西瓜，但我一定要使我这棵黄豆苗长起来，结出颗粒饱满的黄豆。到那时候，人们会认为我这颗黄豆是有用的，是能熬豆浆、制豆腐的。说起来显得可笑，但我当时确是这么想着给自己鼓劲儿的。自然，中小学时代读的一些作家传记和书籍，"天生我才必有用"，及"人只有献身社会，才能找出那实际上是短暂而有风险的生命的意义"这一类警句，也给了我很大的力量。

我满以为，只要有这种愿望，只要有这种奋斗精神，只要把看到、经历过的许多事情通过故事的形式写下来，准能成为一篇小说，而且是好小说。哪知道，事实远非如此。我在那么艰苦条件下最初写出的书稿，周围几个要好的同学、朋友都不爱看。别说是他们，就是我自己，拿着书稿和一本已经印成的书比较，脸也涨红了，连我也不要看。

这时候我才意识到，写作，只有虔诚的愿望和满腔的激情是不够的，还需要技巧。这就需要掌握丰富生动的语言，需要向有写作经验的人请教。

在偏僻闭塞的山寨上，全寨子也找不到一本文艺书籍，到哪儿去请教老师呢？我开始苦恼了。久久的苦恼逼得我思索和留神，逼得我注意观察身旁发生的人和事。在劳动中，在开群众大会时，在大树下或是场坝里闲扯，甚至是在周围发生吵架、打骂的时候，我都竖起耳朵听社员们说话。我发现，在这些极普通的社员嘴里，有着惊人的丰富的语言。往往一个老农说句话，会把一个结结巴巴的小伙子啰唆半天没说清的意思点得明明白白；一个难以阐述的道理，也只需一个简单的比喻，就讲得形象而又生动。我开始找到了学习的方向，备下一个本子，按山寨上住户的顺序，把每户人家的住屋、成员的名字写下来，然后又把几年插队生活中了解到的这些人家的情况，详详细细地记下来。这么做，对我了解自己周围生活中的人，太有益了。我们寨子上有一个面容慈祥的老太太，整天笑嘻嘻的，我插队几年，对她印象一直很好，但在一次集体分配中，她却表现得极为自私，非常粗野，蛮不讲理。我怎么也不理解，她怎么会是这样一个人？后来有个老人悄悄告诉我，解放前，这老太太天天自己做芝麻饼，晚上到赌场上去卖。那时候，赌博的人正饿，又不想离开赌台，她就趁机卖高价，一只芝麻饼卖得比白天贵几倍。赌场上的钱好赚，她只需转一圈，就能赚好些钱。听了这段往事，我对这个老太太的认识就深了，也能理解她为什么整天笑眯眯的，更能理解她为什么如此自私了。还有一个说话直嗓门的老农，我总觉得他耿直纯朴，但不少人却说他心眼儿细，对集体化不满意。我老是不相信，合作化都快二十年了，他还留恋单干吗？有一次，两个作业组为地界问题发生了争执，吵得很凶，这个老农说另一个组占了他们组的地，另一组不承认，为了证明他的话，他气呼呼地停下犁地，从五六尺的地里挖出一块地界石来，把对方弄得下不来台。原来这块地过去就是他家的。土地划成片的时候，人家都把地界石挖丢了，唯有他，把地界石深埋在地里了。

类似这样的事和细节实在太多了，一两年间，我记下的笔记厚起来了，在和山寨社员们的长期接触中，我了解他们每一个家庭的历史，每一个人的过去，以及他们在几十年生活中形形色色的表现。我不仅记下他们的口语、对话、谚语，还搜集歇后语和歌词，也把一些农业知识、气象、地理、风俗方面的知识，往本子上记。

这一阶段的苦恼、烦躁和追求，在今天看来似乎仍是一片空白，因为几乎没留下什么直接可发表的东西。但也就是这一阶段，对我来说比什么都重要。没有这一阶段，是没有以后的发展的。

这个过程由于种种原因，在我的身上拖得很长，我劳动着，在生活中做一个有心人，天天读一点书，差不多每天挤时间提起笔来写一点不成样的东西。在这漫长的学习过程中，我曾经无数次地为自己没有进步而犯愁、焦心，无数次地想歇手不干了。但鲁迅先生那种"韧"劲鼓舞着我。在乡下的后几年，我身体不好，精神尤其不行，我把鲁迅先生的话"不要自馁，总是干；但也不可自满，仍旧总是用功"抄来贴在墙上，天天读上两遍，以此自勉。

打倒"四人帮"以后，我和我与别人合作的四部作品（中篇小说《高高的苗岭》《深夜马蹄声》；电影文学剧本《火娃》；长篇小说《岩鹰》），陆续出版了。我自然是高兴的。并且准备顺着这条路子写下去。文学界的前辈，昔日的同学和亲近的朋友，读了我的书，曾率直地提出，你写的这些东西，不能给人留下深刻的印象，不能发人深省。有相熟的老朋友，还毫不客气地问我，为什么不真实地深刻地反映一下知识青年的生活和命运？

听了这些话，我的思想上引起了很大的震动，也引起了我久久的思索。

其实，促使我比较深地思索一代知识青年的命运这个题目，还要追溯到1974年春天。

那时候，我当知青已有六个年头。回到上海去探亲，家里的亲属，过去的同学、朋友，几年不见的亲戚，周围的邻居，碰到了我，总要关切地问，你下乡几年了？抽调了没有啊？现在怎么样啊？当听说我下乡六年还没上调时，好心善意的人，总要安慰我几句；也有些人，脸上立刻就会露出轻蔑的神色，或是虚假的同情，以一种居人之上的口气对我说话。每当这种时候，我便会感到非常难堪，不知说什么好。是啊，在我的周围，虽然有很多相同命运的知识青年，但也有许多正在上海工作的青年人。他们每天或去读书、或去单位上班，他们的生活安定，拿一句插队知青常说的话来讲，他们的生活有了轨道。而我们插队落户的知识青年，生活的轨道在哪儿呢？为什么我们天天在乡下劳动，到头来还是要被人看不起呢？和一些知青谈起这个话题，我们都会有同感。好多人发誓说，以后再不回来探亲了，省得再碰到这一类的询问。多么可怜的阿Q式的自尊啊！

有一次，我到一个图书馆去，像许多单位一样，图书馆门口摆着一张牌子，上写"请出示工作证"。我没有工作证，工作人员不让我走进阅览室去。报纸上把插队落户说得那么光荣，而在现实的生活中，我们连公共图书馆也进不去。

又过了一年，我在一个偶然的机会，看到了我们县400多名知青的花名册。经过近七年的插队生活，尤其是在铁路工地的相处，我们互相之间都很熟悉。面对着这份名单，我眼前这些知青的名字活起来了，他们中很多人的命运，我都是熟悉的。我了解他们这些年是怎么走过来的，我知道他们的恋爱史，我很清楚地明白他们过去、现在都在想些什么，期待、追求些什么。和人闲聊时，我可以讲出许多知青的真实的故事。

我们省里有一位知识青年，为了育出适合本地区的良种，经年累月，废寝忘食，不知经历了多少坎坷，甚至一段时间被人认为是疯子，但他终于战胜了种种困难，在艰苦的条件下育出了良种，做出了重大贡献，被选为四届、五届人大代表；他的两个良种，被评为全国的优良品种之一。他的事迹早就深深地吸引着我。在刚下乡时，我和几个同学也搞过育种，但是失败了，我体会过这样的感情。尤其是我周围，很多知青都搞过各种各样的科学实验，我知道他们的成功和失败，亲眼见过他们在实验中的笑容和眼泪。最主要的一点是，从那位育种知青的经历中，能看出一个普普通通的知识青年，想干一点事业，需要付出多么巨大的心血和代价，需要付出多么艰苦长期的默默无闻的劳动。

在我们县的女知青中还有一个姑娘，在插队落户期间和一个男知青恋爱了。不久，这姑娘抽调进了工厂；而她的男朋友，直到1979年，才安排了工作，她比男朋友早抽调足足有七年，但她一直没听从那些好心人的劝告去另交朋友，她一直等待着艰苦岁月中爱上的男朋友，终于结了婚。和知识青年中那些一回城、一抽调就把对象甩掉的人比起来，这个姑娘的事迹老是吸引着我。

这些人物在我眼前一一浮现出来，我拿起笔，写下了《年轻人》这个题目，并且很快地写出了人物提纲。当然，我也想到了在我当知青时见过的那些流气十足的人，那些自谓"混客"的自暴自弃者，那些讲究实惠的青年，还有一些盲目追求所谓"进步"的姑娘，也有像陈家勤那样削尖脑袋往上爬的小野心家。

随着人物分析的写成，我觉得这些已经有名有姓的年轻人在我头脑里一天比一天鲜明、生动起来，他们聚在一起的时候，会说些什么话，他们在相恋时，将如何交谈，我都能想象出来。每天，只要一空闲下来，我就同他们相处在一起，想象着他们在各种不同的环境里，将怎样生活、怎样学习和劳动。有好几次，我试着拿起笔，想把故事梗概写出来，想把基本架子搭起来，想理出一条情节的线，但往往写到一半，就扔下了。我总觉得不对劲儿，总好似在等待着什么。等待什么呢？我也说不上来。

那个时候，社会上只要一提起知识青年，不是唉声叹气，就是闭目摇头，仿佛知识青年们一无是处。有不少人，常常会讲起插队生活的艰辛，讲起知青们在艰苦生活面前的苦闷和彷徨。是的，插队落户生活有它艰难的一面，这点谁都知道。可是，有些人为什么忘了呢，那些在上山下乡运动初期提着浆糊桶穷刷大标语的人，那些整天跑到中学毕业生家里轮番去做思想动员的人，那些敲锣打鼓挥舞小旗欢送我们一批又一批去"干革命"的人，似乎从来没在生活中存在过。我甚至震惊地发现，就是这些人，往往把知识青年说得一团糟。其实呢，他们并没到乡下去过一天，也不知知青们究竟怎样在生活，往往根据一些夸张了的传说在下判断。实在地说，知识青年在乡村的生活，是复杂而又丰富、艰苦而又充满了向往色彩的。知识青年，这个当年我们用汗水和眼泪、期待和希冀、憧憬和追求充实起来的字眼，饱含着多少更深沉的意义啊！看到这个字眼，不该只让人仅仅想起艰辛的生活，不该只让人仅仅看到留在城市的待业青年，它应该让人想到更多的东西！

我是从那条路上走过来的，我的青春、我的追求、我的事业，甚至我的爱情，都是从那个时候开始的，从偏僻山乡的崎岖小路上走过来的。我要写，就得真实地把自己体会到的生活写下来。

渐渐地，我憋了一股气，随着日子的流逝，我越憋越觉得难受，越憋越想立即提笔写，到了后来，我简直变得烦躁不安，焦灼不宁，吃饭不香，夜里失眠。为了找不到一个恰当的角度，为了找不到一个准确的开头，我好像欠了谁的账似的。那一段时间里，我每打开一本书，每新看一部电影或是一本誉为名片的电影剧本，我总巴望这些东西能启示我写好开头，找到准确的角度。

这时候，我从北京回到上海，我妹妹当夜讲给我听的一个知识青年的遭遇，陡然间提示了我。她说一个在山区插队落户的知青，表现很好，突然收到上海方面的函件，要逮捕他，并把他押送回沪。当地的干部和社员，根据这个知青的现实表现，抵制了这件事。

听到这个知识青年的事儿，我眼前突然光亮起来，顾不上旅途的劳累，当夜我就写下了小说的故事提纲。1978年，我的工作问题还没落实，我带了这个提纲，抱着一叠稿纸，用了一个来月时间，基本写完了《年轻人》。

稿子交出去了，我意犹未尽。在写作《年轻人》的时候，插队落户的生活，一幕一幕地呈现在我的眼前，多少往事，多少知青的形象，多少生动有致的细节，没有在《年轻人》中得到表现啊！于是，我只好在桌上另放了一个本子，把这些零星的、稍纵即逝的文思草草笔录下来，划上着重号，待来日再说。

因此，《年轻人》刚写完，我就着手整理这些笔记，分门别类，写出人物分析。《年轻人》写的是"文革"初期到"九一三"事件的知识青年，这些青年人后来怎样了呢？他们是怎么从乡村的道路上一步一步走过来的呢？我的脑子里萌动着《风凛冽》和《蹉跎岁月》的具体构思。

在上山下乡的知识青年生活中，差不多每一个人都有那么段特殊的时期。那就是每当秋末冬初，每当年底，农事基本结束之后，知识青年都要回到城里去探亲。探亲的知识青年们怎样在城市里打发日子呢？他们一住就是整整一冬，他们看着自己的亲人们上班、下班，他们无聊地在家里睡懒觉、做家务、发牢骚，他们口袋里没有钱，苦闷而又无所事事，随着知青政策的松动，不少青年人开始了一种现实的追求：争取病退回城。在知青中，这句话叫"搞病退"。有病的知青按政策回城，这是天经地义的，为啥要"搞"呢？这是人人都明白的道理，也是人人都见惯了的现象。而在众多的反映知青生活的短篇小说、中篇小说、长篇小说中，却很少有人写到，我为啥不写一写呢！

这就是我为什么要写《风凛冽》的原因。只是我在写作《风凛冽》的时候，没有就事论事地去写知青在城里的生活，而是把时代背景放在1976年1月那个溯风凛冽的冬天，把反映知青生活和揭露"四人帮"爪牙的罪行结合起来写，事件和人物集中在一个点上，整个故事的进展，发生在不多的几天里。

在艺术上，我也作了些新的探求。《年轻人》的结构，是建立在意外事件引起的悬念上，始终扣住事件引起的风波来行文的。《风凛冽》不能再用这个老套子了。小时候，读易卜生的剧本，我非常喜爱他那种回顾式的结构。略大一些，我也很爱读那些以"解开过去的谜"为总体结构的长篇小说。这样的小说人物形象生动，情节的展示严丝密缝，篇章之间环环紧扣，读来使人爱不释手。我也很想追求这样的艺术效果，就在《风凛冽》的写作上，运用这种一层一层往里剥笋壳的手法，把故事推到高潮，然后在高潮中突然结束，戛然而止。学习高尔基写作他的著名长篇小说《母亲》的结尾。

《风凛冽》的最后一章搁下四天之后，我把稿子锁在抽屉里，就进入了《蹉跎岁月》的写作。

前面我说过，在那个时候，我刚刚得知《年轻人》将要在《收获》上发表的消息，我的劲头一下高涨了起来。精神的因素是很重要的，那以后的两个多月里，我只觉得形象和意念喷涌，坐在桌前，常常是感到笔跟不上脑子里闪现的画面。呵，我要说的话是那么多，我要写的东西是那么多，那么多，而这一切，统统要通过形象来体现，统统自然而然汇聚到了我的笔端。

想写一本反对"血统论"的书，这不是我一朝一夕的想法了。可以说，早在"文化大革命"初期我就产生过这个念头，随着踏上社会，随着岁月的流逝，这念头一年比一年强烈，直到1978年的冬天，我听到两位知识青年因出身悬殊，恋爱酿成悲剧的事，这念头逼使我坐定下来，着手写人物分析了。但是，当我觉得非把它写出来不可的时候，面前却摆着三个大难题。

第一个是，怎样把前后十二年的生活融进一本长篇小说里。在我已经发表的几部书里面，时间的跨度都不很大，长的四五年，短的一两个月。这一次要写前后跨越十二年的时间，难度很大。我阅读了一些时间跨度大的长篇小说，《克里木·萨姆金的一生》《布登勃洛克一家》《大卫·科波菲尔》《简·爱》《卡斯特桥市长》……我发现，在这些作品里，时间的跨度虽然很大，但作家的笔触，始终关注着主人翁的命运，紧扣主人翁的命运来写，并通过主人翁的命运，来展示时代的特征。同时，作家总是抓住一个重要的时期，着重地来落笔。这些名著使我受到了启发，渐渐地有了一点把握。

第二个难题，怎样反映十年动乱时期恶性膨胀、四处泛滥的反动"血统论"。是把书写成凄凄惨惨，还是写得调子高昂，这个基点定在哪儿？要知道，找不准这个基点，就不容易竖起整个作品的间架结构。反动"血统论"这个东西，对我们这一代年轻人心灵的侵蚀、伤害，是很厉害的，即使到了今天，也不能说已经肃清了。"龙生龙，凤生凤，老鼠的儿子打壁洞。"这种封建的思想影响至今有之，门第、权势观念的影响同样存在，要一味地描写这些东西在"文化大革命"中的泛滥，以及造成的后果，真可以写得很悲。但是我并不想就此停留在对生活现象的描述上，我还想写得更深一些。我翻阅着笔记，插队落户岁月里的札记，回顾着我们这一代年轻人在这些年里走过的路。我注意到，即使我的同时代人中那些受过伤害的人，也并不曾颓丧下去，他们恰恰是在这一段岁月里，认清了自己的道路，意识到了自己肩负的责任。一旦明白了这点，理清了这条总的脉络，我就给已经写下人物分析的那些知青，尤其是作品主人翁柯碧舟和杜见春，定下了这么一条路径，那就是他们曾经苦闷、彷徨、失望，我应该写出他们在那段岁月中的徘徊和消沉，但我也应该写出他们的逐步清醒、振作，更应该写出他们在现实生活中认清了目标，朝着这个目标奋进的姿态。弄清了这一点，《蹉跎岁月》大的层次我也找到了，这便是消沉——振作——奋进。第三个难题，提起笔来，该怎么开头呢？像《年轻人》《风凛冽》那样开头，自然是不行了。虽然同是知青题材，但想要表现的东西，却是不同的。新写一部长篇小说，总该寻找一个新的表现形式吧。在排除了好多开头方式之后，摆在我面前的，有两种开头方式。一种是开头便把问题捅出来，打倒"四人帮"，相恋多年的一对知青回到上海，遭到家庭的反对，两个年轻人在与家庭争辩中，回想到他们患难与共的插队生活……另一种是平铺直叙，从他们早期的插队生活写起，顺序写来……第一种方式开头能吸引人，很快可以进入故事，弊病是回忆过多，长篇表现起来牵强；第二种方式开头写起来顺，但显然要平得多。怎么办呢？我久久地苦闷着、思索着、等待着……

到《凤凛冽》写完的那几天，我安心地休息，做点体力劳动，晚上不看书，和人聊天。就在同一个老医生的闲聊中，他的一句话触发了我的文思："一个人同另一个人的关系，往往是从他们认识的第一天就开始了……"他后来说了些什么，我都没听见。我一下子明白了，我的长篇小说，就得从男女主角的第一次相识写起，写他们的感情基础，写他们心灵的颤动。这么写，平是平一些，但我有插队落户生活的体验，平中也能设法见奇。一当找到了这个开头方式，小说就顺畅地一章一章写下来了。

回顾我短短的学习写作的过程，要说有什么感受，那我要说：学习写作的生活是困难的、艰苦的，有时甚至是非常苦恼的。有些人爱夸大地说创作欢欣喜悦的情形，我很少体验到。这三部小说的写作时间虽然很短，但是酝酿、构思的时间很长，前后达好几年，比我其他几本书花费的精力都要大。这三本书的写作，是和我长达十年的坎坷经历分不开的，是和我重新回顾和认识过去的生活分不开的。没有长期的插队落户生活，没有对这段生活的经常思考、重新加以认识和分析，书也是写不出来的。

我愿意借此机会重申，像我这个人一样，我的书是很幼稚的。在今后的日子里，我将争取再接再厉，深入生活，努力追求，写出好一点的长篇小说来，献给我们的祖国和人民，献给我的同时代人。

我曾是一个上海人

——关于《家教》及其他

继去年4月中央人民广播电台播送了十集广播连续剧《家教》之后，《家教》的单行本即将问世，《家教》的电视连续剧，已被中央电视台电视剧制作中心投入拍摄。导演仍由曾经导过《蹉跎岁月》的蔡晓晴担任。再度合作，这对我无疑是件高兴的事儿。

自从中篇小说《家教》在《十月》杂志发表以来，自从广播剧播出以后，不时地有些读者和听众来信转到我手里，或直接寄给我。广大读者和听众从不同角度谈了自己对这部作品的看法，谈了对作品中几个人物的看法，有的同志还把他们那儿交谈中发生的争论告诉了我。不少人在读了小说、听完广播剧之后，甚感不满足，有的来信询问，小说中的人物后来怎么样了？有的干脆把自己对这些人物未来的设想，续成广播剧下半部分，寄给了中央人民广播电台。读者、听众和写续集的同志们，怀着良好的愿望，把自己认为的《家教》中那些人物该有的结局，坦率地谈了出来、写了出来。这无疑说明了大家对我的作品的关心。出了二十来本书的我，还是第一次遇到这样有趣的事儿。

当然，也有不少年轻的同志，在来信中问我，为什么要写这么一部小说？写作意图是什么？据他们所知，近一二十年来，我长期生活在贵州，写的不少作品都是取自当年的知青生活和农村题材，怎么突然想到写起上海题材的作品来，等等等等一类问题。借《书林》杂志给我提供了这么一个机会，我想就《家教》这部小说，谈谈个人的一些想法。

说不清是从什么时候开始的了。反正，自从我写了反映上山下乡知识青年生活的几部长篇小说《我们这一代青年人》《风凛冽》《蹉跎岁月》《在醒来的土地上》之后，自从我写了反映农村生活的《三年五载》、三部曲《基石》《拔河》《新澜》之后，自从我写了一些反映少数民族题材的小说之后，我总有一种不满足，总觉得还欠着一笔什么账没有偿还，总感到心里还有很多话要讲，在我记忆的仓库里，还有一些鲜明生动的人物形象和画面没有诉诸笔端呢。那该是啥呢？

那便是我自小是个上海人，我从小就在上海长大。随着年龄的增长，童年时代、青少年时代的许许多多往事，历历在目地浮现在我的眼前，那么清晰，那么牵人的心绪。是哪位作家说的，创作，便是在回忆中进行创造。不是有人说我在贵州生活了十七八年嘛。有时候，对一件事物的认识，是需要隔开一段距离的。就如同从来没坐过飞机的人，对他天天生活在其中的环境，对他司空见惯的楼房、马路、弄堂、街道的认识是有局限的一样，他会认为城市就是这个样子的。一旦他头一次坐上飞机，透过舷窗往大地上望去（当然是要晴天），哦，他会突然意识到，原来他所熟视无睹了的一切，还有另外一副面貌。我在偏远的贵州住久了，陡地回到上海，就会有种强烈的对比感，哪些东西是外地没有的，哪些东西是上海没有的，哪些东西是过去的上海早就有的，哪些东西是上海近些年来才出现的。毋庸赘言，所谓"东西"，当然不仅仅指的是物质。况且在我脑子里，在我记忆中，上海自有她那始终未曾变化的一面。记得是在小学快毕业到中学头一二年的那几年中，我和一些伙伴们刚刚学会骑自行车，做完了功课，我们就推出自行车到马路上去"兜风"，就如同今天刚刚学会骑"雅玛哈"的上海小青年在马路上洋洋自得地"兜风"一样。我们有计划地先兜大圈子，再兜小圈子，绕着上海城兜圈子，也绕着十个区兜圈子。我们骑着自行车，去过康平路、武康路、宛平路、高安路一带的高级住宅区，我们也穿行过闸北、南市、普陀区的一些破街陋巷，我们带着欣赏的眼光，观察过老式弄堂房子和新式弄堂房子的区别，对比过公寓和楼房的不同之处，惊叹过花园洋房和棚户地段的巨大差异。哦，上海这个有一千多万人口的城市，有着全世界三百多个国家和地区的房屋式样，日本式的、荷兰式的、法国式的、英国式的，站在马路边上瞅不同的阳台和式样迥异的窗框，实在是件有意思的事情。我们当然不会忘记利用自行车去远足，骑到南翔，骑到浦东的高桥，骑到松江，甚至还骑到嘉定、昆山、苏州，自行车轮胎爆了，我们还乐哈哈的。

这些事儿自然只是一帮十五六岁小伙子的闹剧，仅凭这些经历，是永远也写不成小说的。但是，恰恰又是这些事儿，加深了我对上海环境的认识，对上海地域风貌的了解。这无疑对写小说是有好处的。

"文化大革命"的风暴掀起来了。不知什么缘故，我们这些要好的伙伴们，不约而同地当起了"逍遥派"。除了去南京路看大字报，除了躲在家里看书听唱片，我们一觉得腻味了就互相串门。读书的时候就很要好，常有来往，互相都尊称对方的父母叫"爸爸妈妈"。到了停课闹革命的年头，我们串门聚在一块儿，就无所节制地纵谈起来，不必担心第二天上课会迟到，无须为作业所累，谈久了，谈到夜深人静，干脆在同学家阁楼上、地板上搭起铺，五六个、七八个同学躺在一间屋里继续聊。但是，随着"文化大革命"的深入，常常出现一些不对劲的时刻，兴冲冲跑到同学家去，坐下不足五分钟，就察觉到同学家里气氛不对头，赶紧转换阵地，到另一个同学家去。要好了，相互之间无话不谈，就要问，怎么回事儿，噢，是同学的父亲受冲击了，挨批斗了，关牛棚了，家里被抄了，是同学的母亲受牵累了，为啥？

为过去的某件事，为解放前的某一段经历，为在单位得罪某某头目，为……讲完了，听的人都默默无言，叹息几声，另一个同学又讲起来，讲的也是他们家的情况，祖父、外祖父干什么，父母亲过去怎么样，这次遭受了怎样的冲击。天天相处在一块儿的同学、伙伴，原来一个个都出自不同的家庭，一个个家庭里都有很多很多故事，叔叔是干啥的，娘舅在做什么，这一位的爸爸是教授，那一位的父亲是烧锅炉的，第三位的父亲是老板，那模样就像个笑弥佛，某位同学家里从来没见"父亲"露过面。过去我们不注意、不在乎的这些情形，原来都是有缘故的，都有一段长长的或是短短的故事。有位同我很要好的伙伴，一天晚上跑到我家里，神秘地告诉我，他那当和尚的舅舅到上海来了。为什么，说红卫兵砸五台山的庙宇，他舅舅从山上跳下来，折断了腿，跑到他家来了。他还说舅舅是"佛学家"。我们慢慢地开始领悟到了一些什么，原来这就是社会，这就是社会上一个又一个家庭的内幕。糊里糊涂的，我们就在那样的岁月里慢慢地懂事了。虽然当初盛传因为记日记被批斗、惹祸的事，虽然自己也亲眼见到一些人因日记上记了些什么话惨遭毒打的场面。我还是瞒着所有的人，跟谁也不说地记下了很多很多听来的事情……

今天翻出这些笔记来看，变得很有滋味，很有意义了。老友相逢，人近中年，互相再团聚在一起喝酒聊天，问及过去那些事儿，伙伴们先是一怔，怎么你还记得那么清楚？继而就滔滔不绝地讲开了，父亲当年经商那段经历，为什么会被打成"资本家"，后来怎么落实了政策。当老板的那家抄去的财产，后来怎么还了，还了以后家里出了什么事儿。你问那位舅舅嘛，他现在受重用了，在福建讲解佛学，收了好几个研究生，终身未娶，他当和尚就为在大学时代恋爱受挫，一气之下远离凡尘的……

故事还在继续着呢。

我有多少这样的伙伴啊，有多少这样无话不谈的同学啊，另外还有亲戚，还有一些老的和新的亲戚，还有哥哥姐姐们的子女，眨个眼的工夫，他们都是风华正茂的年轻人了。不知不觉的，就如与生俱来的一般，我记忆的仓库里至少有着这么几个层次的感情积累和生活积累。首先是我同时代那些伙伴们的经历和命运，其次是我们这些伙伴们的父母辈们的故事，再有就是我们这些人的祖父母、外祖父母们的遥远的往事。小时候不便打听，现在长大了，我又在搞这工作，问起老人们来，他们谈得可爽快哪！我有意无意中得到的素材越来越多，越来越多，创作的念头自然而然萌生了！

我一直觉得有本大书可写，不仅仅是写这些人和这些事，而且要写出历史的流程，写出沧桑变迁，写出20世纪的中国社会和她的动荡，她的进步和挫折。这本书可能写得很长，很厚。几次冲动，几次歇笔。

我总感到不能贸然而行，得酝酿得更成熟一些，得考虑得更周全一些，得写得更凝重深沉一些。不是有人说我写得太快太多了嘛，（其实这并不是罪孽。近两年来，我到编辑部工作，作品写得少了，有读者就给我来信：叶辛，你到哪里去了？一个小小的主编职务，就把你引向宦途了吗？真没出息！）我得慎重些慢慢地来，不要着急，尽可能准备得充分一点。

怎么准备呢？除了有计划地进一步充实素材扩大我的视野，还得练笔。当然不能提起笔就写大部头，几卷书，随着题材的转换，用词遣句也要随之转换。而纯粹的上海话，是很难入书的。我得尝试着来，先写一些中篇，写那些我最熟悉的人和事，每个中篇只写一家人。这些人家要能代表上海的各个阶层，职工家庭，高级知识分子家庭，普通知识分子家庭，小市民家庭，民族资产阶级家庭。1983年，我写下了第一个中篇《发生在霍家的事》，接着我便写了《家教》……

原谅我还得在这儿提到贵州农村，提到我的插队落户生涯。如果说一个作家有什么长处的话，那么这个作家势必也会有他的局限，作家要受本人经历、本人气质、趣味和爱好的局限。

那是一些不易忘怀的往事。

秋末冬初，一向静寂的山寨上忽然喧嚷起来，我们集体户里的知青们纷纷跑了出去，只见青岗石级寨路上到处都是人，人堆簇拥着一个披头散发的年轻妇女，衣裳撕破了，满脸满身都是泥痕，她一边走一边嘶声哭泣，围着她的农民们有的在咒骂她，有的在恶狠狠地喊打，污言秽语劈头盖脸朝她咒去。这不是昨天刚娶到寨上来的新娘子吗？娶她的那户农民也姓叶，还同我攀亲戚呢，下乡几年来，我同这户人家的关系一直很好。眼前的情形，究竟是怎么回事儿？

听三五成群围着的寨邻乡亲们说，天蒙蒙亮，她就逃跑了，寨上好些人追了十几里地，才硬拽着把她追回来。

原来她根本不爱我们寨上那个姓叶的小伙子，原来她早在父母替她找男人之前偷偷地有了自己心目中的人。

哦，又是一出包办婚姻酿成的悲剧。

在我插队的那个偏远的山寨上，这是第几起了？多得连我都记不清了，光是这一年，已经有过两起。那个和我一道修过铁路的袁老六，修湘黔铁路存下了一笔钱，回到寨子上来请媒人说了一门亲，娶来了一个秀雅文弱的姑娘，却不料这个姑娘半夜里要用铁丝缠住他脖子扼死他。我们寨子上那个年轻貌美、个头颀长的叫李可芬的姑娘，早早地死了爹妈，自小随着儿女成群的大哥长大，从她记事的时候，她就肩负起了大哥家里里外外的好些事务，由于大哥是个独眼，大嫂是个断臂，她喂猪、料理家务、照顾娃崽，在辛劳中长大成了个漂亮姑娘，她的哥嫂却一点不顾她有了意中人，而把她许给了一个年龄比她大、个儿却比她矮得多的男人，暗中收取了这男人家定亲的款子七百多元。娶亲前夕，李可芬反抗了，仓促逃到了自己意中人的家里，结果寨上同李家沾点亲的寨邻们聚集起一大帮，硬是去把她抓了回来，关在猪圈旁边的柴房里……

在我长居乡间的十年间，周围村寨上，包办婚姻酿出的悲剧，我们这些知青可是看够了。

一出这类事儿，我们集体户茅屋里就热闹了。有的说新娘子可怜，有的说男家更惨，为娶个婆娘，一家老少勤扒苦挣不说，还背了一屁股的债啊，还有的讲，说到底是包办婚姻害死人……讲到最后，总是摇头叹气道一句：唉，这类触目惊心的事，只有在偏僻闭塞的山寨上才会发生，那儿落后，那儿文明程度差，那儿的好些人没文化，太愚昧。在城市里，特别是我们自小长大的上海这样的大都市，是不会有这种事的。

当初，连我都持这样的观点。

曾几何时，就是说这些话的当年那些知青们，有的跑到我家里，闷闷不乐地坐在沙发上，向我说起恋爱婚姻中的苦闷和痛苦，有的怨自己一念之差贪图了对方的条件，有的怨家中父母替他撮合了婚姻。这不是颇具喜剧色彩吗？

时至 80 年代，我们的妇女刊物上，我们的社会性杂志、法制宣传材料上，不是时有关于父母威逼子女成亲、纯真的姑娘反抗包办婚姻的报道吗？

记得那是个夏天，我在省里主持一个全省小说散文作者的会议。会议期间，省报上恰好登了一篇女儿反抗父母包办婚姻遭毒打的通讯，作者们议论起来，自然而然提出一个问题，为什么到了农村逐渐富裕起来的今天，还有这类事儿发生呢？有人说，在偏远闭塞的乡村，封建的幽灵还在横行，陈旧落后的观念还在束缚着人们的思想。

当真仅仅是在乡村中才如此吗？我想起了知青伙伴们当年以嘲弄讥笑的口吻谈及山寨上出的那些事儿，而今天他们本身也陷入苦闷难言的境地的状况。

生活在城市的人头脑里就没有封建的幽灵在徘徊吗？家长式的作风在我们的城市里，在社会生活的各个角落真的荡然无存了吗？

情况似乎并不是这样的。

岂止是在乡村，就是在城市，在省城里，在北京、上海这样一些举世闻名的大城市里，甚至在大城市的一些很有水平的干部、很有地位和名望的知识渊博的高级知识分子家庭里，在我们的身旁，都有一些令人遗憾的事情发生呢。

我认识这么一个人，父亲是个大学教授，父子之间平等相处，关系不错。可当这个同学找了一位饭店服务员做对象时，他的父亲就有态度了……结果闹得父子不欢而互结怨尤。

我还认识这么一个老干部，当他和自己多年未逢的老战友晓得彼此的子女未找到对象时，于是便想当然热心地为子女撮合婚姻。子女的品貌、为人、工作都极为般配，顺着他们的意愿成了家，但是夫妻之间没有感情，一层阴影笼罩在小家庭里。

我曾多次听一些女同志抱怨，在名义上她们有了工作，可以同男人们一样从事所有的社会活动，她们也算有了经济收入和生活保障。可实际上，她们并没有真正地获得解放，她们除了要上足八小时班，回到家里还要整整地做三四小时的家务，时间和生活本身限制了她们成家以后的发展。每当听到这样的抱怨，我便会很自然地想到法国存在主义作家西蒙娜·德·波伏娃讲的一段话："今天，妇女虽然不再是男人的奴隶，但却仍然依赖男人。男女两性从来没有平等地共享这个世界。就是在今天，虽然妇女的境遇已经开始改善，但她们仍然受着重重束缚。妇女的法律身份不同于男子，她们经常处于极为被动的境地。在抽象的意义上，妇女的权利得到了法律上的承认，但传统习俗在很多方面限制她们充分运用她们的权利。"（波伏娃《第二性》序言）

我还收到过这样一封读者来信，信里说，他屈服于家长意志结了婚，以至多少年来一直在吞噬着苦果，内心矛盾重重，且有苦难言……

要讲，这类例子可以讲很多很多。

由于陈规陋习的影响，由于我们头脑中，或多或少还有封建的幽灵在徘徊和作祟，由于客观存在的感情上的隔阂和落差，由于处在改革与开放时代新旧思想和观念碰撞得又格外激烈，家庭内部的伦理关系中，父母与子女之间，丈夫和妻子之间，就会演出一幕又一幕虽不是大起大落却也并不是无波无澜的戏剧。

循着这一思路往深处去想，去思考，我便写下了《家教》这部小说。

我写《巨澜》

《巨澜》总算写完了。搁笔的时候，我长长地吁了一口气，感到一种还清了债务之后的轻松和坦然。

小说在写作以前，在创作过程中，在上卷和中卷陆续发表以后，我不断地听到一些议论，就是在下卷刊出以后，仍然还有比较亲近的同学问我：你为啥要写这本书啊？这可是个吃力不讨好的题材。这过程中，我也拜读了一些关于它的评论。作为一个年轻的作者，对于评论界给予的关心，读者给予的爱护，我是十分珍视的。同时也产生了一些想法。我愿意借此机会，谈一谈创作这本书前前后后的一些情况，以求正于广大读者和评论界。

从提笔写作这本书的 1981 年开始，到此书脱稿的 1984 年为止，前后用了将近四年的时间。但脑子里想写这么一本书，朦朦胧胧地产生一种创作的冲动，则要追溯到很久很久以前，追溯我对于祖国农村，对于生于斯、长于斯的广袤大地，对于这块大地上"日出而作、日入而息"的勤劳农民们的认识，对于祖国农村的历史和现状比较长时间的观察和思考。

我出生在上海。

对于 19 岁之前从未离开过这个东方大都市的我来说，农村意味着什么呢？意味着那是一个出产粮食和蔬菜的地方，意味着淙淙的小溪流和清新宜人的空气，意味着广阔无垠的田野上，四季变幻无穷的景色。意味着"河网密布""鸟语花香"，充满了诗情画意。后来，进入了中学，每年要有那么两三个星期或者一个月的时间，到上海市郊参加"三秋"劳动。但就是在那里，我看到的农村，也还是"炊烟袅袅地升起在村落上空"，是"高压电线杆伸展到遥远的地平线上"。在作文中，我写着：通过下乡劳动，我由衷地感到，社会主义农村到处都在胜利地前进。这是出自肺腑的真切感受。

"上山下乡"运动掀起来了，坐着火车到贵州来的时候，我对云贵高原上的如画山水和乡村生活牧歌般的诗意，还是充满了学生气的憧憬和向往。

初到贵州，我简直被偏僻山寨上的一切迷住了。壮丽的山川河谷，山乡的风土人情，勤劳纯朴的老乡，这一切有多美啊！我给上海的一个同学，写去了一封散文诗样的长信，喜鹊停落在大牯牛的背脊上休憩，岭腰峰巅徐徐飘散的雾岚，纯朴的乡风民俗，总之，把我看到的，感受到的一切新鲜印象，统统告诉了他，足足写了十五页信纸。

但是，插队落户的生活是严峻的。随着岁月的流逝，我逐渐逐渐感到了困惑，感到了迷茫和不解。

记得，那是我们知识青年带着新鲜感头一次赶场，偶然了解到，一斤苞谷竟售价三角二分，这使我们大吃一惊。回到寨子上，我们向熟悉的农民打听，证实了这个价格并不是敲竹杠，还了解到：一斤米也要五六角，而我们一个劳动日的工值，还不到这么个价格哩！赶场天的上午，常有农民到我们知青点来，掏出三只鸡蛋放在桌上说："我拿这三只鸡蛋，换你们一斤粮票，赶场时可以吃一顿晌午。"

三斤粮票换十只鸡蛋，就是在墟场上私下交易的时候，也成了公平的兑换标准。

有一回，赶场回寨路上，我走进隔邻大队一位支部书记家找水喝。他家正在吃饭，我看见饭桌上摆着苞谷羹羹，连颗米星星也没得，小方桌中央，放着一碗辣椒水，一大碗煮南瓜。我问他："你咋吃这个？"他用竹筷习惯地击打着碗沿，声气大大地说："有这个吃都不容易啦！有些人家户，苞谷中间还掺洋芋哩！""那你们去年不是向公社报的是丰收嘛！"我不由顶了他一句。"哪个大队不是这么报的？嗯。"支书显然有些不悦了，"你们这些学生娃娃，真不晓事！"

是不晓事啊！刚下乡那几年里，我们怎么也无法理解，为啥要一边向上报粮食增产百分之几，一边却还要愁粮食。日子久了，听多了、看多了，我们才慢慢地习惯过来。习惯日复一日的繁重体力劳动，习惯计算低得令人难以相信的劳动日工值，习惯于看待山乡的贫困，粗粝的食物，破旧褴褛的衣裳……寨子上这么穷，是不是因为农民懒惰，不勤快呢？非也。

我曾借住在一户农民家里，这户农民没有钟，更没有表，每天一早，他蹑手蹑脚摸索起床，喊醒自己的小儿子随他一路上坡去割草时，我也总醒了。醒来一看表，是清晨4点。天天清晨4点起床，除了吃三顿饭时坐下歇息，他总是一刻不停地在干活，忙了坡上忙田头，忙了屋里忙院里，即使出工为集体干活，他也本着良心从不偷闲，天天如此，月月如此，年年如此。可他的家里还是穷。我经常听他给我算家里的粮食账、现金账、人情账，每回听过之后，唯一可以做的事情就是陪着他叹气。

啊，偏僻山寨上为什么这样穷呢？我百思不得其解。常常，有农民和我摆龙门阵，摆谈解放前的农村，摆谈他们怀念的50年代的日子，摆谈三年自然灾害时遭的难，摆谈他们的生活和命运。听着听着，我常常是越听越糊涂，越听越觉得农村今后的路，不知该咋个走。

是啊，在我长居乡间的十年岁月里，有多少生活小事儿，镂骨铭心地留在我记忆的仓库里啊。那些不为正史所传的，渴求着过吃饱穿暖的生活，然而恰恰温饱又不得解决的普通农民，给我这颗年轻的心上，添加了多少沉甸甸的分量啊。我不就在他们中间，经受了磨炼、认识到生活的真谛的吗。是印象太强烈、太深刻、太难忘了，不需翻日记，我随手还能写下多少关于乡间的事啊。可以说，写不完……

我们寨子里有个铁匠铺子，叮叮咚咚的打铁，声音是寨上人天天都听惯了的。忽然连着好几天，打铁声听不到了，寨子里显得分外沉寂。去堰塘洗衣服的时候，我碰到了挑石灰的铁匠，问他怎么不打铁了，他摇了摇头说："打不动了……"他像有些不好意思地苦笑了一下，满脸显出辛酸的神情，一双大眼睛里闪出寒凛凛的两股青光，有气无力地说："天天吃洋芋，连吃十一天了。没得气力打铁。"

望着他那种目光，我一句话也讲不出来。这天中午我陡然发现，铁匠的婆娘脸肿得老高，脸色就像一只熟过头了的苹果，红润中透出苍黑色，说话声音发颤。这件事发生在 1973 年。

我们寨上有一户姓陈的人家，连续一整个春天吃蕨芥拌苞谷，吃得脸泡泡脚肿，不到天黑就睡觉，太阳升起老高才起床。他们用睡觉来驱赶饥饿、消磨时间哪。这事发生在 1971 年。

在我们集体户对面，一个 30 多岁的壮汉，赶场天一早就挟条米袋，吆喝着去街上买米来吃。到了下午，又垂头丧气地挟着空米袋回来了。我好奇地问他："没得米卖吗？"

"米是有的，七角钱一斤，太贵了，吃不起。"他回答时那绝望的声气，这一辈子我也不可能忘记。这件事发生在大旱的1972 年。

年年大好的春天总是伴随着愁粮的日子一起来到偏远的山寨。久而久之，我清楚地意识到了，这就是我生活在其中的乡间的现实，必须正视的现实。

后来我提起笔来学习写一点东西，想写写这些生活，但我没有写，我有一个很现成的认识在脑子里：我所见所闻的这一切，所有这些小事儿，都是生活的支流，而我们的文学，应该表现的，是生活的本质和主流，是奔腾向前的现实生活。所有那些小事，只好蓄存在我印象的仓库里。

但是，有一点我是认识得相当清楚的，那就是即使是支流，这样的农村现实，也必须变革不可，不变革，中国的农业就没有出路。

是什么时候，我又觉得所有的那些往事，可以写了呢？

说起来也是一件极小的小事，牵动了我的文思。

1979 年的 10 月份，我抱着在乡间完成的《风凛冽》和《蹉跎岁月》两部长篇小说草稿，离开猫跳河畔三县交界的深山老沟时，在那条短短的场街上，苞谷的价格仍然是三角钱一斤。这个价，从1969年我初来插队时算起，徘徊也足足十年了。山寨的形势好不好，农民的口粮标准，我都是用这个尺子来衡量的。在乡下住久了，我觉得没有其他的标准能替代它。

1980年的10月份，离开一年之后，我重又回到了那里。在同一条场街上，苞谷只卖到一角二三一斤了。

为啥偏偏在我离去的一年中，生活发生了那么大的变化呢？我无须去打听，人家就主动同我讲了，村寨上实行了责任制，一年，仅仅一年，面貌就大不一样了！

责任制，当地农民们直呼为包产到户。近几年来拉锯似的想搞而不让搞的一种生活方式。

听了这话，我惊愕得愣住了，我脑壳里还拐不过弯来，简直还有点儿不相信。

插队落户的时候，我所在的那个寨子，瞒着上头的干部，把生产队的田土划分成六大片，分给六个作业组定产包种。农民们热热闹闹、欢欢喜喜地干了一个多星期，把往常需要一个来月干完的活，都干完了……一个星期之后，有人偷偷地跑去汇报，上头派人下来纠偏了：解散作业组，田土仍旧连成片，出工照样搞大呼隆。

我脑子里很自然地浮现出1975年秋末冬初的一件往事。

那时节，多雾多雨的山乡已经下凌毛毛了，我插队的寨子上又冷又潮湿，我和几个老农在收割后的田块上犁泡冬田。冰冷刺骨的田水浸到膝盖，冷得我直打寒颤。在田坝里干二三个小时的活，就得跑回屋头烤一阵火。除了冷和累，我精神上还直感别扭和压抑，那么苦地干，寨上的农民还老缺粮，就连我这个单身汉，那年也仅仅分到190斤湿谷子啊，我也在愁来年的口粮哩！这一块土地实在太穷了，是莫法富起来的。烤火时，我憋不住了，忧郁地问一个相处很不错的老农："这地方，有没有法子富起来呀？这样子下去，咋个活得出来哪？"

大约是我忧虑的语调打动了老农，他双手扶着膝，两眼茫然地望小窗外雨蒙蒙、雾沉沉的山野，直率地答复我："咋个没得法子，有！"我问："啥办法？"他答道："把田土划分到各家各户头上来种，一年工夫，准能富。只是，不成啊，政策不许可。"我哑了。

我晓得，这老农是把我当知心人，才掏真心话的。不过，当初，我心头却不觉得他的话对。多年来形成的一个观念使我觉得，眼前这个老农，集体化都搞了快二十年了，他还在想着闹单干，搞自发哩！

万万没想到，五年之后的现实，竟真被老农说中了，生活本身的变化，在我心头引起了震惊。我看到街场上的粮价跌下来了，菜油比上海还便宜，猪肉吊起卖，肥的人家还不要，农民屋头顿顿吃起了白米饭……这景象，不都是好些农民怀念的50年代的喜人情景嘛！可农民们跟我说，就这样干几年，比50年代还要强！哦，要真这样，该有多好啦！

喜悦之余，我到寨上去了，我要晓得，这么大的变化，究竟是咋个来的啊！

农民们端出米酒、摆出满桌菜和我连夜连夜的摆开了……

啊，原来这变化也不是那么简单地得来的，在这过程中，普普通通的农民也好，生产队、大队、公社一级的基层干部也好，区、县的干部也好，都有过苦恼、有过犹豫、有过"顶牛"状态。人们曾经度过了多少个激烈争论的夜晚，在你拉过来，我纠过去的"拔河"过程中，多少人有过痛苦、有过欢乐、有过忧心如焚的时刻呀。不说基层了，就是上层领导中间，也有他们的痛苦、迟疑、不解和欢乐呀。拿我们省委第一书记的话来说，那就是："回顾省委在放宽农业政策上的经历，我们不得不承认，这是一个被动的、痛苦的过程。"

多少人的命运在这么一场大的变革当中发生了变化哪。上亿的农民在这么一场变革中开始解决了温饱问题，开始摆脱了贫困，开始在社会主义的康庄大道上豪迈地迈出了坚实喜人的步子。难道这不值得写一本书吗？

是在这时候，我想到了，要写一本小说，写一写乡间这场变革的始末。

可以说，这就是我写作《巨澜》最初的契因。从产生这个念头的那一瞬间起，我就意识到了，在这么大的背景上，原先储存在我记忆仓库里的很多感受，很多自以为不能落笔的东西，是能写出来的。并且，我满怀信心地感到，我要写好它。

那么，我又是怎么把农民们温饱问题不得解决，偏僻村寨上的拐卖妇女的现实写进这样一部小说里的呢？

是1981年的冬天，我趁回上海改稿的空隙，开始写作《巨澜》上卷《基石》的草稿。从产生写它的念头起始，过去一年多了。在这一年时间里，我尽可能地做了创作前的准备：写作人物分析，初步写出三卷的大纲，确定着上、中、下三卷里先后登场的人物，把每一个人物的命运尽可能地糅进小说的主线中去……头绪繁多，笔记本上涂写得东一个箭头，西一个括号，但总算有了一个初步的架子，至于开头嘛，差不多从产生写这本书的念头时我就想好了，就从一年一度愁粮的春天写起，写山寨上农民们的情绪和笼罩整个寨子的气氛。

上海的冬天是寒冷的，不过我写得倒还顺手，一个多星期，已经写下八十几页，四万多字了。这天下午，有人敲门，原来是我的一个同学来请我去喝他的结婚喜酒。我问及他这次从贵州来沪途中的见闻，他同我讲着讲着，就骂了起来，骂硬席车厢的拥挤，骂火车上没水供应，骂车上拐卖妇女的人贩子。

"啥，还有人贩子？"我惊异极了。

他见我有兴趣，又比较详尽地讲了起来。

我一言不发地坐在那儿。插队落户的年月里，秋末冬初回上海去探亲，我在火车上见过这样的人，带着几个穿戴入时，但一眼就能看出是来自农村的姑娘，她们在火车上不声不响，从不主动和人搭讪，被人推来搡去，也不吭声。眼神呆滞，脸上的表情漠然。当时我曾有过一种感觉，她们都是出于无奈，才走上这条路的。打倒"四人帮"后的一两年里，我还遇见过一次。后来，在贵州到上海的旅途上，我每次都坐卧铺，再没见过这种现象。我也想当然地认为，随着形势的逐渐好转，这种现象肯定也绝迹了。却不料，我这个同学说，他在1980年、1981年两次回沪途中，都见到这样的事。

同学离去了，我顺当地写下来的小说，写不下去了。我在思考着，这是什么原因呢？具体的原因可能是多种多样的，我在法院的布告上看到，有的姑娘是年幼无知受了骗；在《中国妇女》杂志上看到，有的妇女是因家庭不和，愤然出走时被拐骗；还了解到，甚至城市的待业青年中，也有被骗的。在我住的那幢楼里，有一位在公安局预审科工作的同志，就多次和我谈到他亲手处理的拐卖妇女案。即使如此也不能否认，其中有些人，晓得自己远行的目的，她们的身上还揣有出外相亲的证明……这些姑娘是咋个回事呢？

个人的具体原因，可以说人人都有一本难念的经，不尽一致。但有一点，仍可以认定，她们都嫌偏僻的山乡穷，想到好一点的沿海的省份去，能过上吃饱穿好的生活，把日子过得舒坦些。

经过一番思考、一番调查了解，我发现，原先写好的那四万字开头部分，显然是表现得一般了些，穷……愁惨的气氛……吃苞谷糊糊……这谁都知道，谁在动乱年头下过乡都曾见过或听说过。而拐卖妇女这件事和"穷"联系在一起，就算抓准了特殊性和一般性的关系，我应该抓住这一点来落笔，抓住山区的寨邻乡亲们渴望改变"穷"的命运的心理来开头。

春天快来了，2月间我回到贵州，把已经写好的四万字草稿留在了上海，不要它了！4月份，当我重新拿起笔来写上卷的时候，我已经决定了，重起炉灶，就从我的主人公在火车上撞见拐卖妇女这件事写起。

这便是后来发表出来的《巨澜》上卷《基石》的第一章。

相对地讲，我比较熟悉青年人的命运和遭际，比较熟悉生活了多年的农村生活。可是在《巨澜》这部书里，我除了写到山寨，写到普普通通的农民和基层干部，写到农村和城市里的年轻人之外，还写到了和农村直接有关的县委的干部、地委的干部，写到省城里的干部，写到省委书记和工作人员，这是为啥呢？

有人说，这是我试图开拓自己的题材面，写出生活的广度来。

凭心而说，我不是这样想的。在前面谈到的例子中，我已经讲到了一点，即便是在十年动乱那样的年代里，农民们的心头，也是想搞划分田土、责任种地的，甚至可以说，他们因为 60 年代初曾经尝到点甜头，想得很厉害，相信这是一剂良方。但是，正像我们寨子上曾经搞过一个星期的包工到组那样，多少年来，他们也不曾搞起来过。为啥偏偏在 1980 年，一搞就搞起来了呢？

我说过，在 1980 年回到山沟里，产生写作这么一本书的愿望以后，我做了一年多的准备工作。我在乡下走村串寨和各种农民交谈，我和对责任制有不同看法的县、区、社干部聊天，我甚至还听一两个这样的干部骂过娘；我剪贴报纸、杂志上有关农业生产责任制的种种报道、通讯、理论文章，我还阅读了一些有关的材料。在这个过程中，我在学习着、思索着，加深对这件事的认识。在我的笔记本上，自然而然地写下了一句话：

"农业生产责任制，之所以能迅疾地搞起来，这是上上下下的有心人，想到一处去了。"

要没有党的三中全会，没有从中央到省委、到地方各级领导同志扭转农村工作中存在的"左"的倾向，下面的农民再怎样想搞，政策不许可还是搞不成的。

相反，是广大农民群众有这么迫切的愿望，不是广大农民群众深感变革的需要，光靠几个领导干部吼，农业责任制也决不可能犹如烂漫山花，迅速地开遍神州原野的。

我是从自身的经历中、从深有感触的体会里，由衷地感到，这一事实本身，给广大农民带来了摆脱贫困的希望，它的气势，犹如大河长江，奔腾向前，给祖国农村，带来了历史性的变化，它不仅在国内，而且在国际上，必将产生深远的影响，它还为我们国家各行各业各部门的改革，提供了带根本性的宝贵启示。

要表现这样一个伟大变革的潮流，显然，仅仅只写一个偏僻山寨或公社是不够的，远远不够的。基于这一认识，我调动了其他生活积累，写了从省委到地委以及县、社的各级干部形象。

小说的上卷、中卷发表以后，有几位好心的同志曾跟我提出，小说中要表现党的领导，有一个县委书记的形象就足够了，无须写到地委、省委，这么写，有点儿画蛇添足了。

我怎么对这些同志讲呢？我只能说，只要这些同志到生活里来走一走，看一看，和各级领导干部交谈一下，就不会提出这样的意见了。

在我为写作《巨澜》做准备的日子里，在《基石》《拔河》陆续发表以后，有些同志，甚至是很有见地的老编辑，曾经劝过我：不要去搞这一题材，搞出来，不又是一个图解政策的东西嘛。

我不这样认为。如果这些同志知道我和农民们一起在乡下挨过饿、愁过春粮，忧心地在大旱之年的深更半夜还在徘徊于田土头边，如果他们知道我因为营养不良一颗挨一颗地掉了十几颗牙齿，如果他们也曾像我一样久居过僻远的山寨，他们决不会说这种话的。当然，我也不想图解农业政策的变化，我关注的、要描绘的，是这一场变革过程中，各种各样人物的心理、情绪和命运。但我也不回避政策，我们生活在祖国的大地上，生活在社会主义的大家庭里，十亿人民中好多事情的变化，哪一件不是来自政策呢？拨乱反正、改正错划"右派"，经济体制改革，对外开放，工资调级……都和政策相关哪！尤其是一个政策关乎八亿人的生活和命运，关系到祖国的前途，它是绝对回避不了的。况且，这一政策将为振兴我国农业开辟一条切实的康庄大道哩！

另外，我还注意到，我们的涉及农村题材的文学，在70年代末到80年代初的几年中，有一个陡然的变化。起先，我们的农村题材，总是写以阶级斗争为纲，写两条道路、两条路线的斗争，写学大寨，写老队长、老支书、老贫农，写改天换地……到了拨乱反正的年头，这一切眼看全不行了。于是农村题材的文学陷进了泥坑，进入了低潮，有一阵子，农村题材的作品少得可怜（当然是有几篇好作品的）以致报纸上在呼吁，要加强这方面的创作，突然地，随着责任制的推行，农村题材的作品以一个崭新的面貌出现了，掀起了一股新的潮头；搞了责任制，农民伸腰出气了，农村富裕了，农业战线出现了新气象，懒汉变勤快了，穷汉娶上老婆了，盖上房子了，偏僻村庄买上电视机了。至于这变化是怎么来的，这变迁的过程中有过些怎样的矛盾和斗争，几乎不曾触及，或有些触及仅轻轻一笔带过或用一两句话交代过去：党的三中全会以后……党的富民政策……自从实行责任制……缺乏的恰恰就是农业生产责任制推行的三年五载间乡村的面貌。如果把前后两个阶段的文学放在一起比较，明显地会觉得变化得太突兀，会觉得中间少了一段什么。

自然，文学史决不是逐年逐月的编年史，我也无意想在其间填补啥空白，但恰好在这三五年间，我生活在农村，我目睹了这一变革前前后后的很多现实，我深感到这一变革来之不易。我觉得，生活本身在呼唤着我、催促着我，把这一阶段的感受和理解写出来，把这一阶段的生活真实记录下来，我又为何要回避呢，我当然应该写。

遗憾的是我毕竟年轻，不能更好地从艺术上反映这段生活。而所写的题材和生活确实又离得太近了一些，有些东西难免看得不准、不深。我愿意在今后的岁月中，在不断深入生活的基础上，把小说修改得更圆满一些。

最后，我要感谢《红岩》编辑部的领导和编辑同志，感谢贵州人民出版社的同志，他们对于我创作这部书给予了极大的帮助和支持，并又嘱我把上、中、下三卷合并成《巨澜》重新作详尽的增补、修订，给予出版，使得这部书更为集中和完善地呈现在读者们面前，我由衷地感谢他们付出的默默的辛勤的劳动。

我的《华都》

1990 年秋天，我由贵州调回上海以后，一直在考虑要写一部描摹上海现当代生活的长篇小说。在这之前，我写过一些和上海有关的小说，比如 80 年代我写的中篇小说《发生在霍家的事》、将小说改编成电视连续剧的《家教》、反映"文化大革命"初期市井生活的《恐怖的飓风》。这些作品虽然都先后发表、出版了，后来也被我收进了 10 卷本的《叶辛文集》，但是它们的影响始终不如我同一时期创作的《蹉跎岁月》和《孽债》。

这是怎么回事呢？

细究起来，这几部作品都是我在贵州写的，我自以为对青少年时期的上海历历在目，对今天的上海人还是了解、熟悉的。其实不然，在我离开上海的 21 年时间里，上海和上海人已经起了很大的变化。记得长篇小说《家教》改编成九集电视连续剧在中央电视台 1989 年的春节黄金时段播出时，全国各地观众的反响还是好的。为此，当时的《电视你我他》栏目，每周一次，连续四周播出了观众对《家教》的评价，可就是在上海，观众反应平平。中央电视台的编导对我说：你想想吧，这是什么原因？

当时，我还有些不以为然，心里说，我写的是文学作品，只要全国各地的读者、观众喜欢就行了，不必在乎上海一个城市的反应。

"人生环形道，恰似一个圆。"在远离上海的贵州生活了21年以后，我又回来了。渐渐地，知青时代和贵州山乡离我远去，而上海生活的一切，那么鲜明、那么生动地天天展现在我的眼前。我当然还可以写西南山乡，当然还可以写知识青年，但我不能对扑面而来的生活风景视而不见。我的直觉在对我说，得写写上海，写写生我养我的大都市上海，我的故乡。很多作家会对故乡的一条小河，会对家宅面前的一棵老榆树，会对故乡的一条崎岖小路，写出充满深情的文章，难道我就不能对插队生活中日思夜想的故乡上海，交出一份答卷？

几乎是与此同时，我发现差不多所有的上海作家，都在他们的笔下描绘着上海，上海的昨天、前天，上海的今天、明天，上海的各行各业、各色人等，上海的一丁点儿新气象、新事物、新景观，都有人在写。年轻作家们在寻找新的角度，在探索新的途径，在挖掘无忧无虑长大起来的一代人的感受；老作家们回首往事，要表现上海开埠以来巨大变迁，慨叹年事已高，叹惜体力、精力、目力的不济。正在发表、出版和播出的作品中，所表现的上海不是长长短短、宽宽窄窄的弄堂，就是老城区各个年代的石库门，当然也有一些花园别墅，上海人称之为"洋房"里的生活形态。

我也要写，写些什么呢？我曾经构思过一个题材，确乎还动笔写了12章：上海要造黄浦江大桥了，建桥就要动迁，动迁要涉及城市居民的利益，要涉及数百年来耕耘在土地上的农民们的利益，要改变城市景观，要和形形色色的上海人打交道，既能表现上海工人阶级的风采，又能展现领导阶层的果断决策，还能展示外来打工者在工地的生活，似乎场面宏大，仿佛热热闹闹……但是我很快察觉，这样写太实了，我表现了建桥工人的生活，我表现不了钢铁工人的生活；我表现了钢铁工人的生活，我表现不了医生的生活；我表现了医生的生活，表现不了教师的生活、营业员的生活、股票炒卖者的生活、数十所大学师生们的生活……三百六十行，作家不可能一一穷尽地写过来。创作，还得根据创作的规律来。于是我停下了关于这一题材的创作，我决定得从"个别反映一般"的规律出发，从当代上海人的心灵史着手。这一心灵史要从现当代上海的日常生活、婚恋情态、精神追求写起，展现上海百年的历史沧桑感，追求真挚爱情的伦理观，寻觅幸福生活的价值体现，立体地展示多彩的人物在社会大背景下，感受历史这一巨大无形的铁轮的碾进。

于是乎，华都大楼逐渐清晰地浮现在我的眼前，一个个鲜灵活现的人物借助华都大楼这个舞台变得栩栩如生起来。

历史感·百年沧桑

在作品中追求沧海桑田的变幻，充分地展示历史，是很多作家都曾考虑的命题。我们确实也已经有了许多这样的作品。他们用第一次国内革命战争、第二次国内革命战争、抗日战争、解放战争展示1949年以前的历史；他们更普遍地用"三反五反""反胡风""反右派""反右倾机会主义""三年自然灾害""四清运动""文化大革命""打倒'四人帮'"……展示解放以后几十年共和国的历史。作品中的人物，也就在这样的历史背景上翻来覆去地摊烙饼，慨叹命运的坎坷和多蹇。这当然也是历史，这当然也折射出历史对于个人命运的深重影响。但仍得实事求是地讲，如果作家们都这样写，未免会有雷同感，未免让人觉得似曾相识，甚至千篇一律。

况且上海这一都市，用历史的眼光来看，实在没有多少可以夸古的资本。我插队落户的贵州省修文县久长区砂锅寨旁的扯泥堡，是一个在地图上都找不着小点点的寨子，追溯起来都已有七百多年的历史。上海和古老中国的很多地方比起来，都没有夸古的优势。

上海的优势在于五口通商之后，屈辱的历史带出了门户开放，也带来了近现代直至当代的辉煌。

跨入21世纪的门槛以后，随着人口的迅速导入，城区的不断扩大，新的社会力量在增长，一方面是租界的蔓延，一方面是维新变法运动的兴起，革命潮流的激荡。随着辛亥革命打响第一枪，上海的光复带来了城市面貌的改变。大批新式的学校出现了，男女还可以同校，大批的出版社、报纸杂志和艺术团体随之出现了。政坛上也显示出民主自由的清新空气，上海滩政客云集，文人汇集。由此，上海的历史开始在全国引人注目，江浙两省和全国各地求学、求知、求生、求前程的年轻人，纷纷涌入上海。上海变成了全国公认的中外思想和文化碰撞之地，新思想新文化乃至新服饰新发式多萌发于上海，逐渐影响全国。故而上海会爆发反抗北洋军阀的斗争，上海的民族资产阶级能趁第一次世界大战的喘息之机，赢来一个难得的黄金时期，获得一个发展的机会。也因为此，上海的工人阶级异军突起，且很快卷入了以后的政治运动，成为一支重要的社会力量。五卅风暴，充分显示了工人阶级的力量，三次工人武装起义，引得全球瞩目，在革命和战争的年代，在抗日和救亡时期，上海的左翼文化、上海的团结抗战、上海的租界，构成了五光十色的 20 年代末期和 30 年代的上海景观。以至直到今天，还有很多人用怀旧的语调写到这一时期。随后是痛苦的沦陷岁月，淞沪血战，孤岛上黑暗的日子，抗战胜利，解放战争时期的学生运动、工人运动、物价飞涨带给每一个上海家庭难忘的回忆，直至上海解放。

即使我用如此粗略的线条简单回顾，20 世纪上半叶的 50 年的上海生活画卷，其每一个转折、每一次阵痛和跌宕，每一个阶段和历史时期，几乎都可以用一部长篇小说来表现。且别说还有20 世纪下半叶的 50 年，且别说每一历史阶段各个阶级、各个阶层、各色人等的表现又是多么千差万别。

要想在《华都》这么一部 40 万字的长篇小说中展现上海的百年沧桑，实在是很困难的。于是乎我只能通过连茵芸和厉言菁两位女性的心灵感受，来勾勒历史的线条。连茵芸一辈子的悲剧命运，起始于她年轻时代对于显赫人物严泳臣的依赖，而把她金屋藏娇养起来的大老板严泳臣，到了腥风血雨的沦陷岁月中，都落得一个抑郁至极撞车而死，穷苦的百姓在那暗无天日的时期，其苦难也就可想而知了。厉言菁的性格，她的深情和善良，是同她的命运分不开的。而她自小到大的经历，难道不是千百万同时代人感受到的变化吗？我相信，透过连茵芸和厉言菁的心灵史，读者心中唤起的，绝不只是对两位女性命运的同情和感叹。

在《华都》中，我还有意识地选择了一些看似平常的细节，诸如骆秀音的姐姐骆秀芬、王关宝夫妇安贫若素的感慨，当年的日本兵来寻找曾经站过岗的电梯口……以增强普通百姓和名人的对比，增强渺小的个人与历史潮流之间的对比。让人由衷地涌起世事沧桑之感，凸显百年上海的民风社情。

婚恋情·爱的追求

爱情是什么？

浪漫主义者说，爱情就是生命，爱情就是奔放的感情，为了爱可以舍弃一切，我不在乎结局，我只在乎过程，只要我全身心投入地爱过和被爱，那爱情就是永世难忘的。

实用主义者说，爱情就是男和女彼此互相需要，互相分享的一种情操。这世界上的男人没有女人，就活不下去。同样的，世上的女人若没有男人，也无法生存。爱情是为生存而战，爱情既是力量也是奴役。

女权主义者说，爱情说到底都会沦为性爱，而性爱仍然是女子对男人的"服务"，女人的身体是男人买得的东西，别以为"性解放"使得女性获得了自由，算了吧，自那以后，女性在社会上已丧失了起码的尊严，她们受到了更大的压力。

在《华都》这部小说里，我用不同的笔墨刻画了多个女性对于爱的追求。30年代的庄欣娜是一位记者也是一个作家，她成了严泳臣的外室，虽有一份安定享乐的生活，却没有真正的爱情，她爱上了一个名角儿，两个人的感情到了如胶似漆的地步，终以悲剧告终。60年代的骆秀音，可以说是功成名就，但她虽以美貌著称，这一辈子身旁也不乏男子追求，最后她终于明白，从少女时代直至临终，从来没有一个男人真正爱过她。她矢志不渝地毕其一生追求艺术，为了演艺事业能抛弃一切。在心灵深处，她还是期盼着一份真挚的爱，她没有得到。90年代的女主持人林月，是一个事业上的成功者，她用自己出色的主持，赢得了鲜花、掌声、名誉、地位和满身的光环，几乎成了"大众情人"。表面上看起来，她的客观环境和外在世界，都要比庄欣娜和骆秀音好，她完全有能力、有条件做一个既成就辉煌事业、又享有真挚爱情温馨家庭的幸福女子。她同样没有这种福气。

在这三位美貌聪慧的时代悲剧女性之外，厉言菁的婚外情，是在梦想追求爱的真谛，为了爱姚征冬，她可以不去美国，可以舍弃丈夫儿子，她把这一辈子最浓烈深厚的爱，都奉献给了一心崇拜的姚征冬。她的这一爱情表现，正体现了今天的上海人受到浪漫、安逸、自由选择的性文化影响，性观念正在发生悄然的转变。这么一种变化，就连匆匆而来的外国记者们都已察觉到了。在寻觅追求真爱的过程中，她看到了姚征冬作为一个男人的真实面貌（这是另一篇文章的话题），她绝望了也退缩了，善良温顺如厉言菁这般，也不能原谅姚征冬的卑鄙和贪欲。是的，她没有歇斯底里大发作，她没有伤心得悲痛欲绝哭天抢地，她甚至没有更为强烈的表现。但这是一种更为深沉的失望，她的纯美至爱的理想破灭了，她的追求成了泡沫。怪不得西方社会的女性会对曾经波及全球的所谓"性解放运动"愤怒地喊出：让性解放见鬼去吧！那根本是一派胡言乱语，那是专属于男人的性解放。

《华都》中的罗卉、舒宇虹当年插队对野蛮婚姻的抗争，她们长时期的等待终不得，何尝不是一种爱的追求？甚至姚征冬没有写出名字来的前妻、罗卉的商场朋友紫烨，心目中都有着对于真爱的追求。

爱情是需要持续的，美妙和谐的爱情更需要时间去证实。从这一意义上来说，爱的追求永不会停息。20 世纪是这样，21 世纪也不会例外。

价值观·幸福在哪里

一位读者看完《华都》，拿着一张做记录的纸片，对我说：你在书里描写 12 位女知青插队落户到杉木凼，我读完全书，看来看去，怎么只有七个人呢？还有五个人呢？她们五个女知青的命运是怎样的？

我知道这是一个细心的读者，他的问题带有普遍性。十多个知识青年插队到一个村寨，这是当年成千上万知识青年上山下乡落户的一个主要形式。一般情况下，知识青年插队，都是男女搭配，五对五、六对六，也有四对六、七对五的。同时，在各地，也有一些知青点集体户，由清一色的女知青组成。我在《华都》中描写的就是这种情形。当年，在离我落户的砂锅寨七八里地的泗溪大队，就有 10 个姑娘一起插队在寨子上。不知由于什么原因，清一色由女知青组成的集体户，故事特别多。隔一段时间，从她们那儿就会传来关于某个女知青的奇闻逸事，一会儿是女知青偷偷找了个卡车司机谈恋爱，一会儿是女知青和小学教师擦出了爱情的火花，一会儿又说某个女知青转点到江苏常州去了，名义上是转点，实际上就是出嫁到江南农村……所有的传闻都同恋爱婚姻有关，所有的传闻都联系着女知青的归宿。

每一次听到这些传闻，我们这些同围村寨上插队落户的男男女女，总要议论上一阵子。有的人对此现象不以为然，有的人对此嗤之以鼻，还有的女知青流露出羡慕的神情，说我是没有这种关系，我若有这种关系，我也嫁。总比窝在这里受苦强。

那个年头，我们所有的人都明白，寻找归宿的婚姻，没有一对是真正的爱情。那些个可怜的女知青，只不过是想以后的日子，多少过得去一点，不至于总是在繁重累人的劳作中还要愁吃愁穿。生存是第一位的，求生存的生活首先是吃饱、穿暖、有一个窝。从这个意义上说，她们的选择，也是在追求幸福。只是这幸福的含义，显得十分苍白罢了。

12个姑娘插队落户到光棍村，同样也和当时千千万万个知识青年一样，怀着脱胎换骨接受再教育的崇高理想，怀着广阔天地大有作为改造祖国农村河山的雄心壮志，来到了杉木凼的现实生活中，她们顿时明白了，豪言壮语和美好理想全都没有用，穷乡僻壤造成的巨大落差，使她们的精神顿时陷入了混乱。只有从这一点出发，才能理解这些女知青为什么会失魂落魄地出嫁，逆来顺受地接受命运不公正的对待。她们要活下去，她们也曾竭尽全力地希望以后的日子会好一点。

最初获得十几个女知青插队到光棍村的素材时，我就感到这本身就是一部长篇小说。我可以把12个姑娘的故事及感情经历一一铺陈描绘，一个女知青是在大热天里被邀去农民家中喝甜酒汤时被强奸的，两个女知青是在大院坝看守收获的谷子时被放倒的，还有一位女知青是在受照顾坐在谷仓里过秤时被扑在谷堆上失身的，正是黄昏，谷仓外头下着瓢泼大雨……我相信就是将笔墨集中在 12 个姑娘的命运上，仍会是一本精彩的长篇小说，令读者一掬同情之泪。我没有这么做，我把同义的反复的故事情节省略了，这就是 12 个女知青为什么只写了七个人的缘故。我把重点放到了今天，放到了如今衣食无忧的罗卉和舒宇虹身上。舒宇虹的精神错乱和罗卉的独身，本身就是那段岁月的延续。身患疾病的舒宇虹是不用说了，富裕了的罗卉，直到今日仍然找不到感情的归宿，她现在已经不愁吃穿，不愁有人窜出来强奸了，可她还在寻觅，还在问着自己也问着世人：幸福在哪里？

　　时代变了，条件和环境也变了，价值观念随之也发生了巨变，唯有追寻幸福的心愿不曾变。

　　可是这幸福又究竟在哪里呢？

　　难道不令人深长思之吗？